热带公路

Tropical
Highway

林子律 著

中国言实出版社

图书在版编目(CIP)数据

热带公路 / 林子律著 . -- 北京 : 中国言实出版社，
2023.6

ISBN 978-7-5171-4509-7

Ⅰ . ①热… Ⅱ . ①林… Ⅲ . ①长篇小说 - 中国 - 当代
Ⅳ . ① I247.5

中国国家版本馆 CIP 数据核字（2023）第 106801 号

热带公路

责任编辑：王建玲
责任校对：张天杨

出版发行：中国言实出版社
　　　　　地　　址：北京市朝阳区北苑路180号加利大厦5号楼105室
　　　　　邮　　编：100101
　　　　　编辑部：北京市海淀区花园路6号院B座6层
　　　　　邮　　编：100088
　　　　　电　　话：010-64924853（总编室）　010-64924716（发行部）
　　　　　网　　址：www.zgyscbs.cn　电子邮箱：zgyscbs@263.net

经　　销：新华书店
印　　刷：德富泰（唐山）印务有限公司
版　　次：2023年6月第1版　　2023年6月第1次印刷
规　　格：710毫米×1000毫米　1/16　18.5印张
字　　数：228千字

定　　价：55.00元
书　　号：ISBN 978-7-5171-4509-7

游真分明从这些话里看见了一只不谙世事的刺猬，

满脸戒备，时刻准备对抗全世界。

刺猬能对抗全世界吗？

游真突然改观了。

被人发现又怎么样？

反正大不了，

他还能帮着翟蓝，他爱怎样就怎样。

目 录

c o n t e n t s

季风 // 001

覆雨 // 051

虹之光 // 091

1999秘密留言 // 145

像水晶一样 // 193

热带公路 // 257

热带
雨
路

季风

雪山在咆哮，汹涌的，浩瀚的，古老的呼喊。

午后两点，绿皮火车停靠西宁站。

这个点儿是一天中气温最高的时候，青藏高原上的城市被铺满耀眼白光，但风仍然冷飕飕的。宽阔山脉横亘在天际线上，残雪反射阳光，成为黢黑岩石上覆盖的亮色。

进藏前要换成适应高原气候的供氧列车，西宁站停靠时间长，所有旅客得带着行李下车等候通知。本来没什么人的站台忽然就热闹了起来，小商贩捧着特产酸奶兜售，游客或争分夺秒留影，或满脸兴奋地打量高原第一站的风光。

翟蓝混在旅客中，双手揣进冲锋衣口袋，对着遥远的雪痕开始发呆。

高原风大，以至手机刚振动时翟蓝没有发现，直到对方锲而不舍地打来第二个电话，他才如梦初醒地回过了神。

"你终于肯接了！"男声有点干涩，情绪却显而易见地变得激动。

翟蓝半晌才别扭地"嗯"了声："非哥。"

李非木那边也有风，呼啦啦的，衬得他说话都温柔了不少："从昨晚开始就一直挂我电话，还以为你不来了，现在到哪儿了？"

"西宁。"

"那么慢？"李非木警惕，"你坐的是我给买的那趟车吗？"

"昨晚延误了。"

"是吗？"

他话说到中途，听筒里传来嘻嘻哈哈的杂乱声，翟蓝皱了皱眉。

李非木应该是把手机拿远了些，呵斥了几句诸如"快进教室"，似乎正被其他人纠缠着。

顾不上翟蓝，他不得不提前结束对话："那行，你明天下午到拉萨是吧？我找个人接你，就这样，去上课了。"

来不及回应就只剩下忙音，翟蓝那句"也不一定要接"憋在喉咙口，结结实实地让他堵了好一会儿——李非木性子急，他又不是第一天知道的。

翟蓝叹了口气，慢吞吞地把手机重新塞回口袋。

打了个电话的工夫手机电量掉下百分之二十，而他不知是不是故意的，没带充电器。

不远处，有个年轻女孩儿在帮头发花白的中年男人和列车合影，父女的对话顺着风传来。翟蓝一开始没听清，但随后就由不得他了。

"您往右边靠点儿！哎，对喽！站住啊，一、二、三，行啦，老爸！"

"给我看看。"

"嘿嘿，不错吧！"

翟蓝背过身，若无其事地往前走了两步，直到听不见他们的声音。

他开始没来由地心烦，站台的长椅早就没了空位，干脆就地坐下，也不怕弄脏衣服。

翟蓝伸手从冲锋衣内兜拿出一个旧钱包，打开它后，侧边掉出黑白的照片。

男人表情板正，定定望着镜头时眼神略茫然，好像还没聚焦就按下了快门。

捡起这张一寸照，翟蓝呼吸急促片刻。最开始两三个星期他连看到都会忍不住鼻酸，现在已经能够面对那些回忆，学会了控制情绪，尽量遮掩。

翟蓝贴身带着，好像它连同旧钱包成了他的泪腺开关，让他能在憋屈的时候得以顺畅大哭一场。

老爸执行任务时突然去世已经快一年了，而翟蓝还走不出来。

他是单亲家庭，很小的时候父母就离了婚，老妈现在定居国外，好像也有了自己的新家庭。经年未联系，家里也没几张老妈的照片，翟蓝对她的印象日渐模糊，已经完全想不起来了。相比之下，翟蓝显然更依赖老爸。

老爸是检察官，忙起来就不太能顾家，遇上棘手的案子十天半个月回不来是常有的事。

去年暑假，老爸答应他忙完手头的案子，就休年假陪他去西藏找表哥玩。那时翟蓝沉浸在去西藏的幸福中，意外却总是猝不及防。

某个傍晚，老爸结束工作回到酒店休息，睡下就没能再醒来。医生说是过劳导致的突发心肌梗死。

爷爷和奶奶在得到消息后因伤心病倒了，姑妈作为老爸唯一的姐姐分身乏术，于是刚成年的翟蓝不得不接过料理后事的重任。

他什么也不懂，但被迫了解了一切流程。

夏天燥热无比，翟蓝被老爸的同事、朋友簇拥着，选墓地，挑日子下葬，抱着骨灰盒放进那间小格子，再神情麻木地看着他们用大理石封上。人群下山后，翟蓝一个人在公墓的高处待了很久，眼泪那时才不由自主地流下来。

老爸因公去世，单位按照标准赔偿了家属丰厚的抚恤金。翟蓝已经成年了，他冷静地把抚恤金分了一半给爷爷奶奶养老，剩下的自己存好。

从那天起，他变成了名副其实的"孤儿"。

这两个字听着自由，可落到未满二十岁的人身上就成了一块巨石。与精神创伤相比，突然断裂的家庭主要收入都不值一提了。

经过一个暑假再回到学校后，翟蓝感觉哪儿都不对。他不和同学来往，不在状态也无处诉苦，大学二年级的第一个学期多次缺课，成绩堪忧。辅导员发现他不对劲，长谈后联系了翟蓝的姑妈，这才知道了内情。于是辅导员建议他休学一年先调整好状态。

翟蓝觉得都一样，待在家里并不能让他的状态好一些。痛苦时断时续，间歇出现，有时大哭一场后就好了很多，有时整理着房间又浑身无力什么也不想做，只好躺在地板上，任由自己动弹不得，直到恢复知觉。他知道自己对生活还抱有希望，只是萎靡不振，找不到出口排遣情绪。母亲不在，老人比他更伤心，姑妈一家和他的处境没法完全置换，所以安慰显得苍白无力。

休学大半年来，每一瞬的快乐都变得极其短暂。翟蓝除了睡就是出门满街走，急于给自己找点事又都以失败告终。他似乎无法再次回归正常的生活节奏，也越发孤僻，沟通都成了问题。

最后姑妈看不下去了。"去西藏找你表哥玩吧，他在那儿支教，孩子多，陪着他们就有事做了。再说林芝风景也好，四月份桃花要开了，你换个环境，接触一下大自然，不管有没有用总比憋在家里好吧？"

翟蓝点了点头，却没把这件事放在心上。

抵达高原的第一天，翟蓝想着姑妈的话，态度悲观。

"明天就能到拉萨了。"翟蓝看向掌心里那张小小的黑白照，喃喃着，"其实我真的不是很想去，但李非木一直催一直催。我什么都不想做。"

住进照片的男人保持着略显僵硬的神情。

翟蓝突然感觉有些自讨没趣。他收起照片，抬头，瞪着微红的眼睛继续眺望远方山脉。雪好像比刚下车时化了不少，光秃秃的山暴露得更多。有点奇怪，但那些漆黑看久了也不觉得压抑，只觉得山就是山，返璞归真，任何比喻和意象都在这一刻失去意义。

换个环境就会好一点儿吗？

但愿吧。

距离停车近半小时后，高原供氧车厢更换完毕。广播终于喊着翟蓝的列车号催促大家上车，准备出发。

座位都延续之前的，翟蓝往后走了两步找到六号车厢。他的行李只有一个背包，里面胡乱塞着一堆换洗衣服，除此之外还有本佶屈聱牙的专业书。打发时间用的电子产品除了手机一概没带。说不上为什么，他好像潜意识里仍然抗拒着出游。

答应李非木和姑妈时，翟蓝都没想到他真的会去西藏。车票不是自己买的，他还故意晚一个小时才到火车站，好堂而皇之地用错过火车的理由回绝，哪知昨晚列车晚点，翟蓝硬着头皮上了车，现在后悔无比。

人比刚才更多了，重新上车找到座位都变成了一件不容易的事。通道狭窄，仅容一人经过，遇到前面有人安置行李或者照顾小孩儿，本就拥挤的地方立刻堪比早高峰时的地铁天府二街站，翟蓝感觉他迈出一条腿都可能要半晌才能落地。

一会儿走，一会儿停下等，背包带勒肩膀，翟蓝把它抱在身前。

车票写的号码在车厢正中间，硬卧，李非木给他买票的时候没考虑太多，也有可能是条件好些的软卧已经售罄。翟蓝嫌弃了一路，这会儿看见那个小小的"15"心中升腾出一股解脱的快感，他使劲往前挤了几步。

翟蓝知道下铺暂时空着，打算先把东西放在那儿躲避人潮。就在背包脱手而出的前一秒，他又硬生生地把它抓紧了。

差点砸到人。

原本空了一路的下铺已经迎来了属于它的旅客。他身着牛仔裤，深色夹克里露出 T 恤的一个边角，正认真地把临过道一侧的被子、枕头挪到靠窗的那边。动作很快完成，他直起腰。最显眼的是一脑袋墨绿色的头发。发尾留长的几缕被阳光照耀着好似水波，先"色"夺人，亮得格格不入，却又那么理所当然。唯一美中不足在于这头靓丽的墨绿色头发显然染了已经有些日子了，发旋儿周围已经新长出一撮黑，正大刺刺地昭示着主人可能并不那么精致。

修长手指撩开挡住视线的碎发，鼻梁挺，单眼皮很薄，他懒懒散散地遮着嘴唇打了个哈欠，目光旋即巡视一周。

翟蓝突然跟他对上，两人都是一愣。但男人大约只好奇他突然出现，转瞬就没了兴趣，径直坐下了。

翟蓝戳在原地，有个名字在心里呼之欲出。不太确定，更多的是不敢承认。他怎么会在这儿？还这么巧？前两次见面，要么离得太远灯光太暗，要么连半句话也没说上，对方大概一点记忆都不剩了，只有翟蓝，对着几张存进手机的照片反复确认，确认眼前的这个人就是他。

无趣生活中为数不多能给予他慰藉的名字——"Real 的数字世界"，或者说游真。

这两个字投入意识海，瞬间激起数百层涟漪，缓慢扩散，如同音波荡漾。

在此之前，游真是近乎他的"偶像"的存在。但说"近乎"的原因太复杂，他其实并不太了解游真所擅长的领域，游真却又实实在在为他枯燥又沉闷的休学生活带来过一丝亮光。

他怎么会出现在这儿呢？

同一趟列车，同一节车厢，上下铺。

翟蓝听见自己的心跳快了两拍后慢慢恢复正常。他走过去，想若无其事地把包扔到中铺。手臂伸到一半，发呆的游真仰起头。

视线相触时，游真眉心很轻地蹙起随后又展开，眼神疑惑，嘴唇张了张。但最终他只是问："你……睡这儿？"

翟蓝"嗯"了一声。

他了然般地略一颔首表示"知道了"，继续转头与窗外的电线杆"深情对视"，仿佛刚才的寒暄只是为了确认翟蓝有没有"鸠占鹊巢"的嫌疑。

坐也不是，站也不是，身后还有涌动的人潮和喧哗。

翟蓝指尖捻过掌心，发现冰凉不知何时退去了，现在正热得恰好。

火车不算很安静的出行方式，除了伴随全程的车厢震颤，高原气压变化带来的嗡鸣也会长时间充斥耳膜，让翟蓝隐隐作痛。即便如此，这些还都不是最难令人忍受的。

翟蓝用被子裹着头，依然能听见对面床铺的三人高谈阔论。

戴眼镜的那个人从兰州上车，睡上铺，从火车刚一离站就自来熟地从包里掏出瓜子、花生、红枣铺了满桌，招呼他们吃。其他两个人也不客气，吃着吃着，几人就开始唠嗑。

"你从哪儿来啊，哦哦，中卫，中卫是好地方啊，塞上江南……"

"我是山西人，不过在汉中做生意，要去格尔木拿货，我老婆说得亲自过一下才好付钱。小伙子你呢？"

"毕业旅行。同学已经先去了，我因为毕业设计耽误了几天。我们在拉萨会合，然后去阿里，还打算登珠峰！"

……

一节硬卧车厢总共六个铺位，这会儿有一半的人都加入了茶话会。

翟蓝原本性格就内向，再加上最近一年缺乏社交，从他们刚起了话头就开始装睡，甚至不敢探头，唯恐片刻目光交汇就立刻被拉进话题。戴上耳机还不够，他变本加厉用被子紧紧包住头营造出安全感。

耳机有降噪功能，但现在躺着，脊背接触连接铁皮墙面的单人床，放大了火车驶过每一条铁轨连接处的声响，"轰隆，轰隆"碾过翟蓝的心里。

断断续续的谈话与耳畔的金属噪音扰得翟蓝不得安宁，他竭力保持平静却屡次失败，负气般打开手机，没听两首歌，手机电量再次告急。翟蓝睁开眼，面朝火车厢的单薄隔板，死死盯住上面一个突兀黑点。过了一会儿，他喃喃自语道："我到底为什么要在这儿？"

问题出现的瞬间，崩溃接踵而至，任何一点芝麻大小的不如意都能成为压垮翟蓝的稻草。他突然一阵委屈，可怜自己，脑子里诸多悲惨画面连续播放——哀乐，火炉，墓碑，孑然一人，再没有谁会问他假期想去哪儿……

他是一个人，他为什么要在这个鬼地方？！

还有超过二十四小时才能到拉萨，到了那儿之后呢？去找李非木？李非木顾得上他吗？

人生地不熟的藏南，他还能转头就跑？

昨晚就不该上车！

翟蓝侧过身，用力把枕头对折压住耳朵。他听不太真切周围的动静，甚至没发觉小格子间中除了自己之外还有一个一直不说话的人，但此人也没逃得过中年男人的闲谈。

"哎，那个小伙子，你在西宁站上的车吧？"

片刻后，男声才响起："哦，对。"

那男声有点儿冷，有点儿哑，传入人耳朵的第一个气音几乎没能捕捉到，但像一道闪电，雷霆万钧、突如其来，把灰暗撕开了一条口子。

翟蓝缓缓地把枕头松开，任由它弹回原位。

游真不太想和同行旅客聊天，也早知道他们会问什么内容，从哪儿来，到哪儿去。问过了就算完，好像也没谁真的特别在乎，所以他说完后就继续不吭声了。

眼镜男见从上车到现在一直缩在下铺发呆的人有了反应，立刻热情地奉上零食袋，大有拉他聊天的意思："这儿有花生、瓜子，都是我老婆让带的炒货，说车上卖得太贵啦！来，你喜欢什么就拿……"

游真眼神躲闪了一下，客气地说："不用。"

"别客气！用我老婆的话说，相逢就是缘分，难得啊！"眼镜男丝毫没感觉到他的抗拒，一个劲儿地把袋子往他跟前推，"这个麻花，在我们那儿卖得最好，别地儿可吃不到这个！我老婆最爱吃，你也赶紧尝尝——"

嘴角抽动片刻，游真伸出手拨弄两下塑料袋，窸窸窣窣地响了一声，他勉强抓出一把花生："谢谢您了。"

这个行为看起来似乎像他正打算"融入"场景，除了眼镜男，对床的大叔也凑近了些。

"小伙子，你从西宁上车，可看着……不像青海人啊？"

游真："怎么不像？"

大叔"嘿嘿"笑了两声："身板儿看着禁不住西北的风沙，不够壮！我儿子大概跟你差不多岁数，二十多，但他体形一个能顶你俩！"

游真不予置评地笑了笑，半响后点了下头。

早先加入话题的年轻大学生兴致勃勃地问他："帅哥，你从哪儿来啊？"

"成都。"

"哦！成都！"大学生感慨，"我还没去过呢……"

眼镜男接话："成都可是个好地方，水土养人，我年轻的时候还在那儿住过一段时间，就住那个，那个火车北站旁边……那，小伙子你是去西藏，还是在青海就要下车？"

"去西藏，我找朋友。"游真边说边搓着花生仁外的那层红皮。一个不小心，花生掉在了床板上，他皱了皱眉，随手捡起，转身找到纸巾后擦了两下。

大学生露出"懂了"的神色："朋友呀……嘿嘿，是女朋友吧？"

游真没接话。

大学生一顿，赶紧解释："帅哥，别误会，我问这话没恶意，主要是你吧，看着就特受小姑娘欢迎，长得帅，再弹个吉他唱首情歌，特酷，特带劲儿！"

眼镜男："咋的，不能去西藏找朋友？"

"能，能呀！不过去西藏玩儿的女生好像也挺多的。"说到这儿，大学生语气莫名地变得暧昧，"哥，你是不是想直接去那儿找一个——"

游真皮笑肉不笑地抬起头。

"你知道的挺多嘛。"

年轻人闭了嘴。

见两人意见不合，大叔出来打圆场开始东拉西扯，三两句话再次把氛围带得无比活络，关于女朋友的话题还在继续，但谁都没再主动和游真开这方面的玩笑。

游真继续吃花生，倒扣在床板上的手机振动了几次，他没管。

头顶传来一声闷响。薄薄的被子从床铺边缘垂下半个角，横在游真视野边缘，破坏了两边的对称整洁。游真没来由犯别扭，目光不自禁地随着床尾那片影子追逐。运动裤，冲锋衣，敞开的衣领，然后是一张惨白的脸。五官明显带着十几岁才有的少年气，头发乱蓬蓬的，像只刺猬。他眉头紧锁，不知朝哪儿怒气冲冲地瞪了一眼后，脚踩进半旧球鞋，步伐又重又烦躁地走向了车厢的另一头。

"哎哟，原来中铺有人哪！"大叔望着远去的背影，"这小孩儿，该不会是跟父母不在一个车厢吧？看样子孤苦伶仃的，等他回来我们问问。"

眼镜男："如果真是这样，跟他父母换换也行。我老婆说，出门在外予人方便就是自己方便……"

剩余两人一通附和。

游真没来由得记起半个小时前，那少年差点把背包砸到自己头上。他站起身，发现中铺白色被褥里横着一个手机。

不太像"找父母"。

游真下了结论，顺手把掉下来的被角掖回原处，然后本着多一事不如少一事的原则坐回原位。他单手托腮望向窗外，车窗磨损，让倒影不太清晰。

脱离刚出发那时候的茫然，游真心静不少，忽然想："这车厢真有意思，妻管严，和事佬，愣头青，还有个小哑炮……"

青藏高原地域广袤，人口稀少，火车停的站点也有限。

过了西宁，下一站是八百公里外的德令哈。火车从西宁出发时还阳光灿烂，经过将近七个小时，等抵达德令哈时已经"披星戴月"。

万物复苏的四月，高原却只有岩石裸露的戈壁、漫无边际的黄沙，和快六点了依旧亮得没有一丝阴霾的天空。这里与春意隔绝彻底，枯绿草甸都显得足够奢侈。残雪更多，连绵起伏的山脉被银白覆盖，越往腹地走阳光越亮，可也越荒芜凄凉。

晚餐时间，不少人都去了餐车车厢，列车临窗一边座位空出许多。翟蓝找了个相对安静的角落，趴下。

被陌生人拉进一场没什么意义的谈话固然尴尬，但见所有人笑着闹着，一见如故，他却好像永远无法加入——这滋味更加让人崩溃。

翟蓝半张脸贴着冰凉桌板，双手自然下垂。

其实，翟蓝有点羡慕那愣头青，虽然他没分寸，不太考虑别人感受，涉世未深，有时还嘴欠，想法油腻……但他这么轻易就加入了两个大叔的话题中，他们聊球赛，聊家乡的旅游胜地和特产，还交换联系方式说要给彼此邮寄礼物。

翟蓝做不到。他甚至做不到跟游真打招呼，再问他："你是不是'绿风'那个吉他手？"

哪怕答案十拿九稳，哪怕游真不需要点头。

翟蓝焦急地想寻找一个可以说话的人。他封闭太久，平时在熟悉的地方不觉得，现在才发现真的快丧失正常的沟通能力了。

翟蓝闭起眼数着心跳——这能让他找点事做，避免不自觉地钻牛角尖，眼睛偶尔被雪光扫过，随火车行进时的颠簸频率偶尔一晃，成了他暂时的趣味。

有人走过翟蓝，脚步在他身边却停了。

翟蓝没动，感觉有点好笑。他猜测对方在这儿驻足是因为自己的姿势很奇怪，手垂直，歪着头一脸安详。这样的姿势会让人想确认他是不是还活着，但多半也不真的理他——哪有那么多猝死，就算真遇上，估计也是明哲保身的人多。就像发现他爸躺在酒店的那个清洁工，慌乱之下没有拨打 120 而是去找酒店管理员，再找老爸的同事。后来法医说他错过了抢救的黄金时间，否则还有一线生机。

翟蓝暗自冷笑，又忍不住辛酸，可半晌后，他仍没听见那人继续向前。

"喂。"随后一个重物落在桌板上。

翟蓝睁开眼，他有轻微近视，眼睛好不容易聚焦，看清面前多了个苹果，还有个人，他站在小桌板对面，压下板凳就座。

雪光反射到一片墨绿上，深色突然比阳光还显得惹眼。

游真问："我能坐吗？"

碎发遮着那双充满戒备的微圆眼睛，里面闪过一道微光。

半晌，翟蓝有气无力地开了口。

"你……有没有充电器？"

游真拿着充电器去而复返，还带来了翟蓝放在中铺的手机，一同递给他。

"谢谢。"

游真扯了扯嘴角，露出一个不带感情、疏离的微笑。

给已经关机的手机充上电，翟蓝继续趴着，这次没再用两手下垂的"僵尸姿势"，而是规规矩矩地枕着胳膊。但窗上是雾，窗外也是雾，他现在连山脉轮廓也看不见了，耳边挥之不去的嗡鸣却不知什么时候好了一点。

翟蓝想着上次见游真的情形。

那会儿游真的头发是黑色，也更短点儿，雨天店里生意不好，他就耐心地蹲在门口研究一张坏了的折叠椅，表情和现在一样认真。但那天他们没说话。

翟蓝微微出神，目光再一次转到游真身上后有些发愣。只见他正用一把小刀削苹果，果皮薄厚均匀，狭长的一条果皮从指间落在纸巾上，直到削完都没有断过。拎起整条苹果皮打量了一会儿，游真放松紧绷的肩，眉梢也微微一抬，好像对这个结果非常满意，这才将苹果切成两半。然后将其中一半放在纸巾上，往翟蓝面前推："给。"

"我？"翟蓝的语气不可置信。

游真点头。

苹果两半大小几乎均匀，表面没有一点坑洞和残余果皮，连苹果核都被整齐地从中剖开。

翟蓝被这手功夫震惊了，他坐直，用两手捧起半个苹果，低声说了句"谢谢"。

过分虔诚的动作逗得游真绷不住，唇角上扬："吃吧。"

苹果不太甜，还有点儿酸，咬下去声音清脆，配合对面游真逗小动物一般的微表情，莫名地让翟蓝烦闷了一整天的心情有所好转。他仔细地吃苹果，没察觉到车厢内开始逐渐升温，被他抹开了雾气的车窗又模糊起来。

半个苹果吃得很快，翟蓝从上火车后就只喝了点水，这会儿被酸酸甜甜的苹果开了胃，突然感觉到了饿，琢磨了一会儿，打算去餐车车厢用餐，或者买盒泡面。他并不窘迫，只是总把自己折腾得不成人样。

游真就是在这时喊住他的："那个，我们是不是在哪儿见过？"

翟蓝没正面回答："我也是成都来的。"

听见他这么说，游真愣了愣后放肆地笑起来："什么啊！原来你刚才在听。"

和上车后所见到的任何时候的表情都不同，他的冷冽一扫而光，更接近翟蓝藏手机里的那个模样，他打趣翟蓝："我还以为你跑了是因为声音太大被吵醒。"

对话超乎意料地顺利展开，翟蓝突然没那么怕他了。

"不全是吧……"小声说完，翟蓝揉了揉干涩的眼。

游真用小刀继续雕着刚才的苹果皮："上车前好像在站台看见过你。"

他果然对自己没印象。"我……以前看过你的演出。"

游真的笑容一敛。

翟蓝补充："在 Zone，冬天的时候。"

"哦……"游真微微偏着头，思索他们冬天到底演出过几次，又是哪次那么凑巧被翟蓝看到，他想不起但又不肯放弃追寻答案，执着地继续说，"那段时间来的人不多，不过场地还可以，在 Zone 买票送饮料。"

"好像……记得。"

游真直勾勾望向他："你那次喝的什么？"

翟蓝猝不及防，想了一会儿才答："是百利甜。"

游真露出"明白了"的表情："一月十五号。"

苹果皮氧化了，内侧发黄，甜腻味道沾了冰雪的冷，缠绕在鼻尖。

老爸走了以后的第一个冬天很难熬，翟蓝办了休学就不去学校了，当然也没参加考试。他拒绝了姑妈要他住过去的建议，仍然每天都待在家里。除了家人跟辅导员，为数不多知道他遭遇的只有高中时的好友岳潮。但他不在本地读大学，平时跟翟蓝保持着线上联系，常给翟蓝发笑话和各种搞笑段子，直到寒假才回到成都，约见一次后发现他状态不好，便不由分说地把他拽出家门。

翟蓝还记得那天降温，但天气晴朗，四川盆地的阳光很奢侈，他心情也明媚了一点儿。岳潮约他去咖啡店自习，翟蓝抱了本书抵达约定地点，注意力却被旁边的一家店拽走了。

他们去过咖啡店好几次，翟蓝记性好，对那一片都熟悉。

叫假日的小店旁边本来有一家批发服装的店，从去年十一月开始闭店装修，那天刚好重新开张。

店的入口很低调，朴素的木门上挂着"正在睡觉"的牌子。

白色外墙抠出一扇窗，只见里面半边墙都摆满了酒瓶。旁边横着的招牌嵌入霓虹灯管，挂出歪歪扭扭的四个字母——Zone。

"Zone？"咖啡店店员听他和岳潮聊起，笑了，"那是我们老板的朋友开的。"

岳潮顺势问："什么店啊，酒吧？"

店员端上他们点的巴斯克蛋糕："算……Live House？不过你要说清吧、酒吧也没错，卖调制的鸡尾酒，偶尔会请小乐队演出。昨天刚开业，最近一个星期都是卖票送饮料，你们有空可以去听呀，说不定还能看见我们老板呢！"

翟蓝："你们老板？"

"嗯，他也有个小乐队，叫'绿风'，音乐软件搜得到，作品嘛，见仁见智，反正我听不太懂。"店员不好意思地用手指绕着麻花辫发梢。

可能那天巴斯克的味道恰到好处，可能喝了太多次咖啡感觉店员早已把他们当半个朋友，诚恳的推荐让翟蓝动了心。吃了晚饭，两人在芳草路转悠两圈再次路过 Zone 时，岳潮怂恿他去试一试时，翟蓝鬼使神差地同意了。

晚七点，小木门打开了，牌子上的字变成"进来听歌"。

几个衣着时髦甚至有点怪异的男男女女聚集在玄关，聊得眉飞色舞。经过他们时，翟蓝侧了侧身，然后就发现另一边靠墙的广告牌。前面两支乐队是什么名字，翟蓝真的忘了，他只记得最后那片抽象的树叶。

22:00—23:00，绿风。

风格：Post-Rock。

那个夜晚，蓝和绿的光充斥着翟蓝刚刚走入的、光怪陆离的新世界。他被人群挤到了最角落，和舞台距离很远，看见灯光制造出的阴影里，拿着电吉他的男人专注地演奏那些对翟蓝而言太难懂的音符。鼓点是安静的，低音频率与合成器播放着采样共振，电吉他取代了人声，像在讲故事。第三首歌时他才意识到这支乐队没有主唱，器乐成了绝对的主角。那些或沉郁，或柔和的旋律、节拍，逐渐变成一朵膨胀的云。他想到了很多个夜晚，大雨将至时街灯光线摇曳，树叶飘零。憋闷已久的心忽然找到了一个裂缝，积郁的情绪逼近出口，翻涌、升腾。冬夜变得闷热，他的情绪几乎被吉他的声音感染，云层向他倾轧——

随后，一声惊雷。

在此之前翟蓝没听过所谓的"后摇"，但那一天，他看完了整场演出，站在 Zone 的舞池外面听完歌，转过头从一张扭曲的镜子里发现自己泪流满面。

回到家后翟蓝去网上搜了这支乐队，也找到了那首仿佛从他心里生长出来的歌——《季风》。

评论区带着音乐人认证的账号潦草地写了几句创作感想，提到盆地春秋雨夜，让翟蓝本已十分柔软的心底再次塌陷。

翟蓝点进那个头像。他急于抒发自己憋闷的心情，把那些眼泪、心跳混杂在简单却又动人的旋律中，洋洋洒洒好几百字，写满私聊框直到字数达到上限。待回过神消息已经发出去了。聊天框没有撤回键，他写的听后感乱七八糟，词不达意。

第二天，翟蓝肿着一双眼，发现那个叫做"Real 的数字世界"的吉他手回复他："听完能轻松一点就好，希望你今天开心。"后面还加了一个笑脸的表情。

后来因为过得太颓废，也因为岳潮开学后没有谁再分心陪他，翟蓝会一个人去假日，每天都会看一眼隔壁的广告牌，但再没遇到过绿风演出。他把乐队主页的歌单曲循环了一遍又一遍，偶尔会给叫 "Real 的数字世界" 的人写小作文。

"Real 的数字世界" 会回复他，只不过总要隔好几天。翟蓝糟糕的情绪有时充斥在字里行间，对方可能看出来了，有时也给他发两张自己拍的照片。照片有时是湖边的芦苇，有时是鸟，有时是街边趴着的小狗。虽然只是 "Real 的数字世界" 随手拍的，但看了都让翟蓝短暂好过一阵。

在某个夜晚，他半开玩笑地留言 "你叫 Real 吗？" 睡醒后得到了回答——

"我叫游真。"

"太凑巧了吧，在这儿也能遇到看过演出的人。" 曾经在私信框里的人这时坐在火车窗边，笑容重新回到了眼角，仿佛给那几个简单文字配上了语音，"我叫游真。"

"我知道。" 翟蓝轻声说。

"你呢？"

翟蓝打开充了一点电的手机备忘录，把那两个字写给游真看。

"名字很特别啊。" 游真感慨。

翟蓝不好意思："总被念错。"

"不是念 zhái？"

"念 dí。" 翟蓝说，"读快了有点像 Delay。"

"或者 Delight。" 游真说。

他反应很快，让翟蓝不由自主地缓和了神色："是吗？"

音乐人偶尔灵感乍现，又或者在陌生环境偶遇曾经同一个空间近在咫尺的人，哪怕以前并不认识，也莫名觉得亲近。游真想着对方的名字，突然异想天开地看向面前的男生，眼睛里露出一簇火苗似的光。

"你发现没？我们两个的名字连在一起会很像一部电影的名字。"

"啊？"

"《一直游到海水变蓝》，贾樟柯的。我感觉拍得一般，但我喜欢这个名字。"游真说完，好像觉得自己有点失礼，朝他笑笑后不好意思地托着脸转向了车窗外。

雪山是灰的，天空也是灰的，火车像冲破了浓雾。

高原百亿年前或许有过一片海。

"R，四月快乐。

"好奇怪，虽然知道你的名字但还是喜欢这个称呼，可能因为留言区都这么叫。谢谢你发的月亮照片，我现在好多了，正准备踏上一段未知的旅途。但是十几个小时的车途没有旅伴可能有点无聊。

"昨晚听了很多遍你们的新歌，最后四分钟的鼓点让我想到了小时候，天很高，太阳耀眼，坐在屋檐下嚼口香糖，无所事事，多么令人怀念的日子。

"其实我很害怕选择错误导致事情超出可控范围，又厌恶现在的自己，现在选择往外走大概也是想要有所改变。如果能顺利走出这一步，那么也许就多了一点面对未来的勇气。

"你有没有一个人去过很远的地方？

"希望你今天开心。

"落款：L。"

对话框里最后一条信息还是他刚上火车时发给游真的，他习惯用这句。游真第一次回复他的问候，就用这句作为结束语。

不过翟蓝那时被沮丧、嫌恶与一点点几不可见的憧憬纠缠，他做梦都想不到，竟然能在这趟列车途中和游真本人分享同一个苹果。

他从西宁上车，为什么会离成都那么远，是做什么事情去了吗？他又要去哪一站，格尔木，那曲，或者跟自己一样的拉萨？翟蓝就算到了拉萨然后呢？

有某个瞬间翟蓝想直截了当地告诉游真"我就是那个常常发私信'骚扰'你的人"，再说句"对不起"。他觉得游真会原谅他，说不定还会为这段偶然相识而赞叹缘分的奇妙，进而与他多聊几句旅途的计划。但翟蓝转念一想，游真那个乐队虽然不太有名，但光是一个音乐软件的主页也有将近两万粉丝，经常私信游真的肯定不止他一个。翟蓝类似追星成功的快乐还没发酵，就突然被重新按进水池，连泡泡都是一声闷响。

黄昏，火车经过雪后高原，翟蓝和游真没聊几句就双双陷入沉默。翟蓝"社恐"，游真可能也有点认生，再者他们除了"去哪儿"确实没多余的话题。

去哪儿，火车上每时每刻都在发生类似对话。它一经发生，仿佛就开始提醒每个人，过客是不值得浪费时间的。

沉默没多久后，游真说自己要打个电话，转身走开时神色匆匆，看起来有要紧事。翟蓝不知道他有没有撒谎，毕竟越往高原腹地，信号越差，谁的信息都收不到，哪怕想看看现在朋友圈谁又发了牢骚、地球上出现的新鲜事，全成了有心无力。

绿皮火车里亮起了灯，成为深夜里急匆匆的一把火。翟蓝还坐在原位上，手机充满电，他渐渐习惯了耳畔躲不掉的嗡鸣，还能顶着这些噪音安静听歌。

车窗紧闭，翟蓝借灯光看见外面白片飞舞。

雪山在咆哮，汹涌的，浩瀚的，古老的呼喊。

车厢铁皮隔绝了他聆听远古的机会，翟蓝心不在焉地在玻璃上胡乱画几笔，背后几个铺位的人无聊得开始打牌，不时争执着什么。手里的充电器还有余温，翟蓝想还给游真，但穿过整个车厢也没看见那个耀眼的墨绿色脑袋。

最后还是什么都没吃，翟蓝简单到厕所洗漱了下，回车厢爬到中铺。

"哎，小伙子……"对床的大叔欲言又止。

翟蓝摊开被子，望向他。没了最开始的戾气，翟蓝长相自带无辜感，说话也轻："您找我？"

"就是，你……"大叔思来想去，最后问，"你需要我们换床位的话就说，出门在外，要是一个人呢，遇见什么困难也可以跟我们说，我们也算是长辈嘛！"

突然来临的好意让翟蓝一愣，半晌才钝钝地一点头。"哦……谢谢您。"

大叔："嗐，应该的。"

翟蓝略一颔首，内心或多或少因此有所触动。那场事故发生后有太多情况超出想象了，曾经熟悉的人会因为利益牵连变得面目全非，相比之下，陌生的善良总会让人心存感激进而得到慰藉，即便对他们而言并不需要付出什么。

"世界上还是好人多。"李非木曾经这么对他说。

那时翟蓝没吭声，现在发现虽然这话非常老套，但仍有可取之处。

这次再睡下后，翟蓝的烦躁减轻不少，困意袭来。

晚十点经过格尔木，停车时间将近三十分钟。

游真下了车，夜风凛冽，他裹着羽绒服吹了好一会儿风，为了打完断断续续的电话。

"对不起啊，还要让你专程跑一趟。"电话那头是个清亮的女声。她说了一大堆叮嘱的话，游真听着听着就神游了，这时被最后一句话拽回来才有了反应："哦，没事儿，不凑巧嘛，你又不是故意的。"

女声笑起来："我倒真想故意，结果还是影响了演出计划。等宋老师忙完这阵儿，你也带着人从林芝回来了，我应该就好了……啊对，你打算怎么过去来着？租车，还是坐火车？"

"到了拉萨再说吧，我要去拿一个东西。"游真说，低头看了眼腕表，"先谈好，如果丹增的情况不允许长途跋涉，我就没办法了。"

那边沉默了下，才说："好，那就是他的命。"

"嗯。"

"你现在到格尔木了？"

"对，很快发车，等进入可可西里估计信号更差，有什么事你先给我留言。"游真说，"先这样，等我安排好再跟你联系。"

那边又让他注意安全，游真应了，挂掉电话愣怔好一会儿。不远处的列车员朝游真招手，示意他赶紧上车，怕他听不见，又喊了两句。

游真收起手机，踏入车厢前抬头望了望深沉的夜空。风雪将歇，但没有星辰和月亮。

入夜后火车开始供暖，车厢被烘暖了，味道像烧了松木，不太好闻又能找到一丝奇妙的安定感。伴随轰隆声前行，原本嘈杂的内心居然获得了宁静。

游真靠在车厢连接处缓了缓，这才慢悠悠地穿过几节车厢回到自己的铺位。白天精力最好，说个不停的大学生已经睡了，用外套裹着脑袋。那位"妻管严"在格尔木下车了，车厢空出一大块。

大叔刚洗完脸，见游真，热络地招呼他："刚才下车了啊？"

"打个电话。"

大叔问："你是第一次进藏吗？"

语气关心居多，游真也收敛了白天时的抵触："也没有，很早之前去过。"

"那一定要早点休息，不然晚上穿越无人区，海拔太高可能不太舒服，容易缺氧。"大叔语重心长地提醒他，"实在难受，我那儿有西洋参片。"

"我带了。"游真点点头，"谢谢。"

等大叔爬到中铺休息，游真还独自站着，目光转了两圈注意到另一侧鼓起的被子，那人把头蒙得密不透风，好像睡得很熟。游真暗自想"Delay"的姿势也太容易憋坏自己了。

桌面靠近他的那一侧放着充电宝。游真撕下便利贴，翟蓝的字迹遒劲有力，反而不太符合他给人的第一印象。

"想当面还给你的，老等不见人，谢谢。"

最后还画了个挺可爱的猫头，游真情不自禁笑了下，从背包里抽出一支墨水笔在空白处补上"不客气"，想了想，有点幼稚但又趣味十足。他站起身，伸长手臂把便利贴粘贴到了翟蓝床头。

十点半后列车准时熄灯，游真在这个点儿很难有睡意。他惊讶地发现手机信号居然没有完全消失，就着微弱的两三格信号听了两首歌，回了几条消息，查看邮箱，把采购单发给假日的店员……然后好像就无事可做。发呆了几分钟，游真还是点开了那个音乐软件。

私信箱叠着红点，他粗略扫过，果然发现来自熟悉 ID 的长篇大论。

发件人名字只是个句号，第一封私信冒冒失失的，词不达意，心思太细腻又有点敏感，给他喜欢的那首《季风》写了长达三百字的听后感。私信末尾他胆怯地问，以后的演出计划能在哪里看，不加粉丝群有没有渠道得知。

其实游真通常不怎么看私信，更别说回复。那天他喝了酒，又觉得句号虽然语无伦次但挺可爱，就多看了两眼。对方语气真诚，但可见心情不太好。距离发信已经过去几个小时，游真不知怎么想的，安慰他"今天开心"，莽莽撞撞地点下发送键。

过了几天再有回音，这种沟通频率，平白无故让游真多了点挂念。好像他那些不怎么样的照片、信口胡诌还有语病的碎碎念从此有了价值，可以让一个素不相识的人因此雀跃。不涉及现实，各说各话，也足够放松。

他有点像自己失去了的那个亲人，从天而降，不知不觉地弥补了游真不可名状的缺憾。这认知让游真一直和句号保持了几个月的联系。

前几天西宁夜空清澈，游真在外面散步时随手拍了两张，意境尚可。朋友圈分享一张，余下那张就发给了私信箱里的小句号。说不清为什么，可能对方的文字总是絮叨又孤独，让他心软。

这次收到句号旅行途中的忐忑，第一次有了落款。

入夜后，火车往前继续行进时声响被寂静放大，一颗心反而不由自主地归于安宁。

游真思考着，开始打字。

"L，四月快乐。

"我以前经常独自旅行，不过时间都不长。没有你说的忐忑害怕，但也没什么激动和自由的感觉。可能去的地方不对，也可能找不到合适的人一起，有些快乐不能共享就迅速消失了。因为记忆不是画明信片，有起伏才更深刻。这也和编曲有点相似吧。

"哦对，我也出发了，不过是要去办点事，乐队大概有段时间不能演出了。但我运气不错，才刚刚启程就遇到一个很有意思的人。

"希望你今天开心。"

翟蓝梦见自己溺水了，身边全是气泡，伸出手什么也抓不住，只能一个劲儿地扑腾。阳光从头顶笼罩他，一点也不暖，却压着他继续下沉。周围没有半丝声音，他的呼救喊不出口，仿佛脖子被用力地掐住了。脚底一片黑暗，低头瞥过，翟蓝突然停止了挣扎。他直勾勾地望着那地方，忘了呼吸，水波归于平静，然而片刻后从深水里搅起漩涡，他来不及发出一点声音就被裹着往下拽，手脚被捆住，几乎溺毙——

翟蓝猛地坐起身，眼神发直，半晌分不清虚拟和现实。

"咳咳……"

回过神时手指把金属床栏抓得很紧，翟蓝放开，才终于从已经徘徊了一天一夜的响动中辨认出自己还在火车上，对床的三个人都睡得很熟了。

翟蓝摸出手机看时间，凌晨三点。放心地重新躺倒，他以为自己很累应该可以快速睡觉，可这次却事与愿违。翟蓝有点头晕，起先觉得可能是噩梦的后遗症，水杯挂在床边，拿起猛灌了几口安抚过快的心跳。喉咙干燥，吞咽时开始疼，翟蓝侧身躺着感觉越来越不太舒服，脖子被掐着的感觉好像没有消失，依然呼吸不畅。翻来覆去，再次喝水无效后，翟蓝慢半拍地意识到：可能开始高原反应了。

上火车前他根本没进行过任何进藏前有哪些必做事项的了解，李非木给他发过一些，但那时翟蓝觉得自己不太可能真的去，所以只看了一眼，并不打算付诸行动。

这会儿吃了苦头，翟蓝临时抱佛脚地打开微信，想找文件，被右上角的"无信号"几个字狠狠地噎住。

说了什么……

好像第一个就是多休息，然后吸氧，保温……

翟蓝赶紧坐起身把外套穿好，披上厚实的被子。他没注意到自己动静有点大，吸了吸鼻子，翻过身躺好强迫自己休息，刚转过头就被吓了一跳。

下铺的游真不知什么时候起了床，一米八几的身高，单手攀着床尾的金属架。太暗了，走廊小夜灯不足以照明，翟蓝只看得见一个影影绰绰的轮廓，看不清游真的表情，他不敢轻举妄动，居然就这么愣住了。

两人一个站着、一个保持半躺姿势面面相觑良久，到底是游真先打破僵局。

"睡不着？"

翟蓝索性盘腿坐好了，也小声说话："我好像有点高反了，头痛。"

游真"嗯"了声，然后重新回到了下铺。

这就算完了，翟蓝没指望一个旅途中的陌生人对自己嘘寒问暖，反而开始愧疚，他急急地躺倒，脑袋往下探："游真，我吵到你了？"

游真不吭声，从翟蓝的角度只能依稀感觉到一团绿毛在晃荡。

"对不起啊。"翟蓝无力地道歉。

下铺传来一声叹息，游真撑起身，手里多了个药瓶："你上面有水吗？"

"嗯？"

"止痛药。"游真说，后半段仿佛自言自语，"应该有用吧。"

翟蓝好一会儿才接过去，就着保温壶里残留的一点温水吞了药。药效发作不会那么快，他仍然保持坐姿，说"谢谢"会让游真觉得太客气，只好沉默。

游真还站着，问他："好点了？"

"没什么感觉……"翟蓝如实说，又辩解，"不过等一下应该就好了，我，那个，以前没吃过止痛药。我等会儿再试试能不能睡着，实在不行明早——"

"睡不着的话可以下来坐坐。"

翟蓝抱紧被子的手紧了紧，似乎不解游真这个提议："你不睡了吗？"

"我也失眠。"

有根敏感的神经被这个"也"字撩拨，游真说得轻描淡写，翟蓝却莫名有了种不再孤单的宽慰。翟蓝需要被陪伴，也需要别人告诉他"你觉得自己很古怪的时候还有人和你一样"。

翟蓝轻手轻脚地下床，穿了鞋，跟着游真从卧铺走到窗边时，身体还没什么感觉，小夜灯就在脚下亮着，萤火似的光，他一低头看见游真脚下随意地踩着球鞋。

车厢内无比安静，翟蓝望向窗外。漆黑一片，隐约能听见风声，有某个瞬间翟蓝忽然觉得这趟旅途没有尽头。

"我第一次进藏。"

怕吵醒别人所以刻意压低声音，在午夜，周围也变得静谧而狭窄。翟蓝说完这句话呼吸困难好转了，耳鸣却更严重。

没想到他会主动打开话匣，游真拧保温杯的动作都慢了一拍："啊，这样。"

翟蓝双手捧着脸，目光直勾勾地盯着小桌板边角："本来没想过要走的，那天差点赶不上火车。结果火车又延迟发车，来都来了，就出发吧……但什么都没带，白天还没感觉，现在才知道高原反应不是我想的那样。"

游真问："你想的什么样？"

"呃，可能就是，像晕车？"翟蓝揉着太阳穴，"但我也不晕车。"

游真没回答关于高反的话题，问："你去拉萨？"

翟蓝抬起头："你怎么知道？"

"猜的，这趟车要经停的站点没那么多，都是大站。路过格尔木以后，明早会在那曲停靠，然后就是拉萨了。"游真说，"你既然说'什么都没带'，明显不是去那曲。"

"那你也去吗？"

"嗯？"

"拉萨。"

"是啊。"

好巧。翟蓝想这么说但又开始不舒服了，他捂着耳朵，趴在桌上。

异样的动作引起游真的注意，虽然灯光微弱，但他仍能发现翟蓝脸色发白，嘴唇些微发青。游真不跟他说话了，把保温杯打开倒上热水推过去。

"要不你喝点这个试试？"

翟蓝先闻到一股药味，皱了皱眉，没立刻喝它。

"枸杞、黄芪，还有红景天。"

翟蓝点头，不再多想直接一饮而尽。中药闻着不太舒服，喝下去反而没什么特别味道，而且这次分不清是心理因素还是之前的止痛药与红景天搭配一起有了作用，翟蓝坐了几分钟，因缺氧导致的耳鸣真有所减轻。

他惊喜地跟游真汇报了自己的好转："你这么厉害，都快能赶上医生了！"

"嘘。"游真提醒他不要太大声，指了指旁边。

翟蓝立刻乖乖捂住了嘴。

这小动作逗得游真忍俊不禁，拿回杯子也给自己倒了点，然后说："我有个朋友，她在青藏高原生活了二十多年，怎么缓解高原反应可以说了如指掌。这些都是她帮我准备的，怕我这么长时间不进藏了，身体不太适应。"

"你不是第一次……"翟蓝一愣。

　　游真喝着水，应了一声："是啊，很早之前去过一趟，不过有十几年了，其实也算第一次，毕竟现代发展日新月异，几年的时间足够一座城市发生翻天覆地的变化。"

　　"我……"

　　"我爸以前也很喜欢西藏，说过带我去。"

　　这话突然如鲠在喉，消失了小半天的失落复又像潮水裹挟了翟蓝。他垂下眼，假装镇定地盯着窗外看，试图默默挨过这阵难受——失去亲人听多了就觉得与自己无关，平时也可以正常生活，但想起来，很难装得像个没事人。所有人都劝他时间会治愈伤疤，翟蓝却根本不信。如果时间治愈他的方式是让他忘记，那他宁愿永远流着血。他下意识地就要提起老爸，又自己咽回去，最后只默默地叹了口气。

　　翟蓝故作轻松地说："我还以为你是常客，打算让你推荐几个景点呢。"

　　"那你想去哪儿？"

　　"嗯？"

　　"我去翻翻自己做的攻略，嗯……"游真说完真的拿出手机翻起了备忘录，"嗯，就当让你打个小抄，不过质量不保证啊。"

　　"什么啊！"翟蓝笑着，"我还不一定在拉萨玩。"

　　"所以你打算去哪儿？"

　　这次翟蓝没回答。

　　游真抬起头，手机屏幕的冷光照亮他，棱角分明的五官似乎柔和了很多："是玩儿呢还是徒步呢？自由行还是在当地报个旅行团？你好像没有计划。"

　　"没有。"翟蓝诚实地摇了摇头。

　　"认识的人在拉萨？"

"也不是。"

游真好像对他无奈了，半晌，才说："那你去西藏干什么？"

不太想提起隐私，可夜晚太安静，游真说话时的音量刚好钻入他耳朵，一下子与那些音符和旋律重叠，像一阵轻盈的鼓点。

翟蓝低头盯着指缝："我……休学了，想换个地方调整心情。"

游真自觉失言："啊，不好意思。"

"呃，没什么的。就是遇到一些事然后影响了状态，我感觉有点……怎么说，出不来。"翟蓝说，又为自己补充，"不过可能对别人来说不是什么过不去的坎儿，我只是从没经历过，一时不太能想得开。家里长辈说，老憋着也不好就让我出来转转。"

良久，游真才不明所以地"唔"了声。

过于私人，又没说清楚，安慰也无从下手。翟蓝知道自己说得含糊，不指望游真能说什么建设性的话，他听了太多心灵鸡汤了，深知这事除了自己想开，别人都有心无力。只是对一个陌生人提起还是有点尴尬，翟蓝笑了笑，试图缓解气氛。

"没事的，我有个表哥，他虽然不在拉萨，但会帮我安排的。"

"这样……"游真顿了顿，形容不了自己的心情，更像脱口而出，"你……如果没人带着玩，也可以跟我一起。"

游真的话音刚落，翟蓝就好像凭空挨了一闷棍，眼前发黑，又迅速地五彩斑斓。他分不清是高原反应再次加重，还是因为游真那句蓦地带来了情绪起伏，一下子有点像身处梦中，来自游真的好感不同于那些虚情假意，让他不得要领。别人安慰他，总说"你要想开""你要放轻松"，而游真说，"你跟我一起玩"。

"真的假的？"翟蓝问，语气有点调侃也有点忐忑，"难道遇到谁你都这么热情吗？总觉得你不像会带拖油瓶的人。"

游真略一偏头："有点，但你不是我的乐迷吗？"

"啊？"

"你说看过我的演出，那就当是乐迷吧。"游真的语气认真严肃，不像玩笑，"既然遇到了，总得特殊对待一下吧，不然多对不起你的门票钱。"

翟蓝一愣，想笑，可游真似乎预料到他的反应，抢先竖起手指抵着唇示意他噤声。他点点头，用力忍住但眼睛却因此弯得弧度更深。

他想问，难道你的好意就值一杯百利甜吗？

其实，那杯低度酒什么味道，翟蓝已经记不住了。他托着脸，转向车窗外，看见一片漆黑，偶尔有一两点亮光，是火车的灯照过铁轨留下的遗迹。

半夜，藏北的荒原，风雪已经停了。

可能游真的红景天确实有效，半个多小时后，翟蓝的呼吸困难缓解了不少。趴着的姿势似乎让缺氧好一些，他索性维持着，直到胳膊发麻才坐起身揉一揉手臂。

游真没有要睡觉的意思，翟蓝抬起头时他戴着耳机，不知在听什么，微垂着眼时灯光自下而上照亮他的睫毛，有一片毛茸茸的金色。

翟蓝一时出神。

除了墨绿色头发有些"中二"，游真也是个显眼的人。他五官轮廓有点硬，有点冷，眼神、音色却都柔软，说话听着很舒服，相处时也不会让人觉得无法接近。可翟蓝觉得游真善变、敏感，好像跟他说话必须小心，哪句没说对游真就会突然冷脸，甩给你一个白眼后扬长而去。

好一会儿才意识到自己盯着别人看，翟蓝慌忙错开视线。

但没躲过游真："你看我干什么？"

"在想你为什么也不困，明明都三点了。"

"大半夜比较有灵感，听着歌，就越来越清醒。"游真说着，手指又在屏幕按了几下，见翟蓝跃跃欲试地好奇，干脆把手机屏幕给他看。

翟蓝摇头："我五音不全，看不懂的。"

脚底的小夜灯闪烁两下，深夜里望不真切，但游真听了这话好像笑了："就是编了几段吉他，出门没带设备……要不这样吧！"尾音轻快地上浮，是使坏的前兆。

翟蓝还未有所反应，隔了一个小桌板，对面的游真忽然站起身，把头戴式耳机不由分说地扣在了他脑袋上。游真朝翟蓝弯了弯唇角，距离太近，翟蓝看清了游真眼睛里映出小夜灯的余光藏着一簇萤火。

愣怔中，头顶的耳机被游真调整好角度，他做完这些后再次坐下，拿起手机，自顾自地说："有个地方我一直感觉不对，你帮我听听？"

翟蓝扶着耳机，游真的声音随着耳机里唰啦啦的前奏忽然模糊了。

车轮碾过铁轨，陪伴翟蓝一路的金属的嗡鸣渐小，缺氧和压力变化让他听什么都雾蒙蒙的，品不出好坏。耳机里传出第一声低响，余下回音，明明既不高亢也不浑厚，但让翟蓝禁不住浑身一震。

音符连成一片时有点黏有点闷，随后就轻快起来，如海浪起伏，又像风从指缝流过时切实地感受到了什么，形容不出，也抓不住。

没有伴奏和任何合成器辅助，段与段之间的留白仿佛被延长了，间隙里，翟蓝再次感觉到了火车行进中的震颤。这次他不觉得难受了，轻微的抖动与窗外漏进的呼啸都变得暧昧不清，没有边界感——也许是游真的耳机隔音效果太好了。

戛然而止时，翟蓝心里空了半拍，这一刻似乎什么都不想去想。他呆呆地摘下耳机，垂着头，若有所思。

"怎么样？"游真凑近了。

"想到了……冬天。"翟蓝试图把两分钟内感受到的情绪用言语形容，

"冬天，窗户没关，外面在下雨，有点冷，但是一直不觉得冷，反而很安静。"

游真的瞳孔悄悄地放大了，却往后退了点："真的？"

"嗯，怎么说呢，可能因为我们来自同一个地方，我会想到很多长满香樟的小巷子，下雨的时候就是这种感觉。"翟蓝说到这儿不好意思地挠了挠睡得一团乱的头发，"随便说一说而已，我不懂音乐的。"

游真单手撑着脑袋，话语比平时更柔和了："你知道吗翟蓝，这个旋律的雏形是我去年冬天的一个下雨天，店里没什么客人，我抱着吉他乱弹想出来的。"

他的店应该是假日。

翟蓝想了想，没提过自己经常去那儿的事，反问："你的店在哪儿啊？"

"芳草路。"游真自然而然地说，"你以后回成都了可以常去，我那儿人气挺旺的，卖咖啡和一点甜品，也有主食。"

"这就开始打广告啦。"

"我看你也好多了。"游真边说边伸出手示意翟蓝可以归还耳机，"白天的时候看你闷闷不乐的样子，我就猜应该是高原反应，吃了药现在舒服多了吧。"

"嗯。"翟蓝点头，提了个奇怪的请求，"我能不能再听一遍？"

悬在半空的手指虚握，旋即往回收。

"好啊。"游真的笑意没有半点减淡，"手机一起给你，想听什么自己挑就行。哎，我知道你要问为什么，这地方没信号，大晚上的，不可能有什么消息发过来。"

手机被不由分说地塞了过来，翟蓝握着它，感觉微微发烫，点了点头。

"密码是 220901。"游真站起身伸了个懒腰，指向铺位的方向，"床边有书，我去翻两页就睡啦，你也早点休息。"

仰望的角度，翟蓝目送游真坐到下铺扯开棉被。一盏小灯再次亮起，映亮了游真的脸。两人视线对上，翟蓝定定地直视他片刻，回以连月阴霾以后最真心实意的一个笑容。

眼见游真半躺着开始翻看一本书，翟蓝戴上耳机。他在播放列表里随便选了首带编号的歌，也是半成品。这次不像冬天了，简单的鼓点与键盘声应和着，朝露待日晞，薄雾散去天光乍破，暖融融的绿意。

编号 025，名字叫"四月"。

翟蓝两手捧着脸，窗外，可可西里广袤无垠。他和游真却在一辆列车里跨越了无人区，驶向同一个地方。

后半夜风雪停了，气候变幻，几公里外风景就截然不同，星辰明朗，平坦尽头的山脉如同大地的脊梁，撑起千年不变的高原天空。

四点，翟蓝终于有了困意。他戴着耳机爬到中铺躺平，再次用棉被捂住了脑袋，抖动两下，有张小纸条倏忽掉落，差点砸到脸上。

翟蓝一愣，顶着酸涩的眼睛，借着窗外的月光，不用多辨认就能看出是他写给游真的那张。但这时下方空白处多了几个字，算不得很工整，却很清秀好看。翟蓝默念他写的"不客气"，后面似乎想照应他留的猫头简笔画，也试着描了点什么轮廓。可惜画得太有毕加索风格，看不清是猫是狗。

游真好像家里的大哥哥，平时看着冷峻，其实又温柔又细心。

"什么啊！"翟蓝暗想，笑意又爬上唇角，拉着他轻飘飘地飞。

登上列车时，甚至更久以前就开始的郁闷、抵触和烦躁都在这个夜晚骤然减轻了重量。那块压着他的石头无声地裂开一条缝，不需要太大动静，也不必山崩地裂般地宣告什么，已经开始慢慢地被风和雪吞没。

翟蓝不知道对他而言，这张纸条、游真没发布的歌或者那半个切得无比平整的苹果有没有用，但石头最终会化为齑粉。

他拆开手机壳，把写有游真回复的小纸条贴在里面，纪念他们的相识。

耳机里，吉他声还在继续。

游真自己录的小段旋律犹如随手写的只言片语，从木吉他变成电吉他，伴随着各类效果器编织出不一样的感觉。半成品比不上最后完整的呈现听着圆满，留下了更大的想象空间，足够翟蓝在这个黎明保留幻想。

翟蓝不记得自己听到第几首的时候睡着了，他久违地没有做梦，沉浸在安稳得如同海藻一样的墨绿中，抬起头，雪山之巅有漫天银河。直到被某个声音催促着叫醒。

"喂，翟蓝，翟蓝！"

翟蓝翻了个身脸朝外，丝毫没有被打断深度睡眠的难受，很快地清醒了。然后发现游真攀着床边，近在咫尺。

隔壁床传来大叔依旧荡气回肠的鼾声，翟蓝略一挑眉，用眼神询问游真是什么事。对方拽住他的被角，另一只手指向靠近走廊那边的车窗。

"醒了吗？快起来看。"游真故弄玄虚。

好奇心战胜了困倦，翟蓝只挣扎了一秒就毫不犹豫地坐起身，披着冲锋衣爬下床，凑到窗边。

天蒙蒙亮，连绵的山线下，戈壁滩的岩石像大地裸露的骨骼，比天黑前所见更加荒芜，水流残痕纵横交错。远方矗立着一座信号塔，钢筋搭建，顶天立地竖在那儿，仿佛不属于这个时代，有种外星文明的壮丽。

翟蓝来不及感慨，游真往斜前方示意，声音小却压抑不住惊喜："你看那儿。"

藏北经年干燥，少雨，这时竟然在雪后迎来了一道彩虹。不是横跨整个天空的巨大弧形，不仔细看就会错过，和所有形容中的赤橙黄绿青蓝紫，颜色相差甚远。很短的一条连接天地，青空和山的色彩把它涂抹得更加模糊。但那的确是彩虹，如同从云端坠落到大地。

"很漂亮。"翟蓝几乎贴在车窗上，温热呼吸吹起了一层雾。

"在川西看过一次，不久后这儿估计会下冰雹，或者大雪。"游真轻声说，"不过也很难得……翟蓝。"

"怎么？"

"你要不要许个愿？"游真说，语气像逗小孩儿，"见到自然奇观抓紧时间。"

翟蓝想反驳他，又觉得他的话多少带点道理，他真就双手合十规规矩矩地放在面前。

许愿都是求心安，他太久没有妄想从虚拟中得到安慰了。但他有什么愿望呢？

最大的愿望是光阴回溯，能倒退到那个晚上给老爸打个电话，阻止他出差。

翟蓝知道实现不了。

姿势维持了一会儿，翟蓝放下手："算了，我好像没有特别想许的愿望。"

"我教你啊。"

游真说完单膝压住贴墙的椅子，转动身体面朝彩虹方向，虔诚如同在佛前，闭上眼，唇角还有散不去的笑意。

"嗯……希望我赚大钱，继续做自己喜欢的事。"

话音刚落，绿皮火车前方一声悠长的鸣笛。

"就这样很简单啊。"游真重新坐好，侧脸笼罩在一片熹微中，接着他想起什么似的朝翟蓝飞快地一眨右眼，"不对，这边已经是藏地了，普通话也不知道神仙能不能听懂啊……刚刚好像应该说，扎西德勒。"

乌云不多时全部散去了，冰雹没有如期而至。翟蓝坐在窗边，晨光在他手背上跳动着。他低下头，想到刚刚说的"没什么特别的愿望"，突然如鲠在喉。

"我想……我想我能够重新振作。"

暗下决定时，翟蓝听见心跳剧烈，扑通扑通，像那道彩虹突然有了温度，把他点燃。

火车停靠那曲站后离拉萨就只剩最后一段距离，黎明的彩虹也成为过去式，游真打着哈欠下车买了点吃的。等他抱着两碗酸奶重新上车时，隔间里热热闹闹的，游真带着疑惑走近，没先吭声。

隔间两边一共是六个铺位，除了一直没人的翟蓝上铺，隔壁那三人算是从兰州开始就打成一片，唠嗑，打扑克，分享零食，建立了途中的革命友谊。但眼见扑克瘾被勾起来，昨晚偃旗息鼓后，眼镜男却提前一步在格尔木下了车。

年轻学生和大叔没看到游真，又见翟蓝经过一夜休息脸色有所缓和了，赶紧怂恿他加入牌局。

"很简单的啦！"年轻人铆足了劲儿劝他，"我们先教你几局，包会！"

大叔也帮腔："就是，又不打赢钱的，就图一开心，打发时间嘛！"

"哎呀，弟弟你帮帮忙，实在不行我帮你看牌你凑个数……"

"小伙子，这儿到拉萨都得吃晚饭了，你这还剩几个小时，一路不无聊啊？大家玩一玩、聊一聊，哎，出门在外互相帮助——"

翟蓝看着内向，到底不是真的生人勿进，禁不住他俩轮番轰炸，只好从窗边的位置回到下铺，硬着头皮拿起了扑克。

大叔指挥："你坐那帅哥的床尾，哎，没事儿！"

游真就是在这时走过去的。

目光接触，翟蓝赶紧站起了身，游真示意没关系："你坐吧，在干什么？打牌？"

"我不会打。"

翟蓝的语气还算正常，落进游真耳中，不知怎么的就带上一点委屈一点无助。他让翟蓝去里头，然后自己坐在了外侧。

大叔已经开始洗牌，年轻人跃跃欲试："没事儿，不会就学嘛，真的特简单！"

"我帮你看着。"游真也说。

翟蓝眼睛亮了亮："哦，行啊。"

大叔应该是个资深牌友，洗牌时简单给翟蓝介绍了下他们玩斗地主的规则。游真注意翟蓝的表情，眉头微蹙，跟做题似的，嘴里还念念有词像在背书，他忍俊不禁，拆开一盒牦牛酸奶自顾自地开始吃了起来。

"这样就算赢了，明白了吧？"说完，大叔殷切地看向翟蓝。

少年沉默片刻，点头："懂了。"

"小伙子学东西很快的啦，"大叔放宽心，"来，我们先打两局，你试试水。"

第一局，翟蓝飞快地输了个精光，和他一队的年轻人捶胸顿足脸色难看。可罪魁祸首的表情却不以为意，从后背紧绷到微微含胸，坐姿开始放松了。

第二局翟蓝依然拿的是农民牌，出牌速度明显变慢。游真的酸奶吃到一半，感觉这事好像和自己预料的局面不太一样，只见翟蓝眼神专注，嘴唇抿着，不是紧张的微表情反而更接近他聚精会神时的下意识动作。

游真探头，看了眼翟蓝手里的牌，眉梢不禁一挑："哟。"

翟蓝闻声转向他，眼角不动声色地下垂，有点像在笑，然后转过头又摸了张牌。他的确不会玩，连抓扑克的动作都过于笨拙了，用两只手捧着，牌看着比面前两个人的都多。确认过新的花色，翟蓝一直抿着的唇放开，眉心却皱得更深。

与翟蓝的冷静形成鲜明对比的是年轻的大学生，只见他手舞足蹈，几乎提前预判胜利："嘿嘿，这一次，我赢定啦！"他甩出一套单顺子，8到K，摸着手里最后的两张牌喜不自胜。

"唉！要不起！"大叔愁眉苦脸。

翟蓝："9、10、J、Q、K、A。"

年轻人："啊？"

翟蓝："三带一。"

年轻人："嗯？"

翟蓝："3、4、5、6、7。"

年轻人："喂，弟弟——"

翟蓝还在出牌。四个连对，三张同号，这时他手里还有最后一张牌了。

翟蓝："单张7，我赢了。"

年轻人不可思议地看翟蓝转瞬间堆满桌面的牌，再看看自己手里剩的两张5，张了张嘴，一时间竟什么都说不出。

大叔也目瞪口呆："可以啊，小伙子，你在这儿等着他呢……"

"厉害。"游真感慨，"我也来玩一把。"说完顺手撕开另一盒酸奶的包装，把勺子和湿纸巾一起塞给翟蓝。翟蓝暂时挂了免战牌，把位置让给游真，自己坐到一边乖乖地咬着勺子尝酸奶。

牦牛酸奶是特产，但味道并非每个人都能接受。翟蓝一口下去五官皱成一团，样子比刚才打牌时看着还要惨烈，好一会儿才缓过来。过了那阵奶腥味，甘甜占据舌根，翟蓝慢半拍地回过味，有点上头。

另一边，大叔乐呵呵地开始洗牌，问年轻人："小蓝要休息了，你还来吗？"

"来！"年轻人崩溃完，撸起袖子，"赢不了弟弟我还赢不了哥哥吗，游真哥，昨天都逮不着你，今天必须试试你的深浅。"

"好啊。"游真笑得意味深长。

年轻人抽了牌，也没放过在旁边吃酸奶的翟蓝，问："弟弟，你刚是怎么……突然一下子就甩光了，你会算牌？"

"呃，可能？"翟蓝嘴角挂着一点奶皮，说话也黏糊，"小王你出过了，大王之前在我这儿。打到最后估计你最大的牌不是 A 就是 K，单顺子出了后我确定你没有比方块 K 更大的牌了，有可能你剩的两张都是纯数字，而且应该比 7 小，不然出顺子的时候肯定会一起带出去的。"

年轻人："啊……"

"如果你的牌是对子，那大叔手里剩了个对 A；不过万一你不出对子就不好办了。"翟蓝最后说，"幸好我剩了一张 7。"

"这不是幸好的问题吧！"年轻人夸张地往后倒，"不对，你肯定是个学霸！"

"没有……"

"我不信！你高考数学多少分？"

翟蓝搅着酸奶，满脸难为情地说："一百四。"

年轻人睁大眼睛看着翟蓝。

翟蓝："我是数学系的。"

年轻人遥遥地做了个"拜服"的手势，接着毫不犹豫把翟蓝开除牌局。

本就是赶鸭子上架，翟蓝对斗地主提不起兴趣，现在乐得他不肯跟自己打，索性坐在旁边当个看客。游真第一把牌，直到大结局都没打几张。

可能刚才翟蓝出牌的后遗症还在，年轻人狐疑地皱起眉："游真哥，你不会也在欲擒故纵吧？你们俩，逗我玩呢？"

"没有。"游真坦然地说，"我牌技臭得不行。"

翟蓝听到这句，笑得差点被酸奶呛到。

看他们打了两局牌，游真如他自己所言，牌技聊胜于无，再加上运气不行，几乎次次都输，还有一把直接春天了。即使这样，他也没什么情绪，下一次依然淡定地握着牌说"要不起"。

翟蓝看到最后实在不忍直视了，躲到旁边看书。火车上的环境不太适合阅读，他随手翻两页就再次看向窗外。

很多年没坐过绿皮火车，窗户宽敞是翟蓝最满意的地方。

晴天，阳光毫无顾忌地铺洒入内，念青唐古拉山的巍峨雪峰渐行渐远。偶尔路过咸水湖，名字是鲜为人知的，但湖面碧蓝如洗，要不是云层聚集沉甸甸地往下压，水与天连成了一片，这片湖水也不会成为褐黄中令人耳目一新的亮丽。

跨越可可西里后往南走，冻土越来越少，旷野的积雪融化，蜿蜒蜒蜒地漫开了。

烈风吹散了雾，流云也销声匿迹。经过又一汪纯净澄澈的高原湖泊，水色如白练，翟蓝看见有几只藏野驴出现在地平线上，好奇地朝火车竖起耳朵。岩滩变成连绵草甸，铁路桥，信号塔，发电风车，都昭示着他们离聚居区更近。

翟蓝定定地坐着，不时举起手机拍点什么。他其实没想着要把照片发给谁，但这些一生都不一定见几次的风景，若错过了光靠记忆铭刻好像又不足够。

记忆有时是最无情的，套不了公式，无法用数字计算，不给回收站暂时保存的反悔余地。某一天开始，没有了就是没有了，甚至不能自知记忆的消失到底以哪一秒钟为起点，从此再找不回，除非再次出现类似的场景。但"似曾相识"的暧昧感永远比不了第一眼震撼。

翟蓝害怕遗忘，又抗拒不了，自从老爸走后他就养成记录的习惯。他疑神疑鬼，觉得哪天自己说不定会早衰，然后忘记一切。

翟蓝想到时候还能翻一翻相册，重新认识自己走过的每一个脚印。想得有点出神，竟没有察觉身边突然有人靠近，肩膀被轻轻一拍时翟蓝像只受惊的猫，猛地亮出爪子："啊！"

"学霸，想什么呢？"游真把他条件反射举起的手按回去。

"就乱想。"翟蓝搓了搓手腕，"别叫我学霸了。"

"在我的眼里呢，高考数学一百四十分肯定算学霸，你不能强迫其他人改变标准。"游真振振有词。

翟蓝仰起头："你们打完牌了？"

游真"嗯"了声："幸亏没打钱，输得我脑袋都麻了。"

"你运气真的有点不太好。"翟蓝斟酌着用词以免尴尬。

游真并不在意："是吧，你也发现了。我就是那种套环套不中，抽签永远是大凶，超市刮刮乐除了'谢谢惠顾'没别的，玩游戏连保底都会歪的超级'非酋'。"

他语气太逗，翟蓝侧过脸憋笑。

"行啦，该笑就笑呗，我又不在意。"游真无奈地叹了口气，"二十多年都这么过来了，不也还活得好好的吗？而且——"

"嗯？"

"倒霉惯了，就想从生活里发现一些幸运，自我慰藉。"

翟蓝一脸蒙，若有所思。最开始的小哑炮、小刺猬终于收起了棱角，他坐在凳子上，背对白昼，半响后不自觉地笑了笑，睫毛覆盖着，游真没看到他眼角有水光闪烁。

"我突然有点想通了。"翟蓝突然说。

"什么?"

"每个好天气都可遇不可求,所以把它们当作礼物吧。"

黄昏,瑰丽晚霞占据整个天空时,他们乘坐的Z字头火车穿过一个隧道,窗外河流奔涌,裹挟残雪与碎冰,银白水波被染成透明的紫色。

城市轮廓出现在地平线上。

拉萨到了。

走出火车站时晚霞漫天,颜色由浓转淡,一直延伸到东边的山坳中,隐约可见金乌西坠。面朝西的建筑墙面像被刷满了暖橙色油漆,整齐又鲜艳,是自然精心设计后的奇观。

翟蓝背着背包贴墙站,面无表情地听电话那头的人对他解释。

"所以就这么个情况,我昨晚折腾到四五点才睡……"李非木的声音很虚弱,确实精神不济,"本来要接你的那个司机现在这样也来不成了。"

翟蓝:"啊。"

"你身上还有钱吗?要不先在拉萨找个酒店住……"他越说越小声,难免愧疚,"我真的没想到会这样……"

李非木是翟蓝的亲表哥,又是最初劝翟蓝来西藏的人,不可能扔下他不管。最初他给翟蓝安排了两个方案,满以为万无一失了,却没预料到一到关键时刻统统失效。

最初李非木打算亲自去拉萨接翟蓝,结果学校给他分配了招生的事,又有别的学生急需家访,否则会影响下一年入学,他一下子就分身乏术了。后来听说村里有人要到拉萨拿货,时间刚好能接上翟蓝,李非木连夜去拜托对方,人家也满口答应了。李非木本想这次总不会有问题了,哪知第二天就要出发时那人却突然病倒,现在躺在医院里还不知什么时候能好转,拉萨自然也就去不成了。

李非木硬着头皮说完这些变故，一时有些难以面对江东父老的羞愧。

电话那头，翟蓝良久才说："知道了。"

"对不起啊，小蓝。"李非木沉默了会儿，自知理亏，仍为他想办法，"要么你找个酒店，先好好休息一下，明天还有拉萨到林芝的高铁……"

"算了。"翟蓝倒没有耍小性子，"我在拉萨玩儿天吧，你忙你的。"

李非木："这怎么成！"

翟蓝："你不是忙吗。"

"那我也不放心你自己在拉萨，人生地不熟的，万一被骗了怎么办？还有，遇到身体不适呢？遇到坏人呢？"李非木"老妈子"上身，"不行，等会儿给你个电话去住认识的民宿，明天早上我就——"

"非哥，我说了不用。"翟蓝加重语气，"不用。"

李非木突然不知道该说些什么。

"第一次来，你没空，我可以自己安排时间。"翟蓝居然反过来给他讲道理，"拉萨那么多景点，我看完了再坐高铁过去。"

半晌，李非木才愣愣地说："那你打算去哪儿玩啊？"

"大小昭寺、布达拉宫、罗布林卡，看地图查攻略。"翟蓝随口说着，"行了吗？你不要老把我当小孩，实在有问题我知道给你打电话。"

"哦。"

"拉萨是大城市，你不要疑神疑鬼的。"

听口气，似乎不是那个在家寻死觅活的自闭青年了，李非木心里悬了不知多久的石头总算放下了一点，声音也缓和："好嘛，听你的。"

"嗯。"

"但要多多注意安全，有什么身体不适要及时去医院，在高原不比在家……哦，对了，之后怎么打算的，你一定，一定先和我商量。"

翟蓝点头，随后意识到李非木看不见："嗯。"

"还有，给你姑妈报个平安。"李非木欲言又止，只说，"她很担心你。"

"我知道。"

短短的电话结束，翟蓝仰起头，对着颜色越来越深的晚霞叹了一口气。

火车站出站口鱼龙混杂，招徕客人的司机和旅游大巴交错着堵塞道路，刚坐过长时间火车的人要么一脸倦色，要么充满了抵达目的地准备开始新旅途的兴奋。一队年轻学生三五成群，讨论的声音像欢快的鸟，隔了好几米都知道他们在毕业旅行。

翟蓝偏过头见车水马龙，忽然有一刻迷茫。他真的到拉萨了。然而一个熟悉的人都没遇见。不对，也不全是。半米远的地方，翟蓝分明看清了那张英俊得过于引人瞩目的脸。

"接着！"游真朝翟蓝抛出一瓶矿泉水。

翟蓝慌忙拿稳，看着游真，除了意外，还有一丝惊喜。他的表情藏不住，快乐直接写在眉梢眼角："你没有走啊？"

"嗯，想等你被人接走后再走。"

翟蓝正喝水，闻言差点呛了："咳咳……"

一句"为什么"堵在舌尖，他觉得自己已经有答案了，游真无非会回答他"因为不放心"。可是追本溯源继续问说不准反而让两个人同时窘迫，难道他一定要听游真说"因为你是一个人""因为你年纪小""因为我们算同乡"，还是"因为你是我的乐迷"？

他不懂后摇不是乐迷，也尝不出蓝山和耶加雪啡的区别，更不需要游真的同情。他只想游真有一天能把他当成知交好友，在晴天约他一起踏春。

见翟蓝喝水被呛红了脸，游真伸手，一下一下地帮他拍后背顺气："慢点儿喝，别急。对了，接你的人呢？"

翟蓝："哦……之前我表哥说来接我，现在他有事，我就让他别来了。"

他说得平静，游真却皱起眉："不是说你表哥会安排吗？"

"出状况了。"翟蓝说着，手指不安地碾着瓶盖的螺旋，缺口和指纹相互摩擦，"他在林芝某个村里的小学支教，原本看我心情一直好不起来，劝我去那边住几个月，等他这学期结束了一起回去。我就同意了，没打算在拉萨多待。"

"所以现在你打算？"

"没打算。"翟蓝笑得像自嘲，"挺突然的，就，空出了很多时间。"

喧闹，杂乱的话语，环境太陌生，拉萨天空即便黯淡后也清澈得难以直视。揽客的呼喊不绝于耳，兜里还剩不少现金，如果五分钟后什么也没有发生，翟蓝会做一个妥善的选择，打车，坐公交，都行。去到市区，找一家口碑不错环境还行的酒店，住一夜。然后买第二天到林芝的高铁票，逃离这里。

一阵风突然扑向人群，不远处有个女生的宽大的遮阳帽被吹飞了，她惊叫一声，赶紧提着包去追。温度随风骤降，夜晚好像立刻要降临。

绯红晚霞正一点一点地被深蓝天空吞没，东方，山的缝隙中漏出月亮的银光。

"那，走吧。"

游真的声音被吹散在风里，翟蓝一下子没听懂："啊？"

"我说，走吧！"游真提高分贝，尾音故意拖得很长，说完连自己都忍不住开始发笑，"不然你还打算在这里等谁？"

"但是我……"

"坐公交车去市区，我有订酒店，就在小昭寺附近。"游真说到这份儿上翟蓝还不动，他直接拖住翟蓝的背包不由分说地往车站拽，"快走吧，你今天就先跟着我，别的可以慢慢想。"

"好"字刚出口，翟蓝被他拖着倒走时趔趄几步，游真眼疾手快地扶了他一把。

"没事。"翟蓝说着，摘下书包改为抱在怀里。

游真回头示意他跟上："那，走吧。"

翟蓝迈出第一步时，高海拔导致的缺氧仿佛突然加重，但不一会儿就消失了。踩着拉萨的土地，看着身边熙熙攘攘的人群，听着不同口音在此汇聚，风也是流动的。

阳光和煦，翟蓝抱着书包，小跑几步与游真并肩而行。

坐1路公交，翟蓝从兜里摸出两个硬币赶在游真有所动作前赶紧投入购票箱，金属碰撞响声清脆，他条件反射般去看游真。对方用力晃了晃那瓶没喝完的矿泉水："谢啦。"

翟蓝侧过头，吞吞吐吐半晌回他"没关系"。

西藏直到八点还未天黑，夏天更甚，末班公交一直运营到九点半。他们刚到时人多，游真建议再等下一班，挪来挪去还是上了车，只能站着。

"好像没什么区别。"翟蓝保持着书包挂身前的姿势，"和刚才一比人也没少到哪儿去。"

游真："看来你高原反应是好多了。"

翟蓝没听懂："什么？"

"跟在火车上比，现在你都有力气吐槽我了。"

翟蓝尴尬地抬手擦了擦鼻尖，才发现自己的心情莫名雀跃，一路都在轻快地无意识抖腿，脸色也不再惨白。

公交车上的乘客像挤在沙丁鱼罐头里的沙丁鱼，摩肩接踵，游真背向车窗，似乎在看远处的雪山。

车窗敞开，透明的风带走了汽油味。

翟蓝也望过去，山脉黑黢黢的，和火车上看着有些许不同，可能因为天空泛着紫色。云层聚散，傍晚，凉爽洗净了自平原带来的闷热夏天。

将近一小时，公交车颠颠簸簸，在热木其站停下，那时晚霞只剩最后一点深金的光。远处山脉连绵曲折，如同天神的臂膀围住这座圣域。

与全国各地都一样的指示牌标明，几百米外就是著名的小昭寺，汉藏双语的招牌，街边还有不少小店正忙碌地招揽客人。

游真打电话确认酒店的预定信息，翟蓝落在他身后不远，打开了某个软件。私信箱里的红点已经读过，公交站时他踩着夕阳和游真的影子，那一瞬间虚幻与现实仔细重叠，某处因孤独太久没有社交和友谊的空白被恰如其分地填补了。他抬起头，看向游真的背影，露出狡黠的笑。

"R，我已经抵达目的地，风景和想象中一模一样，但我想我会有所改变的。

"祝我们都能有意外收获。

"希望你今天开心。"

覆雨

游真什么话也不说。他知道这场眼泪属于翟蓝。

学会告别是人生的必经之路。

翟蓝路上不觉得累，等到酒店安顿好了，身心的疲倦也迟迟未到。

第一天到高原为了健康考虑，不宜洗澡，但游真之前已经在青海待了些日子，早适应了含氧量相对低的空气。他简单洗漱了下，走出浴室，热气蒸腾中映入眼帘的就是翟蓝直挺挺躺在床上，把手机举得老高的画面。

漫长的公交车程中两人聊了些各自的事，交谈时，游真知道翟蓝原来比看上去的年纪还要小一点，大学只认真读了两个学期，今年还不到二十岁。

休学原因游真没问，他也经历过学生时代，大概能想到要么因为身体，要么是心理出了问题。翟蓝在海拔快四千米的地方游刃有余，肯定不是身体原因，那后者没意外就成了休学的导火索，所以游真更不应该多问。

他和翟蓝还没熟到那份儿上，更算不得知心朋友。就算他一时兴起和翟蓝搭伙，也可以说"收留"，但也没资格去刨根问底。

"跟谁聊天呢？"游真坐在另一张床边，"表情好凝重。"

翟蓝闻声放下手机，改成了侧躺："我表哥。"

"报个平安？"

"呃，算是吧，他管得太宽。"翟蓝说，不知不觉带上了抱怨，"都说好这几天我自己安排，他还一直问，今晚吃饭没有啊、住在哪儿、发个定位、高原反应还严重吗……唉，他以前都不这样。"

注意到翟蓝长篇大论的话里打了个结，游真悄悄记住，但没问他什么，只说："所以你现在高原反应好点儿了？"

"什么啊，你也……"翟蓝看着他，是继续委屈的语气可眼睛一直笑，"好吧，现在舒服多了。但是游真，我看着就那么不让人省心？"

游真擦着头发："小孩子自己出门旅游是挺让人担心的。"

"唉。"翟蓝放弃了挣扎，捂脸。

游真定的是双人标间，一人一张床，很像出差的情形。

翟蓝瓮声瓮气地埋在枕头里说话，像自言自语："游真，你明天有空带我去玩吗？"

"有啊。"游真说，"刚才在路上不是说了，明天去布达拉宫，再到市区转转。等你适应了气候，再挑几个别的地方……"

"为什么？"

游真愣了愣："通常第一次进藏都得有个适应期——"

"你为什么会答应带我玩？"说这话时翟蓝掀开枕头，只露出半边脸。他眼睛非常明亮，眼角下垂的弧度在阴影里看不真切，只感觉圆圆的眼注视着人时竟有些尖锐，压迫感十足。

确实是刺猬，不高兴了就把后背的刺竖起来。游真为这联想暗自好笑。他脸上什么也没表现出来，把毛巾扔到一边，直起身，背对翟蓝去收拾行李箱，好一会儿的沉默后才缓缓开口："你会让我想到我的……弟弟。我跟他已经很久不见面了。"游真的声音仿佛陷入久远回忆中。

翟蓝没预料到答案，枕头全弹开了。他从游真的话语中触摸到了伤疤，惆怅又悲哀的情绪，他经历过，就在不久前。

"看见你，不知道怎么回事，就总觉得他应该现在也是你这个样子。"游真开始叠衣服，把一件毛衣抖开又叠在一起，"不是像不像，是感觉，他如果……就，到了拉萨，我总会想到第一次来也是因为他。"

"是吗？"翟蓝喃喃地反问。

"而且你俩差不多岁数，上大学的年纪。"游真侧过脸，宽慰般的朝翟蓝一眨眼睛，"所以嘛，这几天给你当一下哥哥也不是不行。"

翟蓝盘腿坐着，过了会儿说："我只有李非木一个哥哥。"

"嗯。"

"所以在你面前我也不想被当成'弟弟'就获得某些特权。"翟蓝用手指一下一下地摁小腿处的水肿，把他的名字喊得轻快又放肆，"游真，你可别迁就我！"

要求还挺多，游真看向提出了古怪条件的少年，点了点头："好啊。"

抵达拉萨的夜晚，脱离火车颠簸时的一路嗡鸣，翟蓝终于结结实实地睡了个好觉。没有做梦，也没半途惊醒，更不会因为缺氧突然呼吸困难。

翌日，阳光透过没遮好的窗帘轻抚眼皮，翟蓝翻了个身，然后醒了。他在家这半年过得日夜颠倒，白天没有精神躺十几个小时都成了常态，这时睡了个自然醒，翟蓝都觉得惊讶。他去看时间，满以为至少也得九十点钟，对着手机屏幕偌大一个"7：25"陷入了沉默。一点不觉得疲惫，身体也没或轻或重的不适感，就是……很精神。好像全身的各处小毛病都修复完毕，吸饱营养整装待发。

脚步声靠近，翟蓝干脆打开了灯："早上好。"

"早。"游真问，"睡得怎么样？"

"特——别——棒！"

为了证明自己所言非虚，翟蓝一骨碌爬起身，拉开窗，让阳光洒落进来。他说话中气十足，和火车途中气若游丝的那个人判若两人："我现在就可以出去玩！"

"行。"游真忍俊不禁，"那去换衣服吧。"

翟蓝点头，往卫生间冲之前看了一眼他。

旅行路上难免粗糙点，游真现在的打扮才更接近翟蓝前两次见到他的样子——舞台上光芒万丈，咖啡店前休闲却不失精致——卫衣配色和刺绣都有明显的"vintage"风格，牛仔裤带着破洞，露出膝骨，好像跟上身穿着不在一个季节。

游真很适合有点复古，有点另类，还有点花哨的装扮，配那一脑袋休息好了就不再毛糙的墨绿头发，站在拉萨街头，再背一把吉他，绝对是人群中的焦点。

"今天挺帅嘛。"翟蓝夸他。

"哦、哦，是吗？"游真端着杯子开始喝水，"我的衣服就都是这种，太花了。出门的时候也没怎么认真挑。"

翟蓝真诚地说："可你能穿得很好看啊，我就不行。"

语毕，他赶紧去洗漱了。

翟蓝休学前就不太重视外形了，后面成天自闭，更没心情拾掇。

这天大约被游真刺激到安静大半年的好胜心，翟蓝有心不让自己显得太普通——至少跟游真站在一起不至于对比惨烈，但无奈"硬件"不匹配。他背包里就两三件基础款卫衣、运动裤，还有一件轻薄款羽绒服。

想穿越回几天前狠狠骂自己一顿太任性，连衣服都不好好准备，当然最后还是认命了，翟蓝随便挑了件白色衣服，披上冲锋衣，跟在游真身后去了酒店的餐厅。

酒店提供免费早餐，中西式都有，味道尚可，两人去得够早，翟蓝拿了一根刚起锅的油条，炸得格外蓬松。他习惯性地撕开油条泡进豆浆，汤汁渗入，油条变软但入口还能吃到一点酥脆，再混合一点点豆子香和甜味，他居然觉得自己是被唤醒了第二次。

刚起床时身体得到满足，现在连空落落的心都因为早餐的经典搭配被填满。

吃饱喝足，两人沿着长街一路往前，直达雪城。

布达拉宫矗立在拉萨城中，红白二色堆出千年巍峨。它本身就恍若一座神山，脚底的纵横街道、白色平房构成了一座名为"雪"的小城，受到它的护佑。

"听说这儿以前都是吐蕃人居住、做生意，还有官吏办事的地方。"游真翻着备忘录，"喔，还要先拿预约门票。"

翟蓝跟着他，把自己当成一个普通挂件，这会儿忍不住说："原来你没做功课啊。"

游真振振有词："做完攻略我就没看第二遍了嘛。"

布达拉宫需要提前预约门票，每天参观人数有限。游真前一晚要了他的身份证号，好险约上了，否则又得多等一天。

很多人的拉萨之行或开始或结束于布达拉宫。历经千年，它已经成了拉萨的象征。在雪城之外，布达拉宫和拉萨甚至快和整个西藏画上了等号。

天气晴朗，春日的和煦与残余的料峭在飒爽的风中混合，日光倾城，没有用黄金和琉璃打造，布达拉宫依然光耀四方。连成片的建筑和山峰相比也不逊色，雪的白色，信仰的红色，一格一格的窗恰如雪域的眼睛，望向山海之外。

远处看还不觉得震撼，直到翟蓝真正站在了它的脚底，才感慨："好厉害。"

长坡绵延，经幡挂在檐下飘扬。

乍进入布达拉宫时还是日出东方，等结束参观，翟蓝带着刚看过的佛像、金塔、经书与数不胜数的玛瑙宝石走出小门，重见天光时，已经日照当空。

"那几座塔也太奢华了吧！"

"对啊对啊，还有那个故事，我好像听导游提到了仓央嘉措？"

"他本来就是活佛嘛。"

"太震撼了，这么多花岗岩，过去到底怎么一点一点运到城里的。"

游客们仿佛出了门才敢放开声说话，交谈不绝于耳。

翟蓝喝了口水，若有所思。

"怎么了？"游真从后面追上他，"感受到古人的鬼斧神工了？"

翟蓝摇头。"每个时代都有这种超越人力的建筑，只是因为在高原，布达拉宫才别具一格。"

游真听见颇为新奇的观点，一挑眉。

"比起里面的珍藏，连接红宫和白宫的那条长坡更有意思。白宫是'人间'，红宫是'天上'，我们需要经过徒步丈量感觉到体能的极限，在几千米的高海拔进行一场跋涉才能抵达它的门前——总觉得这个意味更接近于布达拉宫本身。"

这番长篇大论让游真对他刮目相看，打趣道："小学霸懂得挺多。"

换成别人说这句话怎么都略显刺耳，但游真语气太诚恳，翟蓝居然开始不好意思："就……瞎说的。我不是教徒，对那些更深的东西领会不了。"

"很有意思，我喜欢这个解读。"游真停顿了会儿，看他的眼神似乎有哪里变得不一样了，"翟蓝，现在的你才是正常的样子对吗？"

"正常？"

"嗯，能说能笑，会跑会闹。"

阳光直射，他的目光耀眼，翟蓝当然明白游真指的不是身体疲惫终于被驱散。他转过头，目之所及，格桑花正随风摇曳，如火如荼。

"这不是你说的吗？不能辜负每个好天气，过去的事总有一刻会慢慢地沉淀……"想到游真此前短暂的落寞，翟蓝说不下去了，赶紧挑起新话题，"游真，我肚子饿了。"

"你还真不肯叫'哥'啊……"

"本来就不是你弟弟。"

"良心呢？"

翟蓝故意大声地说："没有！"

脑袋立刻挨了游真玩笑似的一巴掌，但力度聊胜于无，像被一朵格桑花砸中。

布达拉宫矗立在城市中心，但背靠辽阔的山景，正午，金光闪烁，照进每一条嶙峋岩石的阴影，黑白灰的颜色纵横交错。自然面前，连雄伟建筑都有一瞬间黯然失色。

雪城外的广场前是一条宽阔马路，四月没到旺季，带队的导游依旧很多。他们毫不例外地把各自的游客带到这儿，侃侃而谈，介绍某个观景角度与五十元人民币上的布达拉宫可以重合，是最佳观景点，于是所有游客汇聚于此，好似原本都在一起。

翟蓝张开双臂，躲在人群后偷偷捧了一怀抱的阳光。这个地方好像适合一切夸张动作，而不管做了什么——白鹤亮翅、金鸡独立、踢腿举手乃至于爬行，都不会显得奇怪。偶尔有当地人看过来，他们清澈的眼睛里写满了包容。但翟蓝忽略了前面还有个游真。

"对了，翟……"他骤然回头，和翟蓝直眉愣眼地拥抱空气的画面对了个正着。

两人沉默片刻，游真明显想笑但顾及少年人的面子没吭声，翟蓝假装什么也没发生，把两只手插进口袋。

"什么？"翟蓝一本正经地问。

游真更想笑了，他抹了把鼻尖才说："就是，你今天爬长坡的时候有没有不舒服？"

翟蓝摇头："没有啊，怎么了？"

"我想到了一个地方，身体适应的话我们可以明天去。"见对方脸上露出了属于十几岁的稚气和好奇，游真慢吞吞地卖了个关子。

"啊，你不说去哪儿的话我今天晚上一定会失眠的。"

"那就试一试。"游真说，"我不信你今天走了两万多步还能失眠。"

阳光照耀，翟蓝的眼睛有点睁不开，配合着他故意皱起眉来，其他五官也随着他的动作几乎黏在了一起，显得有点滑稽，让游真更觉得逗他很好玩。游真不言不语，像没看见翟蓝的不满似的，低头从包里翻出一个什么盒子扔给他。

翟蓝打开它，是一副墨镜。

"戴上吧，高原阳光对眼睛伤害大。"游真说完，赶在他问"那你呢"前自如地回答，"我还有另一副。"

什么都没带的翟蓝失去了挑三拣四的资格，他撇了下嘴，打开盒子把墨镜架在鼻梁上。墨镜的尺寸比想象中大一点，挡住了翟蓝大半张脸，只露出一点晒得微微发红的皮肤，翟蓝全不在意，左看右看，适应新装备。

盒子拿在手里不方便，还给游真又不太合适，他索性摘了书包准备往里扔。拉开拉链时翟蓝一低头，墨镜受重力作用立刻从鼻梁不受控地滑落。翟蓝眼疾手快地接住，再戴好。他这次吸取教训，略微仰起头后两手按了下镜腿，试图调整墨镜的松紧度以适应头围，未果，又放下手，仿佛刚才差点发生意外只是一场错觉。

等翟蓝收拾好，顶着墨镜自觉走在前方。游真一愣，追上去的时候哑然失笑，又在心里暗说："这次连'谢谢'都免了？"于是他干脆停在了原地。

少年昂首阔步走出一截后突然停下，回过头问："吃饭往哪儿走啊？"

听了这句理直气壮的问话，游真再也忍不住了，大踏步过去一巴掌呼上了翟蓝的后脑勺，掐住棒球帽檐往前按。

视线蓦地变窄，失去重心往前倒，翟蓝"啊"了声："游真！"

"现在知道喊我了？"游真随他倾斜的弧度一起弯向地面，手臂却横在翟蓝胸前帮他站稳了，"你刚什么态度，没礼貌！"

"我错了。"

翟蓝站不住，伸手推了他一把，游真这才大笑出声，重新站直，带着他往前走。

阳光压缩了影子，深色两团一前一后向前缓慢移动，乍一看，仿佛连成一串的矮胖糖葫芦。

眼前蒙上了太阳镜的茶色滤镜，长街不再晃眼，雪山的颜色也变得温柔。

"还晃眼睛吗？"游真问，不等他回答，带着过来人的自得说，"紫外线超强的，一定要注意别伤到。我上次来的时候被晒得可黑了……"

清爽的声音喋喋不休，翟蓝应和着，不时偏过头看他一眼。游真用右手搭着他的肩，像是相识多年的朋友一样。他看见游真腕骨留着一小块疤，也可能是胎记。月牙形，白得突兀。

游真说的"好吃的"就在八廓街附近。他拿着手机导航，按照女声提示左拐右拐后上楼，停在一间朴素的餐厅玻璃门外。头顶的组灯颇有十年前的装修风格，富丽堂皇又很敞亮，游真抬头低头看了好几次，确认好了说："到了，就是这儿。"

招牌有汉语、藏语再加上英文，最后一行写着"LHASA NAMASTE RESTAURANT"。黑色背景彩色字体，玻璃门上贴着双手合十的少女像，欢迎四方来客。

装潢则更具特色，天花板上每个小方块都是彩虹颜色，组合在一起令人眼花缭乱。木质家具、棕色坐垫都是暖色调，棕红墙面挂有鎏金贴画，三幅连看，俨然是佛手捧莲花的寓意。再加上异域气息浓郁的布贴画、扎染，彩色桌布，无不明媚热烈。

刚一踏入，就像穿越到了陌生而神秘的世界。

翟蓝饶有兴致地打量着四处，已经过了饭点但餐厅中的人还是很多。他们分到了一个靠窗的位置，游真坐在他对面，背后的一面墙甚至有佛龛。

玩着勺子的木柄，翟蓝看了一眼窗外的绿树，问游真："你怎么找到这儿的？"

"朋友推荐。"他简单地说。

可能相处过后胆子大了，翟蓝居然问："是女朋友吗？"

他不知道火车上那愣头青随口胡诌的玩笑让游真不开心，只隐隐约约听见他们提起了这类话题，以为游真会避而不答，但对方好像并不那么忌讳被问起这些。

"没有。"他低头研究菜单，"就是……你去看过我们演出，应该有印象。"

"嗯？"

游真在菜单上打着钩，嘴角藏不住的笑："不记得了？还好意思说是乐迷。"

"从头到尾我都没说过好吧，是你自己以为的。"翟蓝回忆着那个夜晚，确实有点印象，但他不确定，"哎，那个弹键盘的姐姐？"

"果然是乐迷。"

翟蓝："好好好，我是。"

"吃咖喱吗？"看对方迷茫地点头，游真把菜单递给等候的服务员，等人走了，慢悠悠地解释，"那是'合成器'，她在乐队里负责贝斯跟合成器。合成器跟键盘长得是有点像，有机会给你看看实物就很好理解了。"

"好啊！"提起乐队，翟蓝想了想问他，"你们……'绿风'，在一起多久了？"

"有个五六年，不过现在大家都有正经工作要忙，搞音乐嘛，副业，开心就行啦。"游真拿出手机给翟蓝看一张照片，"喏，这就是现在的全部成员。"

翟蓝一眼认出照片上是 Zone 的舞台，最前方抱着一个吊镲的男人身材魁梧，手臂肌肉宛如健身教练，却笑出一口大白牙，和蔼可亲。游真在左边，吉他斜挎在身后，正和身边另一个吉他手交谈，两人都没有注意镜头。而稍微靠后一些的地方站着个女人。翟蓝看着她，目光旋即挪不开了。原因无他，女人的头发实在太特别——乌黑油亮，满头异族风情的小辫子，长及腰间束成一大把，配合那小麦色皮肤、幽深的眼睛与明艳笑容……

"她是？"翟蓝问。

"白玛央金，本次旅行攻略的无偿赞助人。"

话音刚落，服务员端着大托盘上了菜。

藏族女乐手吸引人的程度目前显然不如那块小臂长的烤饼，咖喱浓稠，冒着热腾腾的白气，辛辣气味顿时使得唾液开始自行分泌。一个只有普通大小二分之一的老式暖水瓶也放在桌角，很有重量地往下砸，"咣当"一声。

见翟蓝的目光随着菜品移动，眼珠子都快掉进盘里，游真收起手机笑了笑："快吃吧，以后有的是机会聊。"

视觉与嗅觉都被占据，但听觉神经还能从游真的话里捕捉到关键信息——关于乐队的前因后果不是终结，暂且告一段落。

两个人吃饭，就算饭量再大也不可能把招牌菜都点个遍。游真按照白玛央金的推荐点了几个菜，以为翟蓝饿坏了肯定直奔大肉，但对方先拿起了暖水瓶。

掀开木塞，翟蓝试图往里看，但黑洞洞的一片什么也辨认不出。正要问，香甜的奶味霎时围绕着卡座，他眼睛亮了亮，没找到杯子，就用碗给游真满满地盛上，推到他面前："我还以为是开水呢，奶茶？"

"叫'甜茶'，正宗藏式奶茶我怕你喝不惯。"游真猝不及防被他照顾，有点不习惯，把碗给翟蓝推了回去，"不用管我。"

翟蓝已经倒了第二碗，尝味时继续看他，眼神无比纯良。

游真无言。

小屁孩还挺有个性。

他暗自腹诽自己对翟蓝的初印象果然没太大偏差，他是只刺猬，尽管心情好了会展示藏在尖刺下的柔软，但大部分时间仍竖着棱角，随时准备归还人情，翟蓝应该是会把恩惠和善意分得很清的人，选择性接受示好，让一切都留有余地。

"你不喝吗？"翟蓝问。

鼻尖，香气将盘旋的念头暂时抛在脑后，游真笑了笑，端起碗，喝了一口醇厚的甜茶。

暖水壶的外装虽个性十足，但实用性是极强的，完美保留了甜茶的温度和口感。

"甜茶"的味道不太甜，它巧妙地用茶叶中和了高原牛奶加热后的一点腥膻。甜茶刚一入口便从舌尖如丝绸般滑过，吞咽入喉，霎时一股温暖仿佛流淌全身。

游真抬眼，见少年两手捧着碗，嘴角残留发白奶渍，表情无比满足。

这样的神情让游真恍惚一瞬，他情不自禁地笑了笑却什么也没问，继续喝完了自己那一碗甜茶。或许是他的错觉，甜茶见了底，糖度似乎有所增加。

点的主食叫玛莎拉鸡配楠，店员介绍时语速很快，等她一走，翟蓝指着那两大盘鹦鹉学舌："玛莎拉蒂……"

"鸡。"

"玛莎拉鸡配馕？"

"是'楠'。"游真再次纠正，"尼泊尔的叫法。"

足足有小臂长的烤饼子衬得旁边那一碗鸡肉咖喱越发迷你，乍一看有点分量不足。烤饼子大约是从窑炉里烤的，单面有几块焦黑，煳也煳得不彻底，反而散发出一股奇异麦香。比馍要大，比馕要薄，又不似红糖锅盔圆滚滚形状可爱。

见翟蓝不知所措的样子，游真从烤饼子相对细的尾部掰下一大块，酥脆的边缘随即窸窸窣窣地掉了一桌子残渣，内里却十分柔软，面团加了青稞，扯开时韧劲十足。

他递给翟蓝，对方这次没跟他客气接过了："好香啊……"

"试试，不够再加。"

翟蓝："那么大一块呢。"说着便拿起烤饼子的两端，无从下口了片刻后也不管什么用餐礼仪了，就这么拿着放进咖喱中滚了一圈。

饼子清淡而咖喱刺激，鸡肉香嫩多汁，土豆软糯，再加上吸饱了汤汁，满是咖喱附着上的大块烤饼，一口下去着实扎实，很有嚼劲，微微的辣味在舌尖弹跳，这时再喝一口甜茶，简直绝配。

"我感觉一口就饱了，又忍不住继续吃。"翟蓝点评，手里还在继续把饼子撕成小块，"像印度菜，又比印度菜清新一点点，鸡肉混合了香料但其实不太刺激，肉香很明显，可能香料有不一样的地方，也可能因为咖喱其实没有很厚。"

游真听得发笑："你真专业啊，翟蓝。"

"谢谢夸奖。"翟蓝把这当作一句表扬，"我可是很挑食的，虽然不会做饭但菜好不好吃绝对很会选。"

他说得一本正经，游真也往心里去了："那回头我的店开发新甜品时请你试吃?"

"真的?"翟蓝声音欢快许多,"你要记得叫我!"

"一言为定。"游真举起甜茶的碗。

两个小碗在半空碰了一下。

"行了,快继续吃,凉了会影响口味。"游真催促,"其他几道特色菜你试试看。"

除了咖喱配楠,游真点的另一道土豆牛肉包子也是招牌。土豆打成泥,与牛肉馅包在一起经高温油炸后,表皮焦黄,掰开后滚烫,芝士和着肉馅的致命诱惑让人忍不住一口吞了,却又碍于温度无法下口,平白给食物增添了几分吸引力。

几道菜的分量看着确实不够,起先见翟蓝那副饿坏了的模样,游真还偷偷担心过自己点的东西不够,做好了加菜的准备,后来发现没那个必要。尼泊尔菜其貌不扬,真吃起来才发现都是高碳水、高热量、高蛋白。

这一餐以翟蓝最后喝了口甜茶而宣告结束。从翟蓝吃相看不出他胃口大开,等他停下,游真才发现桌上几个菜几乎都光盘了。

翟蓝低头摸一摸自己的肚子,再拍一拍,听着那道闷响,笑出了声:"真的饱了。"

"你那什么动作。"游真嫌弃地说。

翟蓝不理他,兀自摇头晃脑了几下,看向窗外。炽热的阳光仿佛永远不会终结,他经过长途奔波,不停地做心理建设,让自己接受现实再到寻求改变,直到现在和游真坐在这间拉萨的餐厅里吃一顿便饭,其中到底有多少巧合,又需要积攒多少运气啊!而这几乎是翟蓝能想到的,许多原因叠加后最好的一次结果导向。

午后,蓝天澄澈干净,没有一丝流云,向后远望,布达拉宫的红墙只留一个轮廓,而前方的金色穹顶璀璨无比。

两人穿过整条八廓街，只见与布达拉宫如出一辙的红色围墙绕着金顶，五彩经幡飘扬，红衣僧侣变得更多了。念念有词的普通居民、信徒、游客，次第前行，每个人之间都默契地保持一步之遥，手掌拂过廊下一排转经筒。

"大昭寺的转经筒。"游真对这里的熟悉更甚布达拉宫，语气都染上了怀念，"好多年了，一点都没有变过。"

"什么时候来的？"

"十来岁，可能是十三，可能是十四，那会儿我还在上初中。"

翟蓝没有再问，他猜游真应该是同家人一起来旅游的，隔了这么多年没印象也说得通。他们聊着行人和转经筒，不知不觉默契地排在了队伍最末端。

谁也不开口，也无须多交流，似乎有一种神秘而强大的力量推着他们走向那排脱色、斑驳，可依旧被每一只手虔诚抚摸的转经筒。

推动它们的是风声，或是愿望。

顺时针往前走去，手掌第一次碰到沉重的黄铜色时，翟蓝感觉到指尖在颤抖。他轻轻地一推，刻满藏文、浮雕的经筒向前转动，筒身中空，随之发出了如风一样的呼唤，似乎回应着心里的某个声音。

翟蓝走出一步，手掌全部贴在微冷的金属上，他轻轻地闭上了眼。

耳畔，风反复鼓噪，与诵念经文的低语连成一片，织就了密密麻麻的网，为翟蓝隔绝出一小块静谧的空白，让他能听见心在有力地跃动。

"我不想继续困在死亡的阴影里。"

"活着，不再去反复回忆那些画面了。"

"但是我也不要遗忘。"

……

"每个人都会成为自己的支柱。"

最后一个转经筒上的文字凹凸不平，翟蓝手指划过，伸出去触到风。

阳光像金子一样珍贵，翟蓝看向身边的白墙红檐，无意识地揉了揉眼角。

提示路线的牌子立在左侧，游真往前一步追上翟蓝，示意他一起往那边去。两人沉默地拐过长廊，入口处就在眼前。

朝拜人群比游客还要多，这里是拉萨的"中心"，也是所有信徒的圣地。他们铺开一米来长的垫板，心无旁骛地叩等身长头，全然无视了周遭好奇的、敬佩的打量他们的目光，他们眼中只剩下那个小小的入口。

蓝天笼罩着他们，雪山落下的光停留在他们的后背。他们从山南、阿里、日喀则，甚至梅里、玉树、理塘……一路叩来，风餐露宿，花上数年时光，直到站在这里距离圣地一步之遥。那入口很小很窄，甚至是有点暗的。

但他们只是默念着听不懂的语言继续叩下去。

叩了多少，还要再叩多少？每个人答案不一，旁观者无须多问更无法打扰。翟蓝紧紧地望着那些衣着朴素的人，却觉得他们行走百里，眼底连一丝被风霜摧折的痕迹也没有留下。

翟蓝被那力量击中。

"我要，认真活下去。"

埋在心里的话不由得脱口而出，声音虽小，旁边的人却如遭雷击似的转过头，游真用肩膀碰一下翟蓝："什么？"

"没事，就，突然觉得自己很渺小。"翟蓝笑笑，有点释然了，"游真你知道我刚才转经的时候想了什么吗？我想，逝者已矣，没有谁真的希望我从此一蹶不振，包括他本人。我还是太不懂事了，只知道难过。"

游真什么也没说，一条胳膊环着他的肩膀，用力拍了拍。"别这样。"

"我没……我只是，为前段时间的萎靡不振在懊悔。"翟蓝说完，吸了吸鼻子后两手同时捂住脸，默念三秒放开自己，"我已经好了。"

眼看游客通道入口近在眼前，游真却拉着翟蓝到旁边的两道墙中间。他比翟蓝高很多，半弓身，专注地看他微红的眼角。

"翟蓝，"游真说，"我知道你为什么难过，但是你没有做错什么。"

闻言，好不容易快安抚好的情绪又涌上心头，翟蓝躲着他，目光下垂。可游真抓住他的棒球帽，接着又拍了拍他的肩膀，不等翟蓝抵抗，他就把手缩了回去。

翟蓝极力掩饰自己因游真的动作而产生的尴尬："你干什么啊动手动脚！"

"晚上陪我去拿个快递。"

"啊？"

"到时候告诉你我为什么来西藏。走吧，去大昭寺。"

时间在拉萨的流逝速度比平原温和，缓慢如溪水，察觉不到，脚底的影子越来越长，发白的日光开始加深，变得灿烂，散了的云层聚集在山脉低空。

游客参观到了最后半小时，入场的人群纷纷离开，但朝拜者依然继续叩长头。

"刚刚我们好像走错了方向。"翟蓝指向转经筒，又转过身去确认出口位置，"原本应该结束后出来再转经。"

游真倒是无所谓："我看你刚才参观的时候眼神都虔诚不少，多半也受了影响吧，转个三五七圈，感受就会更深一些不是吗？"

"哪有这么……"翟蓝笑了。

有一点游真没说错，壁画彩绘的典故、藏传佛教的故事翟蓝感受不深。即便如此，当他直面大昭寺内错落有致的建筑，敛目行走的僧人，向一座又一座神龛依次跪拜的藏民，从心底涌上眼角的震撼与崇敬不能骗人。

红黄白的颜色明亮极了，雕梁画栋有遗留千年的唐风，两人站在天台，和几个小时前眺望过的金顶并排而立，他们和青藏高原共享着湛蓝的天空，脚边是几丛金黄色的小花。游真蹲下去逗几朵花，金顶的阴影罩住他全身。

他们是最后走出大昭寺的游客，午后那餐吃得太撑，逛了两个小时也没彻底消化，于是又回到八廓街转了转。

翟蓝有时会想他们好像都在同一片地方打转，但每次走过，心境都有所不同。他不知道变化来源于哪里，或许这正是高原的神奇之处，石头不曾改过位置，他走上去，每一次心跳的力量都不一样。

所以他也想要留一点纪念。

给游真发攻略的那位白玛央金戏称八廓街是"拉萨义乌"，简而言之货物比较齐全。两人逛到最后，翟蓝在一条巷子口的小铺找到了想要的东西。

店铺由两姐妹经营，靠外的墙面挂了一块红布，钉子简单组装成支撑架，用小盒子装好的格桑花标本依次摆在上面。最显眼的一朵标本放在了边缘，花瓣里有一片异色，明艳的黄被粉色衬托，像夕阳从晚霞里挣脱的一丝光亮。

翟蓝拿起那张写着格桑花介绍的小卡片，默念："幸福之花，顽强之花……"他扭过头，见游真站在店门口，正跟一个藏族大叔攀谈，隐约听见他俩聊着高原的天气变化无常。

"这个多少钱？"翟蓝问店主。

翟蓝拎着小袋子出门，游真只看了一眼，并不多问买的什么、多少钱。游真总是亲近得恰到好处，不会给翟蓝一丝一毫压力。

昨天见过了拉萨的黄昏和晚霞，本以为高原的旱季，晴朗最常见，不想到了傍晚，几阵风拂过，天色却变得阴沉起来。云层变厚了，雪山隐藏起轮廓，像是即将有一场暴雨似的，但游真说只是风的原因。夕阳从云的背后散开，边缘发亮但中心依然是深沉的灰色。

他们在八廓街买了土豆和牦牛肉，打包两份藏面，预备拿了快递后回酒店再吃。

翟蓝嘴上说着不累，可早上八点多就出发，无论参观布达拉宫还是游览大昭寺都一直在走路，八廓街足足走了三遍，一旦坐下就本能地不想爬起来。游真也发现了，不多说一句，和翟蓝去最近的快递点。

游真的包裹是个挺大的箱子，他把食物交给翟蓝保管后自己抱了起来。

回到酒店，游真从里面取出一包衣物。翟蓝凑过去看，发现全是学龄儿童的课本、故事书和百科全书一类的读物。

"你从成都寄过来的？"

游真抚平书籍被撞到的边角："嗯。"

翟蓝问："但你不是在西宁上车的吗？我以为你……"

"路过西宁，听之前火车上遇到的大哥说那段时间塔尔寺刚好有法会，再加上我一直很想看青海博物馆的唐卡，就下车了，然后又重新买了两天后的票。"游真解释着，把那些书分门别类地放好。

"去林芝，为什么不直接寄到那儿？"

游真顿了顿，才说："其实我不知道具体的地址。"

无论在青海短暂停留，还是作为在拉萨街头游荡的客人，游真始终没有很明确的目的地与计划。他对西藏之旅的规划也不明确，带了一箱子书和衣服，然后无比随意地告诉翟蓝他不知道这箱书该送到哪里。

翟蓝坐在床沿吃了两口藏面，藏面加了青稞，口感粗糙，他有点不习惯。

"这是给谁的？"

"我父母资助过的一家人，他们最小的孩子今年小学四年级了。"

颇为意外的回答，翟蓝发出一声疑惑的单音节。

大部分书已经归整完毕，游真用快递里一个崭新的书包装好，收拾告一段落。他往地上一坐，伸出手："啤酒给我一下。"

翟蓝抛给他："算我请你的。"

这倒是，在小超市付账时他抢在游真前面，而对方并没有反对，心安理得地接受了比自己小好几岁的少年的"请客"。

撕开拉环时啤酒泡沫溅到指关节处，游真抿了口："我记得，谢谢你小蓝。"

"跟谁学的，乱喊。"翟蓝板着脸装不高兴，但对上游真那"别装了"的眼神时一秒钟破功，无奈地揉着自己的太阳穴，"啊，我怎么又开始头晕了。"

"等下给你喝两口红景天，早点睡觉。"

"那你为什么一点事都没？！"

"女娲造人时会偏心。"

翟蓝抱着枕头，差点扔他。

短暂沉默，游真仰起头一口气干掉了小半罐啤酒，他状态平静不少，正想继续把那些东西都整理好，翟蓝突然问他问题。

"游真，你说你父母资助一家人是怎么回事？"

游真不太愿意提起，可这又是他必须面对的。

游真盘着腿，膝盖从牛仔裤破洞里凸出一点，这个姿势能让他轻而易举地撑住自己身体微微前倾，像要认真倾诉，但有些话并不那么容易说出口。这些事太过私隐，连乐队的朋友他都没有悉数告知。

翟蓝看向他的目光有好奇，有疑惑，还有隐约的担忧。

翟蓝发问的语气直截了当，却一点不会让人感到被冒犯。这让游真突然觉得，对翟蓝说出那些陈年旧事是一件比他想象中更简单的事。他斟酌半晌，好一会儿，捏着易拉罐的手指稍加用力。

"就是，我上次来西藏，是和爸妈一起来的。"

"嗯。"

游真观察翟蓝神色，没看见任何异常，才继续说："初中那几年家里出了点事，爸妈去川西的一个寺庙，算……告解吧？恰好那段时间'手拉手'的活动挺多人参与的，他们了解了情况回来商量很久，最后决定和藏南的一家人取得联系，资助他们家的小孩读书，一直到参加工作。"

听着很有意义的一件事，游真说来却艰难，翟蓝有点疑惑，只说："后来呢？"

"那家人有三个小孩，最大的，你现在也知道了，就是白玛央金。"游真说，难为情地摸了摸侧脸，"她成绩非常好，是当时村里第一个大学生，考到了重庆。哦，我大学是在重庆念的，然后我们就认识了。"

"好巧啊。"

"央金家里有两个弟弟，大的那个……上高中后得了一场急病，没救过来。"游真的声音逐渐低落，不知是不是因为在诉说旁人的悲剧，"另一个叫泽仁丹增，才十一岁，视网膜上长了肿瘤，最开始家里没太重视，今年才跟央金说丹增好像看不清了，随时可能失明。"

翟蓝半年都沉浸在悲伤中，刚一接触到别人的苦难，居然短暂忘记了他也还在阵痛期。

"那，那现在？"

"我这次去林芝，就是打算接他到市里再做个诊断，如果还有救，就带丹增回成都治病。"游真说着说着，尾音轻快地扬起一点，"不管怎么说，小孩是我爸妈要资助的，虽然他俩现在去国外了，我也该对他负责。"

翟蓝说不出话。刚失去老爸时他觉得自己是全世界最惨的人，他不到二十岁，没做过坏事，为什么要承受这么大的痛苦？所以无法自拔，一直到踏上那辆列车，他都在自暴自弃。

"央金还好吗？"翟蓝轻声问。

游真笑了笑："她挺乐观的，其实等大家回了成都可以见一面。她特别会安慰人，如果你心情差，去假日找她聊天，聊一个下午，保证全部治愈。"

"谢谢你，游真，还帮我考虑。和你在一起的时候，我可以暂时放下所有乱七八糟的想法。"翟蓝说，小心翼翼地从枕头后面看他。

游真因这句话愣了好一会儿。他的手指无意识地抠啤酒罐最上方的铝制边缘，指尖发冷，有点疼，他突然觉得翟蓝和私信框里的小句号在某个地方重合了。

有一封私信里，小句号絮絮叨叨了许多近日的不如意：用剪刀时不小心割到了手；想吃西瓜但是夏天还有好久才到；没有人陪着说话只好把他当树洞了真的很对不起，但只是这么跟你唠叨几句就很开心了。

那时他带着笑打字："只要和我聊天能安慰到你，其他没关系。"

游真没想到世界上还有第二个人会在乎他的一言一行。

"游真？"翟蓝怕他不信，强调了一遍，"真的，我遇到你之后就觉得好多了，好像什么事都能过得去。"

"你把我想得太好了。"游真笑笑，无所谓的语气。

翟蓝摇头："你就是很好。"

他不愿告诉翟蓝，他承受不起翟蓝那么多依靠和期待，承受不起任何人的。最终他什么也没说，把啤酒一饮而尽。

翌日早上安排了去博物馆的行程，游真叫翟蓝起床时，对方一改前一天的痛快，缩在被窝里懒洋洋的不肯动。

游真拉翟蓝的被子，见到一张没什么血色的脸。

"怎么了，今天不舒服？"

翟蓝睁着眼有气无力地张了张嘴，声音小得像蚊子哼："我难受，胸闷……耳朵里还有点嗡嗡的，昨晚一夜没睡。"

思及翟蓝是第一次进藏而且途中也出现过高原反应，游真皱起眉，伸手试探他额间的温度。

"还好。"正上方，游真的声音响起，"没有发烧，应该只是高原反应。你昨天消耗精力太多，再加上夜里本身就容易缺氧。"

"唔。"翟蓝还抓着被子不看他。

从游真的角度，少年整张脸几乎都被棉被盖住，乌黑蓬松的一头短发散在枕头上，颜色对比明显。因为缺氧翟蓝眼圈微红，垂着眼，浓密睫毛遮住了所有情绪，从上而下的角度看好像在哭，看起来很可怜。游真将声音放轻，俯身靠近翟蓝："那你还能起来吗？我带你去医院。"

"不想去。"翟蓝的话听着像耍赖，"我不喜欢医院。"

通常别人听见这种任性话就会板起脸教育他，或者给他讲点大道理劝他听话起床。游真总会出乎翟蓝的意外，从火车上对着彩虹许愿的幼稚到大昭寺转经时藏着秘密的目光，翟蓝从没看透过他，又每次都觉得自己能够靠近游真。

而现在，游真叹了口气："为什么不喜欢啊？"

"消毒水味太难闻。"翟蓝继续哼哼，他知道这理由非常牵强。

"不去不行啊，克服一下消毒水，拿个药就走好吗？"

浑身难受放大了脆弱，翟蓝差点因为他简简单单的商量而泪洒拉萨。

"我这、这就起。"说着立刻侧过身，手指飞快地在眼角擦了擦，坐了起来。睡衣就一件普通 T 恤，领口洗得有点变形。

翟蓝不以为意，转过头："游真，你帮我拿个外套好吗？我腿没劲儿。"

长篇大论的安慰没有了发挥的机会，游真一愣，心道他这次倒很乖。

他拿外套前再试了试翟蓝额头的温度。

"干什么。"翟蓝看他，因为头重脚轻只能努力抬眼。

游真收回手，声音平静："确认你真的没发烧。"

翟蓝听他说得郑重其事，吓了一跳，也条件反射般疑惑地摸了摸自己的脸，确认温度后迷茫片刻："不烫啊。"

"嗯，我怕你这么听话是烧坏了脑子。"

翟蓝无言片刻，大叫一声："喂。"

游真的小恶作剧得逞了，他笑了下，心满意足地起身走向行李箱。

两个小时后，门诊处的医生给出了和游真预料分毫不差的结果，问了翟蓝有没有过敏史和遗传病，大笔一挥写下单子开了葡萄糖以及其他治疗高原反应的药物。

葡萄糖的剂量就一瓶多点，翟蓝无须住院。游真把翟蓝安顿在输液大厅，自己跑前跑后。过了一会儿，游真提着一大袋子药瓶、止痛药和氧气袋往翟蓝的方向走去，远远地就望见被他安顿在输液大厅的翟蓝手足无措地等着，护士正在他旁边检查皮试结果。翟蓝见游真走近，将输液的吊瓶交给护士，等护士把针头扎进手背血管，他才后知后觉地"啊"了一声。

"很痛？"

"像小虫咬。"翟蓝抱着氧气袋插管的样子很滑稽，还要瓮声瓮气地和游真聊天，"你刚才到处乱窜，隔壁那个吸氧的女生都说'你哥对你真好'。"

游真看了看长椅另一头，女生和翟蓝一样都是高原反应引起了一系列身体问题。但她快恢复了，脸色红润，也不再抱着氧气袋不放，似乎察觉到他们谈话中涉及自己，女生大大方方地朝翟蓝挥手。

翟蓝也招招手，指了指游真，两人像打哑语似的对视一笑。

"你们还真默契。"游真无奈地叉腰,"趁我不在,拿我当聊天话题啊?"

"谢谢。"翟蓝一说这两个字,游真就什么办法也没有了。

"小鬼。"游真顺手弹了下翟蓝的脑瓜,在他身边的空位坐下,调整输葡萄糖的速度,询问翟蓝有没有觉得难受,调整好后彻底放松了神经,"不要总是谢来谢去这么客气,你跟着我到处玩,我又比你大几岁,照顾你是应该的。"

"你总是这样说,但没什么是'应该'的,我们才认识几天。"翟蓝说,"我不希望这是你的负担。"

游真没点头,也没摇头。良久,他淡淡地回答:"不是负担。"

输液大厅里不算安静,他们坐的这条长椅角落里再没旁人。窗外一棵分不清品种的小叶树蓬勃向阳,光从叶子的缝隙里碎金一样洒落,偶尔随风变换角度倾斜,落进窗内,照亮了白墙。

"游真。"翟蓝说话还很虚,大喘气着,"我有时候庆幸还好遇到的是你,有时候又觉得,你为我做了太多分外的事了。"

"没关系。"游真答,几乎毫不犹豫。他这次不说"应该的"了。

游真不看翟蓝,专心致志地盯着手机屏幕玩一个无聊的小游戏——有点像简易版俄罗斯方块但是推来推去的到后面又很难。

"听歌吗?"游真问,从随身的运动包里拿出一副蓝牙耳机。

翟蓝犹豫了下,还是接了。

贝斯与鼓连成一片,闷闷的,像是大雨即将来临的夏日午后。可他们被阳光笼罩,翟蓝看着光斑跳动,手指收紧再舒展,听见游真笑了一声。他不再继续玩游戏,虽然每人只戴一只耳机,但谁都没打破这份安静。

吉他的低吟,像从遥远的天边传来。

雨声是一片白噪音。

本该收获无与伦比的静谧旋律,不知怎么的,听得翟蓝很难过,好像心也淋了一场雨。

"游真。"翟蓝突然问,"你的弟弟,是不是……已经不在了?"他问得很轻,猜想游真可能会装作没听见拒绝回答。这个问题确实过于冒犯,翟蓝不明就里,对那些发生过的伤痛一无所知,更不明白自己将会得到什么答案。在这一刻,他几乎听见葡萄糖在输液管里流淌的细碎响动。

游真静止在原地,等这首没有词的歌播放完毕,他坐直,将靠着椅背的手收回,轻轻地放在了腿上。翟蓝见状,貌似窥见了接下来沉重的话题,立刻也调整了坐姿。虽然诧异翟蓝会突然提起这个话题,但游真没有选择骗他:"嗯。"

他以为翟蓝会继续问"怎么回事",或者安慰他几句无关痛痒的话。但正如他总出乎翟蓝的意料,在某方面,翟蓝懂事得超过他想象。

话题本该到此结束,翟蓝却没来由地被倾诉欲占据了唇舌。

"我爸爸也不在了。"翟蓝说,"他是我最亲最亲的人。"

说完这句话翟蓝就不吭声了,他重新闭上眼,下一秒,耳机里的白噪音消失,换了一首偏暖的歌,陌生的歌手唱着法语或者西班牙语,旋律轻快悠扬。他想,这就是游真的安慰吧。

输入的一瓶多葡萄糖和吸的氧气起了作用,等中午吃过游真从外面买来的牦牛肉米线,翟蓝的脸色明显红润起来。

拆针头时护士一再提醒翟蓝不要跑跳,有任何不舒服就休息。高原不比其他地方,翟蓝原本就不是这个地方的人,水土不服很正常,但遇到状况必须仔细应对,不然就会酿成严重后果。她话多,听着显得唠叨,翟蓝有一耳朵没一耳朵地记。

旁边的游真比他认真,一边听一边还用手机备忘录打字:"嗯,好,好,知道了……"

"你哥哥真用心。"护士最后朝他们笑笑,"好啦,西藏很美,也很好玩，就是要注意安全，别浪费了难得来旅游的时间哦！"

她的热情让翟蓝不太好意思，他认真地道了谢，才跟着游真走出医院。

刚才的话题过于伤痛，翟蓝这会儿反而开始反省他是不是真的太没把游真当外人？游真说看见他就想到了弟弟，是不是意味着游真真的把他当亲弟弟看待？

这么想着，翟蓝心情复杂，始终落在游真身后两步远的距离，他缓过了那阵，才发现自己居然是第一次这么平静地提起老爸的离去，那游真会怎么想？觉得他只是在疗伤吧。

笔友，乐迷，旅途偶遇的同乡，现在再加个同病相怜的经历，其实两人的关系也不会改变太多。但总有不一样的地方。

当代社会，陌生人不见面也能保持交流数年之久，要到一个经久未见的人的微信或者电话号码都不是难事，但两个人即便拥有了所有能说上话的渠道，倘若有谁故意回避，也能消失在信息网络中。

除了某音乐软件，他没有游真的联系方式，但他和游真能懂彼此的表达，哪怕足够含蓄。

他们之间，起码到现在为止还不需要用某种形式才能确认相识相知的过程。翟蓝毫不怀疑，哪怕没有任何联系方式，他们也能第二次、第三次遇见。

"笑什么？"游真转过头，"输液出院都这么高兴？"

翟蓝猝不及防被发现了满面笑容，赶紧收敛，拨浪鼓似的摇头，下一秒却捂着太阳穴说："哎，我不行了，好晕。"

"不舒服就少做让自己可能高反的动作，悠着点儿。"游真掐了把翟蓝的后颈。动作熟练，仿佛在掐猫。

翟蓝想起假日里那只总蹲在沙发里睡得天昏地暗的奶牛猫，在脑内把自己和它做了个代换，再思及奶牛猫的体型……

"不要掐我！"翟蓝嘟囔，"我又不是猫。"

游真别过头去。

"我知道你听见了！"

前面那人直接吹起了轻快的口哨，翟蓝满头黑线。

在医院吃的米线只是为了暂时缓解饥饿，正经午饭还是要吃。游真找了家小餐厅和翟蓝再吃了点饭，眼看到了两点，他才慢悠悠地宣布出发。

"去哪儿？"翟蓝还记得前一天的话，"你昨天说要带我去的地方？"

"嗯，带你去看点不一样的。"

游真说的"不一样"在色拉寺，位于拉萨市北端，临山而立。坐公交抵达时，比建筑更惹眼的是大门内如游鱼穿梭的红袍喇嘛。

"人比我想象中更多。"翟蓝小小地惊讶于这个他没有听说过的地方竟然也拥有如此多的游客，"这是什么地方？"

游真没说实话，要保持神秘："跟着我往里走。"

这天天气也是晴朗的，但不如前一天的阳光照亮大昭寺金顶时辉煌而灿烂。青空有云，低矮地覆盖着山巅，岩石好像长了苔藓，褐黄的颜色被炽热烘托着竟然更显深沉了，仿佛光被收入土地，温度也全变成了草的养料。

他们买了门票，翟蓝在导览处拿了一份地图。不过他很快发现地图是多余的，这座黄教寺庙到处充满了玄机，了解历史或者过去能帮助他们看清更多的东西，可漫无目的地走，然后邂逅一场惊喜。

建筑很高，白色透着修行之地的圣洁，窗框漆黑，衬托着明黄小格子。翟蓝走了两步忽然发现违和之处，门口那么多人怎么进来就都不见了？

游真猜到翟蓝想问什么，抢先一步给了解答："跟我来。"

他低头看时间，嘟囔着"快来不及了"，一把抓住翟蓝急忙忙地朝某个方向去。

　　跨过台阶后穿越一条小径，僧侣随即变多，游真松了口气，暗想误打误撞居然找对了地方。

　　两人从一棵古树边绕到后方，视野随即开阔了起来。

　　白墙变成了红墙，碎石子铺满整片地面，树影斑驳。色拉寺的僧人都聚集在了这一片不大的地方，他们手持深红坐垫，随意地扔在地上，或三五成群，或两人结对，低头商量着什么，僧袍都脱下系在腰间。

　　翟蓝还没看明白他们在做什么，离他最近的两人中其中一个突然站了起来。

　　站起的那人手舞足蹈，似乎在向坐着的那人发问，他说着翟蓝听不懂的语言，抑扬顿挫，富有激情，时而慷慨，时而喃喃。最后，僧人哈哈大笑，双手用力一拍，以清脆的一声"啪"结束发言。

　　翟蓝坐着低头思索，好一会儿，才缓慢地将自己的见解娓娓道来。

　　"他们是在争论什么吗？"翟蓝看出了一点端倪。

　　游真喝了口水："嗯，这个是色拉寺的辩经。"

　　"辩经？这么激烈？"

　　"我其实也看不明白。"游真胡乱地抓了两把墨绿色的头发，"但是，怎么说呢，这么多人围观，他们仍然能沉浸在修行中，感觉还挺了不起的。"

　　翟蓝不吭声，良久，才默默地点了点头。他抬头看见阳光鼎盛，之前的流云已经消散在湛蓝天空，没留下一点踪迹。风穿过树叶和香布，谱写出一串细碎的、哗啦啦的旋律。

　　辩经场仿佛与世隔绝，但四周游客来来往往络绎不绝，又好像被红尘环绕其中。僧侣有着已成定式的行为，站者发问坐者回答，或者一人发问众人回答。他们拍手，诵经，偶尔表情激动，偶尔沉默不语。

　　想象中的寺院总和青灯、雨声以及寂寞的长烟相伴相生，在拉萨北端的色拉寺，翟蓝见到了此生为止最震撼的"佛"的论道。光明而盛大，喧哗而原始，动与静，困惑与思辨，都在碎石场上与烈日一起升腾着。

不远处僧侣的大声讨论，游客的小声交谈，风铃卷动，转经筒被拂过时发出哗啦啦的声音，涌入耳膜，心脏的跳动声直达下沉的意识海。

分明吵闹无比，翟蓝却觉得这是大半年来最宁静的一个下午。

他什么都没有想，就这么坐在一个台阶上看那些人辩经。直到五点，僧侣们披上长袍拿起垫子扬长而去，自始至终，翟蓝都是个局外人。但这"旁若无人"的状态让他舌尖发麻，好像过去的两小时对他而言也成了一场修行。

离开辩经场，话题还在继续，游真问他："刚才想了什么？"

"空白。"翟蓝说，绞尽脑汁地想形容词，"我一句话都不懂，但能从他们的表情里发现，他们都很沉浸……"

"你也很沉浸。"游真笑了笑，"你那会儿的表情，特别严肃。"

翟蓝"啊"了声："不会吧？！"

游真伸出两只手的拇指和食指做成一个简易小框，放在眼前，对准翟蓝的脸："下次我一定要拿手机给你拍下来。翟蓝，你做题的时候也这么认真？"

翟蓝一头雾水："什么做题？"

"数学啊。"游真提醒他，"忘啦，高考数学一百四十分。"

翟蓝不知说什么好，露出一副窘迫的表情。

游真笑开了："好了不逗你了，我是真觉得数学好的人挺厉害的，你猜我高考数学多少分？"

听着像小孩子之间才会聊的话题，翟蓝不予置评："高考数学又不能代表一切。"

"也对。"游真伸了个懒腰，"天气真不错——"

"哎，那个人好像提不动东西！"

话音刚落，游真才转过头，就感觉身边的翟蓝一下子冲向前方。他的目光随之而动，看见翟蓝帮一个红袍僧侣抱住了差点滑落的箱子。

僧侣五十岁左右，戴一副眼镜，他和翟蓝一起将箱子放在地上研究。

游真走过去时，正听见翟蓝掰着某个角，遗憾地说："啊，这里坏了，难怪刚刚提不住……您没事儿吧？刚刚砸到您了吗？"

"我没事。"僧人面含笑意，"谢谢你，小伙子。"

翟蓝回道："小事儿。"转头对游真刚要提议离开，那僧人却打开了另一个口袋，从里面掏出几枚圆润的小土豆。

"给我的？"翟蓝不可置信。

小土豆是火塘里烤过的，外壳几乎脆成了纸，用手一搓就簌簌掉落了。翟蓝不太好拒绝对方的善意，接过后闻到一股又糯又甜的香味，顿时饿了。他留下两颗，其他的给了游真："你尝尝，好香！"

高原的小土豆很美味，说得夸张点和平时吃的土豆不是一个品种，它可以吃得到淀粉特有的甜味。只用小火烤上几个小时，不加盐不加辣椒，没有任何调味，入口即化，回归食物最原本的风味，味道朴素，却香得让人恨不得把舌头吞下去。

"真的很好吃！"翟蓝再次谢过那个僧侣，看了看箱子，又说，"您要把这个搬到后面的房子去吗，要不我们帮您？"

僧侣注视着他，深邃的眼中透出一丝睿智光芒："谢谢。"

游真自然对助人为乐没有异议，那个箱子不大，但因为漏了底，还是要两个人合抱才能顺利前进。他们跟着红袍僧人，途中对方问了他们从哪儿来，想去哪儿玩，推荐了几处拉萨的寺庙。

"帕邦喀的桃花已经开了，在拉萨如果要多停留，那里值得一去。"僧人含笑说完这句话，他们刚好停在一间白色两层小楼前，"我到了，非常谢谢你们。"

翟蓝正要客气，僧人又从怀里掏出一个小小的金色东西给他："离开拉萨后，愿风把我的祝福带给你。"

黑门打开，两个年轻僧人把那个箱子抬进了屋。他们出来后再次和红袍老者耳语几句，又朝翟蓝、游真恭敬地行了一礼，用带着口音的汉语说谢谢。

红袍隐入了门后，翟蓝还愣在一地阳光中，耳畔，那句话的回音缭绕不去。

"那是谁？"游真问还在门口的年轻僧人。

大约只有十几岁的僧人不好意思地把僧袍裹好："那是我们寺庙的一位上师，心很好，箱子里是他抄的经书。你们帮了他，他很感谢你们的，我们也会为两位祈福……"

后面游真还和僧人聊了什么，翟蓝没再听了。他摊开手，只有小指长的金刚杵躺在掌心。

离开色拉寺时，那位年轻僧人一路送他们到门口。

听了两人接下来的规划，僧人对他们可能去不了帕邦喀表达了遗憾，又热心提议："如果今晚有时间可以顺着山路一直到后山去，从最上方俯瞰拉萨城。很多人都慕名而去，难得顺路，不过夜晚走山路视野不好……"说完给了他们一个手电筒。

按照他的指路，游真问翟蓝身体还能不能适应，得到肯定回答后才决定继续走。

这天他们运气奇佳，没走出几步就遇到了一个热心大叔问他们是不是要去后山，游真点了头，对方大手一挥示意上车。

所谓的车是电动三轮车，坐起来颠簸得厉害，大叔一路大声唱着歌拐上小径，路过一个维修铺，一直沉默的游真才终于说了话。

"他刚才送你的是什么？也没说佩戴或者随身带着的禁忌啊。"

翟蓝给他看那枚金刚杵，尾部有个小小的孔可以穿成护身符一类的，好像也可以挂在钥匙串上。大师送给翟蓝时什么也没多说，两人研究一通，都没得出什么有用的结论，最后怀着敬畏感把它放进翟蓝的卡包夹层。

"太贵重了。"翟蓝心有戚戚地说，"他不会所托非人吧？"

游真点评："肯定因为你很有佛缘啊小伙子。"

"是吗？"

"嗯，对。"

"不过上师给的小土豆真的挺好吃的。"

"哈哈哈……"

他们说着话，坐着当地大叔的电动三轮车往后山前进。

太阳渐渐西坠，正午时分的灼热褪去，山的阴影压迫感极强地笼罩在土地上。黄昏晚风拂过半坡，远处的经幡随风而动。

藏地的风被赋予了不一样的意义，它吹动纳金山的经幡，每一次都是祈福，它又带走了煨桑的烟，撒隆达后漫天飞舞的纸片也被风裹挟，将祈愿播撒到山川江海。

电动三轮车停在一处民居前，这里是大叔的家。游真谢过他，又不顾对方的拒绝塞了几张现金当作谢礼，大叔投桃报李，进屋提了好大两瓶水、奶茶和足够两人吃一顿的糌粑，说了详细走法，再和游真、翟蓝告别。

能够开车的路到大叔家结束，后面这一截全都沿山，走的人多了才变成小路。偶尔巨石横亘，坡度太陡的地方甚至需要手脚并用。

翟蓝一开始还能应付，越往后，地势越发险峻，体力有点跟不上了。

游真爬过一条裂开的小土沟，回头："手给我。"

他的语气坚决不容拒绝，翟蓝抓住了游真满是泥土的掌心，一跃跳了过去。

"还能坚持吗？"游真抬头看接下来的路，"不舒服一定要说。"

翟蓝是有点喘但没有之前心跳快得不正常的感觉，也不耳鸣，他和游真开玩笑："怎么，告诉你，然后你打算背我走？"

游真说："我不会逞强的。"

两人不约而同地笑出声，继续往前方走。无须谁多提，他们都想去感受更高处的风。

在城中漫步时没什么感觉，这时站在半山腰，还没抵达观景台，就已经能看见一半的低矮城郭。没有明显边界，没有高楼大厦，甚至没有道路和桥梁，高大山脉从平地忽然隆起，山巅直指云霄，拉萨城仿佛与世隔绝。

艳阳躲进了云层，远处的山戴上一顶金冠，竟然隐约可见莲花的形状。

脚步因为这奇观微微顿住了，翟蓝情不自禁地呢喃："好壮观……"

面对布达拉宫，他只承认是鬼斧神工；在大昭寺与金顶一步之遥，他觉得这是信仰的力量；八廓街人潮汹涌，烟火气熏染着日光之城；置身色拉寺辩经场，他感受到了旁若无人的修行……唯独登高望远时，雪山仿佛安静地注视着他，翟蓝才与壮丽的自然撞了个照面。

他从来没想过自己会来拉萨，就算到了，也绝对不可能爬上这座名气并不响亮的山。诡异的熟悉感，好像他早见过这一幕，只是梦里地动山摇让他无所适从。

"山顶快到了。"游真的声音唤回他，"累了？"

翟蓝说没有，步子却因为短暂的灵魂出窍凝滞。

游真拉着他的小臂，做出往上拖拽的动作，他以为翟蓝体力不支。

由于负担了一个人的重量，游真在前方说话的声音微喘："翟蓝你说，我们这样走了快一个小时……算不算'跋涉'？"

他在布达拉宫出口的话被游真记住，翟蓝脚底短暂塌陷，他低着头，看散沙碎石上被自己踩出了一个脚印。

"算。"

余下这截路很快就走到了，所谓观景台不过就是一块相对平整的土地。

背后山坡倾斜，再往前走就是山谷，残留着积雪，夕照让阴影折叠，墨绿的颜色让翟蓝想到游真的头发。

落日已经沉入地平线，山越来越厚，影子逐渐吞噬了城市。拉萨河还是白的，像一条细窄的亮色带子从某个地方穿过去，找不到来源和去路，给人一种没头没尾的缥缈感。

漫天晚霞最亮丽时他们在半途，不算错过，可没看到全貌总归有一些难以名状的失落。

翟蓝站得很靠外，差不多只要一只脚伸出，就能在山崖边晃荡。

"过来。"游真在身后喊他，"别去那儿玩！"

翟蓝轻飘飘地"嗯"了声当作给游真的回答，但也听话地往后退了两步。他看一眼周围情况，荒凉，只有他们和尘土。

游真累了，随地盘腿坐着，从食品袋里拿出糌粑啃。

糌粑是那位捎了他们一程的大叔现给他们做的，青稞面粉加上酥油茶、奶渣和一点糖搅拌均匀，捏成团，很好保存、易携带又能饱腹。当时游真还在心里暗道对方是不是太夸张了，现在才知道，这是他们爬山一路上不可或缺的干粮。

糌粑虽然因为放得太久口感退化，偶尔还能咬到青稞的颗粒，但就着漫山遍野的风，空气里的一点甘草香，面朝广阔天地，再喝一口奶茶，这点粗糙好像刚刚好。

两个人沉默着吃了一半的糌粑，奶茶还剩了点。

"我们好原始。"翟蓝突然笑了，"来之前没想到还有这么幕天席地的一顿。"

游真略一挑眉："舒服吗？"

"舒服。"

不是假话，翟蓝两手撑着自己往后倒，腿伸长，一身疲倦都舒展开了。他仰起头，看见天空是由浅到深的青色，云层聚集，西边的山顶被积雪覆盖。

如果不是夜风凛冽，翟蓝很难意识到他站在那么高的地方——四千五百米的山巅，他竟没有缺氧。

落日最后一丝光也被山脉吞噬，山路没有灯，他们点亮手电筒，没有立刻返回。游真用手机播放了一首歌，可能是某支乐队的现场录音，主唱的喘气声也很清晰。吉他像呜咽，失真和过载效果反复变化。

游真随着旋律哼了几句，声音飘荡在空旷山间，连回响也寂静。

"所有人都带着悲伤走吧。

"去往下一个地方，去往下一个夜晚……

"与悲伤相伴。"

天黑下去，但拉萨慢慢地亮了。

他们坐在石头上，只有手电筒的光陪伴着。游真放了两首歌，手机电量被耗尽，蓦地什么声音也没有了，只剩下呼吸最真切，就在身边。

"好安静。"翟蓝突然说。

游真扭过头："你不讲话会更安静。"

他开玩笑，但翟蓝立刻收声了。他小动物似的一双眼睛在夜里尤为明亮，瞳仁里手电筒的光会因为呼吸频率偶尔闪烁，睫毛阴影像绒绒的鸦羽，翟蓝目光专注地看向远方，略微一抿唇，眼睛好像会笑。

天空的云散了，他和游真一起望向灿烂星河。

"你会看星座吗，游真？"翟蓝突发奇想。

对方顿了顿："不会。"

"我也不会。"

没营养的对话阴差阳错契合现在，两个人都莫名地笑出声。

翟蓝笑了会儿："你喜欢星星吗，游真？"

游真思考片刻才回答："还好。"

夜晚，星空，洁净氧气，山的阴影，尘埃，紫色的云，脚底如萤火闪烁的拉萨城的灯光，所有的一切叠加后，秘密无从遁形，仿佛能看见最深的心底——似乎在此时此地，生死只有那么见缝插针的几秒钟，失去了原本的沉重。

"游真，后来你是怎么过去的？"翟蓝问。

翟蓝没有说是什么"过去"，但游真能知道，医院里他们没说太多，彼此的心境却已豁然开朗。只是那时悲伤占多，翟蓝沉浸其中，无暇顾及。也许广阔天地才终于让他敢面对内心深处的阴影，游真也有类似的想法。

游真深深地吸了一口气，他太久不曾提起这些，但这次好似可以对翟蓝提起那些痛苦。

游真原本也逞强太久，他那时比父母都坚强，甚至别人都说他太铁石心肠。

他伸手在虚空中抓了一把，垂下眼。

"我没过去。我弟弟是……有天玩的时候不小心摔倒了，刚好有一块石头……很突然，连下病危通知书的机会都没有。他当年刚上小学，对我而言那个时候的感觉就像，你本来每天都能见到的一个人眨眼工夫就找不到了，而且你知道他再也没机会回来，以前吵的架不能道歉，还没兑现的承诺也再无法实现——"

在翟蓝的沉默里，游真指了指心口："我一直把他放在这里，不想'过去'。"

"过去"等于"遗忘"。

"总觉得只有自己会记得……这种感觉很恐怖。"翟蓝说,他没想剖开伤痕,可里面的脓总要挑破才能成为一道疤,"游真,我没告诉过你,怕你觉得我可怜。"

"嗯?"

"我是单亲,后来,老爸也走了。"

游真低着头,手指无意识地在尘土里打转。好一会儿,他才换上爽朗的语气:"翟蓝,这么说吧,我喜欢一些很俗套的谎言,比如看见日照金山就会幸运一整年,死去的人会变成一颗星星。

"但是星星太多了。"

"没关系。他会找到你的。"

游真的话轻轻地从风中传来,目之所及,东山上空的星河不知哪一颗似乎闪了闪。

翟蓝鼻尖蓦地涌上强烈的酸楚,还未来得及有所反应,眼泪就不由自主地淌了下来。他好像又回到了在墓园的那个上午,送走所有人,拒绝姑妈要接自己离开,蹲在老爸墓碑边用帕子把大理石擦了一遍又一遍,用动作掩盖自己的眼泪。但哪怕那个时候,他都没有发出任何声音。

"他会找到你的"这句话,恰如其分地填补了翟蓝心里那个空当当的角落。失常的呼吸逐渐变成不停吸气时的鼻塞,接着有了小声呜咽,翟蓝蜷缩起来,两手捂着脸,肩膀不停地颤抖着,终于大哭出声。

暖而热的体温驱散了夜晚的凉意,游真犹豫片刻,伸出手放在翟蓝肩上,安抚似的轻拍。

游真什么话也不说。他知道这场眼泪属于翟蓝。

学会告别是人生的必经之路。

虹之光

将不属于自己的景色压缩成一个又一个不可能实现的心愿，
期待着未来或许有一天能如吉光片羽再次出现。

银河静谧，一城之隔的山脉雪顶被星光照亮，风吹散了流云。手电筒开着，像一簇射向天空的信号，无须任何回答。

游真沉默着等翟蓝哭累了，从包里摸出两张纸巾，还没递过去，翟蓝已坐直身体胡乱地用手抹开泪痕。水迹混合尘土，翟蓝把自己的脸抹得像只小花猫，偏偏他毫无察觉，只一个劲儿地吸鼻子，发红的脸后知后觉开始羞赧。

"太丢人了。"翟蓝小声地自言自语，"哭成这样，还被你看到。"

游真保持坐姿单手撑脸："还好。"

翟蓝眼圈还肿着，两手又脏不敢去揉，尴尬地抬在半空。手指突然一冷，全身激灵然后条件反射想躲。

"别动。"游真故意警告他，"带的纸巾不多，浪费了可没得用了。"

纸巾最后还是派上了用场，翟蓝不知道游真什么时候拿矿泉水将它蘸湿，乱七八糟的泪痕被他擦掉，红肿的眼睛也被盖上纸巾敷了一会儿。

游真玩笑地说："你脸上好多灰，像只小花猫。"

翟蓝小声抱怨："那我也只能回去再洗脸。"

游真笑笑，把纸巾卷成一团扔进装垃圾的袋子："我们下山去。"

星空下的互相剖心虽然是无意中促成，但比预期更让两个人的距离走近。再次和游真踏上来时路，翟蓝莫名感觉面前的男人没有那么疏远了，就在几小时前，游真哪怕示好都带着玩笑，关系忽近忽远，但现在，翟蓝好像可以依靠他。

走过最险峻的那截坡道后游真放开翟蓝，但还不太放心，他转过头用手电筒照亮翟蓝的脚底："自己走没问题了吧？哎，小心。"

"我没事儿。"两三步跳到相对平坦的地方，翟蓝身姿矫健，看得游真都笑出来了。

他晃着手电筒，那团暖融融的光在两人中间来回移动着。翟蓝从游真身边"嗖"地钻过去，然后又是一路小跑，很快已经在几米开外。

"你看！"他提高音量，"我说已经没问题了！"

寂静的山野，谷地折叠处传来一声一声的回响，仿佛从哪里得到了回答。游真站定，相信翟蓝确实从刚才的情绪崩溃中恢复了正常。也不一定对。或许他身体中那些逐渐坏掉的部分停止了继续腐败，往后会开始自我疗愈，就像当年的自己。

他想到这儿，忽然全身轻松，迈出的脚步似踩着一片云又快又飘。

"你个小屁孩！"游真也提高音量，追上在前方的翟蓝，"别跑那么快啊！"

"不——会——有事——的！"

话音未落，翟蓝忽的一步没踩稳，身形歪向侧边。

游真的心霎时提到了嗓子眼，他冲向翟蓝，还没找到重心，先伸出手勉力拽住翟蓝的外套。脚底几粒碎石咕噜咕噜地顺着土坡滚进黑暗。

翟蓝惊魂未定，心跳快得仿佛要冲破胸膛了，满脸震惊地看向游真。

"你知不知道刚才有多危险！"游真第一次对他发火，怒气压不住似的，瞪着翟蓝，声音里满是责备，"我都让你别跑那么快了。"

"对不起。"

紧张没消失，翟蓝说话都有点颤抖。

手电灯光只照亮了他下半张脸，嘴唇惨白，脸上毫无血色。游真本来的火气在看清翟蓝的表情后又莫名其妙地无法宣泄，只得恨恨地踢了一脚旁边的土坡，什么也没说。

两人相顾无言站了半晌，翟蓝伸出手，小心翼翼地拉着手电筒的另一端："喂，游真。对不起。"

"你要对自己负责任。"游真闷声说。

"其实这地方不算很窄的……"翟蓝心虚，又看了眼刚才险些跌倒的地方，感觉游真呼吸一下子又停顿，他连忙发誓，"我保证再也不会了！"

"人生地不熟的……"

"嗯。"

"乱跑。"

"我错了。"

"还是大半夜！"游真故意严厉地说，"下次我不会再拉住你了。"

翟蓝却不怕："是吗？"

游真定定地看着他，片刻后，抬手猛拍一把翟蓝的后脑勺，可惜雷声大雨点小一点儿也不疼。

下山到底要快些，摔倒事件后两人都不再闹了，安静地走了半个多小时后终于看到了之前路过的大叔家。

这地方是可以开车的乡道终点，门口，一盏路灯伫立。

游真看了眼时间："从这里走到街上起码还要一两个小时，有点久啊。"

"啊。"翟蓝以为他是在说路程长，急忙忙地证明自己，"没事，我现在不是很累，再说走回去也行，没有很晚——"

"我去找大叔借个车好了。"游真打断他，"刚刚他也提过我们下山可以跟他打招呼。"

留下一句"你待在这儿等我"，游真就丝毫不见外地推开了半掩的铁门。过了会儿，他拿着一把钥匙出来，指向旁边的摩托车。

翟蓝目瞪口呆："借、借车给你了？"

"把水瓶还给大叔后，我跟他提了一下从这里到城区好像还很远，最后一班公交也没了，他就问我会不会骑摩托车。"游真研究着手里的钥匙，"待会儿把车给他放在色拉寺后门，钥匙藏好，附近居民都认得这辆车，所以没关系。"

"传说中的社交达人……"

游真："你小声嘀咕什么呢？"

说话间，他跨坐在那辆半旧摩托车上，拧开了发动机。前方的路瞬间被车灯照亮，翟蓝的眼睛也被晃得好一会儿适应不了。

"上车。"游真说着，给他留出更多空间。

后座被抬高了，翟蓝坐上去，伸手抓着一个金属架子小心翼翼直起身向后仰，仰起头，望向天空似的深深吸了一口气。

摩托车发动时"嗡"声悠长，游真没理会他的小动作，径直顺着山路加速俯冲。

风在身后推了翟蓝一把，几秒钟前的努力全都白费了，直起身会受到双重阻力，翟蓝一头撞在游真背上。

"啊！"翟蓝短促地喊了声痛。

游真的声音懒洋洋的："少耍帅——"

翟蓝摸着鼻子，暗道到底是谁在耍帅啊？

天很冷，白天艳阳高照的炽热好像是 20 世纪的事，翟蓝将冲锋衣的帽子戴好，但冷风依然一刻不停地扑着他，凛冽地灌入每一丝缝隙中。他牙关打着寒战，抓住金属支架维持平衡的手转瞬被冻得像冰一样。

翟蓝在发抖，察觉到这点后游真侧了侧头，按住刹车减速，余光瞥见翟蓝通红的指关节。心里有疑惑一闪而过，游真不理解他怎么不揣进兜里。吹风就那么好受吗？可能翟蓝又开始不分时间地点地犯蠢。

游真默默地叹了口气，靠在路边停了车，示意翟蓝看自己的外套："这里。"

"你不难受吗？"翟蓝问。

"只能这样啊。"游真以为他嫌抱着的姿势别扭，解释道，"你坐那么直，风直接吹着脑袋回头第二天又感冒了。翟蓝，知道在高原得感冒多危险吗？上午还在吸氧，明天想继续去医院吗？"

一晚上听他说了两次不怎么客气的话，像被邻居哥哥训，翟蓝有点窘迫："不是，我……"

"嗯？"

"啊？"翟蓝有点发怔，"没事，我挡着点脑袋就好。"

"行，放松点，就当是哥哥带你去兜风。"游真拧动油门。

他最后只低低地"嗯"了声。

哥……

虽然李非木对他也挺好的，但翟蓝想着，游真可能更符合所有人少年时代想要的"哥哥"形象：开朗，温柔，偶尔也会使坏。

"出发了啊。"游真在前面提醒他，"抱紧。"

"嗯。"

摩托车再次启动，道路两侧张牙舞爪的影子向后退去，迅速模糊，深蓝的、黑的、灰的碎片拼成了夜晚，此外就什么也看不清了。

深夜，一束白光穿越黑暗，仿佛能抵达雪原尽头。

"R，你好吗？我现在站在一座山上。

"信号很差所以不知道这条私信能不能发出去，我跟自己说发不出去就算了吧。最近讲缘分讲多了，人也变得神叨叨的……

"今天有个人说总有一颗星星会找到我，听见的那一刻心情像长时间潜水，伸手不见五指，也不知道究竟过去了多久，然后赶在氧气耗尽前浮上水面呼吸到了第一口新鲜空气。我说得好乱，但我想你一定能够明白的。

"世界上发生的大部分悲剧其实都身不由己，但这不是对我的惩罚。

"希望你今天开心。"

沿途干燥的风拂去疲惫与悲伤，颠簸也有安抚躁动的奇效。

重新回到大路边，找到色拉寺后门，游真按大叔说的把车放在显眼的地方，钥匙收在了大叔车座的最里位置，然后打电话告知对方情况。游真和大叔再三确认位置，显然并不对这个方案抱有太大期待——他是陌生人，周围怎么说也算个景区，万一摩托车被盗或者被人弄坏了那他拿什么赔给对方？游真这时甚至有了一点后悔。

大叔倒是豁达，宽慰他说自己经常这么干，他给色拉寺内送货，轮值的年轻僧人早就认识他的车了，第二天看见了，就算自己忘记他们也会找人提醒，不可能出事。

他说得信誓旦旦，游真再三感谢后勉强放下了担心。离开时一步三回头，挂掉电话，游真淡淡地叹了口气，回过身："走啦。"

翟蓝才收起手机，双手拉着背包带子，哈欠打到一半，眉心微皱，有一点不耐烦，像只迷迷糊糊的小动物分不清东南西北。

游真突兀地停下脚步，没什么意外后背立刻被翟蓝撞上。

翟蓝这下清醒了，爆了句粗口，"怎么停了？"

游真："忽然想起一件很可怕的事。"

市区北端入夜后没什么人，车也少，游真压低声音说话，仿佛有不得了的大事即将发生。翟蓝瞳孔蓦地放大了，跟猫似的，见游真一本正经的表情，情不自禁展开无限联想——

可怕？有什么好可怕的，难道什么东西落在山顶了吗？

"翟蓝。"游真郑重地喊他的名字。

"什、什么？"

"其实我是第一次骑摩托车。"

"什么！"翟蓝忽的拔高音量。

崎岖山路，悬崖峭壁，急转弯，长下坡，翟蓝差点原地蹦了三尺高：
"你第一次骑摩托车？！你第一次？！"

怪不得他刚才恍惚间感觉自己在飞，原来不是错觉？！

声音都变了调，路灯映照，翟蓝一张小脸霎时褪尽血色。

好像效果有点过了，游真没料到翟蓝反应这么大，赶紧往回说："不
是，哎，我没骑过那种烧油的摩托车，但是会开电瓶车！单手开！"

翟蓝："啊？"

"电瓶车。"游真强调，懊悔地揉着鼻尖，"对不起啊，我刚刚本来
想……算了，这次是我不好，以后不会再话说一半让你紧张，我就是——"

"吓我？"

游真："没有。"

翟蓝加重语气："那就是报复我！因为我刚刚在山上把你吓了个
够呛！"

游真在心里默默吐槽，原来你也知道啊。

其实说不上吓，可又存了点类似的心思，无非想看翟蓝炸毛。

这话怎么说似乎都很奇怪，承认会让他的恶趣味暴露无遗，不承认
又显得太不诚恳。左右为难了半晌，游真最终飞快地"啊"了声。

翟蓝奇怪地扬起一边眉毛，慢半拍察觉到他好像是故意的，抬高视
线，斜斜地睨他。他见游真不动了，伸出手与游真眉眼齐平，略一停顿
后毫不犹豫地屈起手指用力，弹了游真一个脑瓜崩儿。

"哎呀！"游真喊疼。

"谁让你搞什么打击报复的。"翟蓝板着脸,"幼稚!"

从年纪小好几岁的男生嘴里说出这两个字喜剧效果十足,游真应着:"哎,记下了。"

"下次我要生气的。"翟蓝说。

游真当然知道翟蓝不会真的生气,就像翟蓝知道游真下次仍然会拉住自己一样。他心里记住了翟蓝的逆鳞:"别生气啊,我请你吃东西赔罪?"

"嗯,当然啦。"翟蓝说,故作闷闷不乐,下一秒立刻破功笑出了声。

捉弄小朋友的快乐过了那阵劲儿也没有太大意思,三番两次,故技重施不了多久就会被翟蓝识破。翟蓝太聪明,他不反感善意的玩笑甚至是谎言,可游真莫名觉得翟蓝有自己的底线,他这次没踩到,以后就别再招惹了。朋友相处留点空间才是最理智,游真都清楚。

只是翟蓝打破社交距离后的模样太可爱,不管是炸毛,还是没睡醒,或者露出内里的尖锐冷不丁刺他一两下。游真想多逗逗他,所以一而再再而三地跟他开玩笑。

回市区的公交车已经停运了,下单后将近二十分钟才等来一辆出租车。

把翟蓝塞进后排,游真也去坐他身边的位置:"师傅,江苏路。"

翟蓝侧过身,翻出刚才那条没写完的私信,想着控诉一下某人,到底没下得去手还是点了发送键,用他们的暗号做结束语。他放下手机,定定地看了一会儿游真,发现对方没任何迹象要立刻去翻私信箱,猜测游真的强迫症没有延伸到这个领域,遗憾地叹了口气。

江苏路在八廓街附近,离酒店也不远。

这个时间点不前不后,翟蓝以为游真所言的请吃东西赔罪是指点外卖就没多问,靠着车窗,一直看拉萨的夜景。

经过刚才摩托车那一出，仿佛去坐了一趟过山车，心脏被颠簸得好似要跳出胸膛，却阴差阳错地让翟蓝找回了曾经的自己。他本来就不是太阴沉的人，小时候玩恶作剧比游真这些不知道复杂多少，只是心力交瘁太久，甚至让他忘了肾上腺素快速飙升的刺激。

真奇怪，遇到游真以后他觉得有了一种新奇的体验，仔细一想原来从前都经历过。

内心的宁静也好，突如其来的刺激也罢，漫长的伤痛冲淡了曾经的快乐，而现在，游真陪着他，翟蓝似乎就能把它们找回来。

司机师傅的开车风格狂放，深夜更加多了骨血里带的野性，时速越来越快最后一个急刹车，稳稳地停在某个高楼前。

"到喽！"司机师傅乐呵呵地提醒。

可下了车翟蓝却感觉环境有点陌生，左顾右盼："这里好像不是我们住的地方？"

"嗯，请你吃点东西。"游真指着一个电梯通道，"走吧，央金昨晚给我推荐的小店，这么晚了还在营业的除了清吧就是咖啡厅，我们去试一试。"

宗教色彩浓郁的城市和"咖啡厅""清吧"之类的字眼产生联系，听着就令人向往。

六楼在城内已经算高层了，窗外景色尽收眼底，翟蓝几乎可以毫无阻碍地眺望布达拉宫。大昭寺金顶在夜间终于黯淡，星辰闪烁，天空不如在山间清澈，晴朗也很朦胧。

小角落里开着一家清吧，名字叫"Viva"。

走进门，阳台和大片落地窗拉近了与苍穹的距离，深红木质装潢衬托着夜色，显得神秘又多情。

窗前是以布达拉宫为背景搭建的小舞台，戴着棒球帽的驻唱歌手正在演绎一首经典民谣，手鼓声脆而悠远，吉他手拨弦附和着，低沉的烟嗓，让这首民谣像娓娓道来的一个小城故事。清吧上座率大约一半，每个桌面都点了一支白蜡烛，微光摇曳。

两人落座，环境太温柔，于是说话的声音也放轻。

游真把菜单递给翟蓝："吃什么？"

粗略看一眼后感觉也就甜品和一点小吃，翟蓝不挑，也没跟游真客气，点了个提拉米苏，然后对着五花八门的酒单犯了难。

不是没喝过酒，但仅限于一些普通啤酒和低度数的果饮。翟蓝不喜欢酒，更分不清各种类型的区别和味道，酒单上那些名字都太复杂，就算标注了成分，对翟蓝而言阅读理解的难度大于学大学英语。踌躇三秒，果断选择放弃，翟蓝把单子给游真："你来。"

游真给他点的酒装在陶罐似的杯子里，杯口放一片百香果和薄荷，果汁酸味覆盖了酒精，闻着不太像酒。

"这边的特调。"游真解说，"金色安德烈斯，入门级的，应该很好接受。"

翟蓝想起上次喝的那杯百利甜，阴差阳错也跟游真有关。他不自觉地笑，拨开百香果，低头抿了一口，没有想象中刺激。

"果汁？"翟蓝说，喝它像喝水一样解渴，"酸甜的……加糖了吧？"

游真面前是个威士忌杯，他和翟蓝小声聊着酒，问他要不要尝一尝。被拒绝后，游真拿起爆米花吃，笑吟吟地听着歌。他听翟蓝聊高中毕业的聚会，二十几个青少年为了证明自己从此以后是"成熟的大人"，搬来两箱啤酒不由分说地喝了个底朝天。

"我喝了几口，脚底轻飘飘的，那会儿是真的高兴，觉得自己脱离苦海了。"翟蓝说着，眉梢眼角的笑意凝固了一瞬，"但没想到，现在居然最怀念那天。"

"长大就不好了吗？"

翟蓝摇头："有好的地方，可我大部分时候没有感觉，想象中应该谁都不管我了。真到了所作所为根本无人在意的地步，又会非常、非常不安。"

"是吗？"

"所以我不向往'自由'。"说完，翟蓝拿起薄荷叶放进唇齿间，轻轻地嚼了两下，清凉感直冲大脑。他无法解释这个一时兴起的举动，他做题做得多，最讲逻辑，这时却感觉手脚不受控，说的话也只来自心底，不经过任何思考脱口而出。

"那你现在感觉怎么样？"游真问。

翟蓝反问他："你呢？"

"嗯？"

"我感觉像在做梦，你呢？"

缥缈的话音没有立刻得到回应，桌面有烛光，游真从翟蓝眼底数着火苗的跳跃，好像他们又回到了绿皮列车看彩虹的黎明。

耳畔，驻唱歌手结束了表演，乐队似乎也快要下班。

"翟蓝。"游真突然微微挺直了背，"想不想看我弹吉他？"

小舞台，最后一个青年正在装手鼓。

青年姓左，旅居拉萨两年整，这家叫 Viva 的清吧是他最喜欢来的地方。他最初是顾客，有次喝得微醺后拿起手鼓和留胡子的老板"彪哥"合奏了一曲。

掌声响起时，清吧凝结成了直击小左心灵的"那个瞬间"。

于是他就留在了这儿，每周大约要来两到三次，和认识的音乐人一起给彪哥的客人们唱点歌。

工作结束，该去喝彪哥请的酒了。

小左直起身，旁边不知什么时候多出一道影子，把他吓了一跳。

定睛一看发现是个人，被他直勾勾地盯着，小左舌头差点打结："您……你好？"

游真朝他笑得很友好："乐队表演完了吗？"

小左不明就里，但见眼前这人瘦高，英俊，表情冷淡，墨绿发色很有些文艺青年气质，才没有一口回绝，往吧台方向望，见几个乐手开始喝酒，犹豫着问："有什么事？"

游真礼貌地说："我想借那把木吉他用一用。"

小左疑惑地"嗯"了一声。

"如果可以插音箱那就更好了。"游真说着，目光已经落在了木吉他盒上，"行吗？"

游真说得随意，仿佛听了他们的演奏突然手痒，这种一时兴起的交流让小左久违地回忆起自己第一次来到 Viva 的那个夜晚，没想到过了这么久，当时的心情依旧热烈。

小左愣怔了一下，然后大笑出声伸手拿过吉他盒："随便用，随便用，需要伴奏吗？"

"可以吗？"游真没想到他这么爽快。

小左拍了拍胸口，毛遂自荐："临时起意对吧，我懂，弹呗弹呗……要打打手鼓给你伴奏吗？我水平还可以的！"

游真将木吉他插上音箱，拨了下弦，音色出乎意料地明朗。

"不错嘛。"游真夸道。

"这把吉他是我们彪哥的珍藏，哦，彪哥就是这儿的老板。"小左重新拿出手鼓，热心地介绍，"他年轻的时候也曾想仗剑走天涯，后来在拉萨成了家就走不动了。咱们呢，在这儿凑个热闹，乐器什么的全靠他支援。对了，这位帅哥怎么称呼？"

"我姓游。"他说，"或者你也可以叫我 Real。"

小左咀嚼着两个南辕北辙却又谜之相似的发音："所以你是民谣音乐人？"

"呃，我算……半吊子吉他手？"游真说出这个身份时不太有自信，目光条件反射地在人群中去寻找那个熟悉的影子。

离小舞台有点远，翟蓝专注地望着他，一直在笑。他举起那根白色蜡烛靠在脸边，似乎想远距离地照亮游真，好让自己看得更清楚。孩子气的举动，却没来由地缓解了游真最初的尴尬。

弹吉他，一个心血来潮的提议。

游真坐在高脚凳上，试了一遍音准，突然又觉得他想做这件事很久了。

陌生的城市，初次见面的人，甚至这夜色和山间的风，都放大了他稍纵即逝的灵感。西宁的短暂停留没能捕捉得到的那个旋律，这时游真不由自主地想起它，手指拨过一串音符，立刻就要即兴而起。

手鼓加入进来。游真的指尖一顿，现在还不是时候。于是旋律拐了个弯，民谣吉他带着点木质的清亮感，微妙地介乎于"黏"与"脆"中间，仿佛迎面扫过一阵海湾的风。连续的巴音循环了三遍，手鼓找到了节奏，通过音箱，两种乐器混杂在一起，游真抱着木吉他，没有扫弦，流畅的旋律从他指尖倾泻而出。

清吧的顾客连同老板不约而同地降低了说话的声音，诧异地看向舞台，没料到还能有附加节目，喝彩与掌声霎时汹涌。

游真的木吉他弹得行云流水，曲调颇有明朗的弗拉明戈味道。

小酒馆成了一辆旅途中的大巴车，载着所有人漫无目的地前行。周围是漫漫荒漠，公路没有尽头，白云仿佛瀑布从九霄外一泻千里。然后毫无预兆地进入夜晚，山的影子像鬼魅，风声如同女妖吟唱，人们情不自禁地起舞。

像是疯了，但旋律分明又非常宁静。

矛盾重重的木吉他声漫延开，越来越顺，像一时起意更像等待了好久终于找到了合适时机能够完美地弹奏出来。

游真抬起头，看向远处，翟蓝放下了蜡烛，两只手撑着脸。四目相对再短暂分开，翟蓝感到脑袋晕乎乎的。他可能又高原反应了，也可能是那杯"金色安德烈斯"的后劲儿如海浪上涌，他的笑意无法自控地越来越深。他也越来越醉。但游真明明告诉他那杯鸡尾酒没有度数。

"我还是不要再喝酒了。"翟蓝昏沉地想着，用力搓了搓自己两颊。

木吉他声被调得很好，手鼓声也恰到最微妙的程度，少了低音会有一些单薄 不过没关系。他已经弹过无数遍了。

旋律如泣如诉，时而高亢时而婉转，听众们几乎入迷。他们中止谈话，酒精微醺中面带微笑沉浸在一段无懈可击的指弹旋律。游真抱吉他的动作有点特别，把它往怀里靠，仿佛是真正的情人，连他看向六根琴弦的眼神都深邃无比。

游真状态渐入佳境，甚至可以说他很久没有这么尽兴地弹过吉他了。他自觉时机合适，与手鼓的磨合也越发变得默契，旋律在指尖流淌着拐了个弯，从半即兴中转进经典的前奏。

有位观众忽然一声口哨，惊喜大喊："*Hotel California*！"

话音刚落，伴随着此起彼伏的喝彩、欢呼和掌声，大珠小珠落玉盘般的音符略一停顿，麦克风中不知谁轻轻地叹了一口气。

On a dark desert highway cool wind in my hair

Warm smell of colitas rising up through the air

……

They living it up at the Hotel California

What nice surprise

What nice surprise

……

热烈迷幻的西海岸夏天与高原初春看似毫不相干，可游真唱得那么投入，翟蓝目不转睛地望着他，好似他身后不是天河倒悬，而是甜美的夏日午后阳光斑驳。

每个人生命中都应该有这么一个深夜，有一首不插电的 *Hotol California*。

游真记不得自己听到这句话是在哪儿了，当时不以为意，觉得傲慢。现在他坐在拉萨的夜色中，身后的布达拉宫巍峨，更远的地方雪山清晰可见，云层是山巅的一圈银色，星辰璀璨，这首歌便像自心底流出，不由自主地安抚了他经年累月的焦躁。

没有月照山川，但他被一道目光专注地凝视。

耳畔是音乐，低声浅唱，微微闭上眼后，萤火般的烛光在视野中脆弱地颤抖。但他知道那道光不会熄灭。

最后一段弹完，手鼓声适时地放轻，木吉他声渐弱，游真微不可闻地抽了一口气，他凑近话筒，眼神接触到翟蓝时不自觉地柔和很多。

We are programmed to receive

You can check out any time you like

But you can never leave……

轮拨过六根弦，手掌停止余音颤抖，干净利落地收尾。

最初喊出歌名的那人自左边第二张桌子站起身，高声喝彩："好！

好久没听过弹得这么好的 *Hotol California* 了，一个人也能弹这么厉害！"

小小酒馆藏龙卧虎，游真被欢呼声淹没了，好不容易从一群真假同好们的包围中挣脱，艰难地回到位置。他坐下后长长地呼出一口气，仰起头，靠在椅背上，笑得很开心。

"过瘾吗？"小桌对面，翟蓝说这话好像只是吃提拉米苏的间歇随口发问。

游真却听出他一定经过演算才选择了这个开场白。他点点头："很过瘾，比在 Zone 演出过瘾多了，但回头要是再去 Zone 这话可不能随便乱说啊。"

翟蓝："我才不会。"

鼓点敲击在心脏的凹陷正缓慢回弹，游真怔愣了片刻："你做保证跟小孩似的。"

"你白天还说'不到二十岁就是个小孩儿'。"翟蓝神态狡猾，早就猜到他会这么说。

游真说不过他举手投降，心道翟蓝还真是一只刺猬，稍不注意就冷不丁被他扎。他沉默了会儿再想，没被扎的大部分时候，翟蓝还是很好相处的。

游真忍不住进行等量代换，最后觉得哪怕会被扎几下他也想抓着机会就逗一逗翟蓝。

"喂。"翟蓝的蛋糕吃得差不多，注意力全转移在游真身上了，"你想什么呢？"

游真摇头："没、没什么。"

翟蓝面色只稍微缓和，目光上移，不自觉地抿了抿唇。

朝夕相处了两天，游真已经知道这是他紧张时的微动作，他顺着翟蓝的目光看过去，见到三个女孩子结伴而来，正犹犹豫豫地在他们身后徘徊，欲言又止。

游真转过头，疑惑地皱起眉："呃，你们找我？"

"你是、你是那个！"其中有个短发戴眼镜的女孩，激动得声音变调，"绿风的……"

高原列车上遇见翟蓝已经是十足的小概率事件，又在小酒馆一次性偶遇三个明显知道他的人，游真一时都不知该不该说自己时来运转。眼前，至少戴眼镜的女孩肯定喜欢他的音乐，游真这点自信还是有的。

游真微微点了下头表示她们没有认错人："你听过我们的歌？"

"是啊，你账号叫'Real 的数字世界'，对吧！我听你们的歌大概一年多了吧，不过离得太远，还没来得及看现场。刚才那个鼓手说'谢谢 Real 的 *Hotol California*'，我就一下子想起来了。"女孩不好意思地挠着头发，"给你发过私信，我喜欢你们的《覆雨》。"

游真跟她简单聊了两句，对方再次表达了对他们音乐风格的喜爱后开心地告别。游真本想请客，帮她们结账，女孩连声谢绝，跑得比兔子还快。

"真没想到确实有人在单曲循环绿风的歌，回头得告诉宋老师他们……"游真意犹未尽，正要和翟蓝分享此时心情，看见对方表情，话语停止了，"你那什么表情？"

"吃饱了的表情。"翟蓝有些酸溜溜地说，并用盘子挡住脸。

"你还小呢。"游真不前不后地说。

盘子后露出翟蓝不服气的眼睛："什么？"

"难道不是觉得被女生搭讪的样子很帅气吗？"游真失笑，揉小狗似的狠狠搓翟蓝的头发，弄得一团糟，"你才刚上大学，过几年就会有很多女生喜欢啦！"

"不是这个原因……"

"那是什么？"游真好奇。

"我在想……"翟蓝含含糊糊地问，"经常有人给你的主页发私信吗？"

游真笑了下，继而摸摸鼻子，借着喝酒的动作掩盖掉。

"有那么难回答吗？"翟蓝开玩笑，"万人迷？"

"怎么可能，我那乐队……"游真轻快地说，"其实我不怎么看私信，几天一次吧，也基本不回复他们，除非特别投缘。"

翟蓝的脑袋小幅度地摇摆晃动起来，节奏感十足，显得快活又轻松。

游真一头雾水。

Viva凌晨两点半打烊，游真和翟蓝喝了酒，又聊够了天，开始往酒店走，这时将近午夜了。

街道的店铺几乎全部关闭，只开了一半的灯，两边建筑影影绰绰被夜晚吞没，风铃和转经筒偶尔发出一丝声响，但也很快消失了，星辰仿佛有让世界静止的魔力。从店铺里漏出的光不足以照亮脚底的路，翟蓝伸出手，却看见星光填入了掌纹。

"明天想去哪儿？"游真问，"想不想到羊湖、卡若拉冰川、纳木错……央金给我发了不少冰川、雪山和盐湖的景点，都是当天往返。"

翟蓝没立刻回答，深思一般地长长"嗯"了声。

"不过圣象天门最近不开放，才四月，纳木错可能还有冰……"

"你不着急吗？"翟蓝打断他。

游真："嗯？"

翟蓝认真地注视他："不是说，你到林芝是身负重任，要给央金的弟弟送东西，还要带他到市区医院检查，为什么还要在路上耽误时间啊？"

游真哑口无言。心里最隐秘的情绪这时得以寻觅到出口，他单手插兜，手指慌张无比互相捻动，好像快把那层弹琴的薄茧搓起了火。他若无其事，环视周围一圈，身后是一间卖饰品的小店，门口悬挂着藏戏面具。黑夜无光，红色面具的惊惧表情仿佛是他的梦魇突然具象化。

"你在害怕，对吗？刻意拖延时间，不知道地址，平时也很少提起主要目的。"翟蓝说着和他继续缓慢地往前走，始终领先游真半步远，"换位思考，已经糟糕到这地步了，如果是我的话，这时一定非常担心得到不好的结果。就会想，拖两天再面对吧，反正都不是我的错。"

翟蓝一针见血地道破了游真的心思，他只得闷声哼了一下，算是承认了。他的确不知道怎么办才好。决定资助白玛央金一家时他还小，是父母全权做主，他只当千里之外有了几个小伙伴。刚开始他还常给白玛央金三姐弟写信，随着升学、家庭变化——父母决定移民而他留在了成都，有一段时间他甚至想不起和林芝的几个年纪相仿的藏族孩子建立了联系。

后来父母的帮助被简化成了金钱，要不是白玛央金机缘巧合和他考到了同一所大学并告知了他，可能游真那些年少时寄托于纸面的友谊也磕磕绊绊地断裂了。

现在他无从探求父母对白玛央金一家的态度，好在游真长大了，自己有稳定收入和决策能力，于是继续践诺。

送书出于真心，给他治病出于责任，但都不代表游真就该承担一个生命。

"我是害怕，如果丹增的病结果不好，那时候我还能做什么，我又该怎么面对央金的期待？"游真闷声说着，"你能理解吗？"

翟蓝点头："能，但我不会躲。"

游真诧异地看向他。

"因为我不想在几个月、几年、几十年后想起现在，只会有悔恨。你不是才说过'每天见得到的人突然没了'就像心里被挖空了一块？至少这次，你是可以先尽力而为的，对吧？软弱和畏难都是人之常情，何况事关生老病死，但假使一直拖延直到尘埃落定才不得不选择接受，未来的你会原谅自己这时不往前走的。"

"嗯。"游真想笑，"我居然被你安慰到。"

翟蓝这次加大了力道用力一拍他后背："有时候你比我胆小多了，游真！"

游真点点头："我一直是胆小鬼。"

"啊？"

"所以让你别把我想得那么好，人都自私软弱，我也不例外。"游真仰起头呼出一口气，白雾在午夜中膨胀开，"不过，你说的有道理，明天吧，明天我就去林芝。小蓝，谢谢你，我突然想通了。"

一本正经的话霎时让翟蓝有些不好意思，他不去看游真，挺直背往前小跑两步再停下，转身倒退着前行。

"不用谢，带上我就行。"

"好。"

空气再一次沉默，翟蓝偏过头看了眼背后宽阔的道路，突然问："游真，你刚才唱的那首歌是不是很有名？"

"嗯？"游真想不到一个会在 Zone 买票看小众乐队演出的少年不知道《加州旅馆》，或者他终于记起翟蓝早就声明自己并不是什么乐迷——不是他们的，也不是摇滚乐的受众群体，他慢半拍地答，"哦，对啊。"

"没听过。"翟蓝说，"第一次听，你的木吉他弹得好像很厉害，隔壁座一直在夸。"

游真失笑："一个人弹完这首是有点儿难，我练了好多年。"

"那你为什么想唱这首？"

"不知道，下意识的，我放松的时候很多决定都不过脑子。"

听着不像好话可翟蓝无奈地笑了："这么一说，咱俩都挺任性的，走到哪儿算哪儿。"

"也许吧。"

两个陌生人产生联系是一件很玄妙的事，而当联系建立后，就像一颗种子生了根。从春到夏，慢慢地，他们会共同找到更多相似的兴趣爱好，比如喜欢的诗行、看过的风景。

当翟蓝说以前没听过这首歌的时候，游真只剩惊喜。他觉得《加州旅馆》可以被同一个人解读出千万种感觉，唯独初次聆听时感受最深刻。而无论感知到什么情绪，结果其实都差不多。只要和弦再次奏响，翟蓝就会永远记得这趟旅程。

拉林铁路通车不到一年，每天班次有限，从拉萨出发的只有三趟。他俩决定坐高铁离开拉萨的时候，第二天的票只剩下最早一班，所以休息时间被大幅度压缩。翟蓝甚至来不及告知李非木，就稀里糊涂地背着包上了车。

编辑消息发送完毕，几乎没有间隔，李非木的电话就急不可耐地打过来。翟蓝接起前，无奈地对游真抱怨："你看吧，他真的好像一个'男妈妈'。"

像是为了印证这话，电话接通后李非木第一句就是："翟蓝！你怎么不提前告诉我？"

"临时决定。"翟蓝倒很平静，"哦对，我还想问你来着，我在哪站下车？之后是坐班车还是找个车去你那边，你在哪个村来着？"

李非木差点被这个自作主张的臭弟弟气得脑出血。但他总归知道翟蓝什么德行，没有当即发作："你在米林站下车，我现在收拾一下就出发，等会儿去接你。"

"好。"翟蓝应下，挂了电话后才立刻忐忑起来。

认真算一算，他和李非木在这次的西藏之旅之前也有大半年没见面了。忙完葬礼，李非木立刻回了西藏继续自己的支教，而翟蓝此前自闭太过，完全拒绝和任何人沟通。

"李非木不会打我吧……"翟蓝喃喃着。

身边，游真因为早起太困打了个哈欠："你又在嘀咕什么呢？"

翟蓝："没。"

游真半靠着座椅："我也给丹增的老师打个招呼，免得不请自到让人尴尬。哦对了，你哥哥在哪个学校支教，他来接你吗？"

"他说他在米林站等我。"

游真答应了声表示知道了，转过头，专注地凝望宽敞车窗外的风景。

山的雪线越变越高，草甸、灌木、林木……

褐色山脉开始一眼望不到峰顶，辽阔沙丘在列车钻入隧道再钻出后不见了踪影，红色树林越长越高，静静流淌的咸水中是和蓝天一模一样的颜色。

他们随绿色列车一起下沉，窗外，尼洋河正在奔涌，谷地深处，零星的粉色仿佛一小片沾染朝霞的云。

"那是桃花吗？"翟蓝突然坐直了，拿出手机试图拍照。

游真坐外侧，从翟蓝的手机屏幕里看见那团模糊的粉，但很快山和树林挡住了它，翟蓝眼底流露出明显的失落，不自觉地叹气。

游真想了想，没有安慰翟蓝，但暗自有了一个他会喜欢的计划。

经过大片山间草原，最后一次跨过雅鲁藏布江，河谷潮湿的空气透过缝隙短暂缓解了空气中的干燥，三个半小时眨眼流逝，列车缓慢地靠向站台。

手机信号满格，翟蓝没急着给李非木打电话，他猜想对方的性格恐怕会先打过来。然而直到快出站，李非木除了一句"到了没"的信息，就没有其他动静了。

"怎么回事？"翟蓝暗想，"短短三个小时，非哥转性了？或者他又去忙别的，把这事儿给忘了？"

倒是始终落在身后两步远的游真，从到站开始就不停地听语音、发语音。翟蓝问他，他说在和泽仁丹增的老师沟通。

此前两人交流一直隔着白玛央金，因为没直接接触，这么交换信息也并不影响什么。但现在突然要见面，总绕个弯也不是办法，这才加上了联系方式。

"好的，等会儿见，不好意思麻烦您了。"

竖着耳朵听见游真的"公务"告一段落，翟蓝脚步停了停，等他走到自己身边，问："地址拿到了吗？"

"嗯，仁青村。"游真说着，没注意到翟蓝脸色一变，"他说他今天刚好来火车站接人，让我在出口等一会儿。"

翟蓝："仁青村？"

重音微妙，两人几乎同时想到了某种可能性，而他们都忽略了在米林站下车也算巧合。

游真摘下耳机："你哥哥，姓什么来着？"

"李。"翟蓝说，"李非木。"

游真已经分不清是"世界真小"还是"真巧"，人潮涌动，他和翟蓝同时保持静止，好一会儿后游真才短促地一擦鼻尖。

"这样啊。"游真最后说。

翟蓝完全明白了，他试探着去看游真的手机。屏幕还亮着，发来大段语音和简短文字的某个头像是成都那只标志性的熊猫屁股，最顶端写了那位"泽仁丹增的老师"的微信备注——李老师。

"所以，你们俩其实认识啊？"

翟蓝不耐烦地翻了个白眼，暗道这不是显而易见的吗？李非木肯定又尴尬了。

翟蓝被太阳晒得头痛，没戴帽子，墨镜还给了游真，这会儿眼前正一阵一阵地眩光，连手里那个要给小孩的书包都拽不住，沉甸甸地往下滑。

"蛮巧的。"游真顺手把翟蓝拎的书包提到自己手上，"没想到您是他哥哥。"

李非木本想着接翟蓝的时候顺路就把那位"泽仁丹增的资助人"捎回去，几分钟前看着翟蓝和一个高大男人并肩走出车站，李非木还在想是不是翟蓝旅途中克服了社交障碍交到了新朋友，俩人怎么好像看着很熟的样子？还没想明白，接下来，他接收的信息量爆炸，花了好一会儿时间才厘清关系。

"哦、哦，我也觉得蛮巧的，哈哈！"李非木伸手揉揉翟蓝的头发，"早知道他说在拉萨玩的时候是和你一起，我就不那么担心了。"

"非哥。"翟蓝面无表情地打断，"快走吧，晒死我了。"

"对对！走吧，我开车来的。"李非木不好意思地笑笑，再转向游真，"路上我再跟您说一下丹增的情况。"

"李老师不要'您'啊'您'的，叫我名字就行。"

米林站很小，高铁再次启程后外间的人散了一大半。

日光灼热与拉萨无异，但空气湿润，远处传来风吹树叶的沙沙声响，再看向茂密林木，路边小草，已经有几分季风拂过的柔和了。

李非木说的"车"是一辆型号略旧的大众 SUV，属于仁青村小学的"公车"，几个老师平时出差、家访或者遇到特殊用途轮流开。这车底盘高，能够安稳地爬过盘山公路。

翟蓝不喜欢坐副驾驶位，和两个人的一堆行李挤在后排，游真便只剩下一个位置。

等车上路，翟蓝放下一半的窗，脸凑过去半闭上了眼。冷的，草木清香，若隐若现的花开的味道。

到林芝了。

从米林县城出发前往李非木支教的仁青村车程大约两个小时，一百公里看似不长，但一路限速，地形复杂。李非木选择走219国道，这条公路沿着雅鲁藏布江修建，轨迹就是江水的形状。

车拐上岗派公路，江面宽阔了不少。

雅鲁藏布江因为阳光折射，有时蓝如碧玉，有时盛满了云的倒影。公路另一侧沿山，车得开慢点，水泥与黄土的缝隙中偶尔可见几缕冰雪残渣。翟蓝坐到后排中间，脑袋靠着座椅凹陷处抬眼看挡风玻璃外的景色。仿佛是触手可及的一片山脉，覆盖山顶的雪变成了蓝天与黄土中间的一条白线，曲曲折折，界限分明，美得无法形容。

车子转弯后，沿路直行，太阳的方位也随之变化，光照得人睁不开眼。防晒车窗膜只能暂时缓和眩光症，翟蓝又从游真那儿要回墨镜。车有时颠簸，今天早起，现在困意上涌，翟蓝不停打哈欠。

他记得李非木考驾照好像也就是一年前的事，现在开得这么平稳，可见来支教的大半年经历了很多，把一个"路痴青年"强行锻炼成了老司机。道路共两个车道，李非木神态轻松，一派习惯了山路的崎岖与颠簸的架势，还有空和游真谈笑风生。

"我？我是大学毕业来支教的，支教满一年，回去读研。"李非木说起这话颇有点难为情，"不过来了才发现这件事还挺有意义的——对了游真，你看着和我差不多，难道你现在也刚毕业吗？"

游真没开口，翟蓝无情地戳破了他："他比你大整整四岁，你得叫哥。"

李非木："啊？"

"不用那么客气，叫我游真就行了，回头把我叫老了。"游真笑着说。

李非木：“对啊！”

游真再次略一点头表示确认，接着转身低头，压低墨镜作势瞪翟蓝一眼：“你都没叫过我一声'哥'，还好意思指手画脚啊。”

翟蓝不以为意，朝游真做了个鬼脸，脑袋一歪："我睡了。"

"他就这个性格，别管了。"李非木乐呵呵的，"我之前还担心呢，这别扭小孩会不会给你添麻烦，现在看来，你俩相处得好像挺愉快？"

"翟蓝很好相处。"

李非木闻言应了一声："翟蓝尽管有时候任性一点，但总的来说确实是乖孩子，大是大非拎得清的，这个年龄有自己的处事态度我觉得很不错了。"

游真笑了笑："是啊。"

李非木从后视镜瞥一眼翟蓝，他看倦了风景，那句"我睡了"不像临时搪塞，倒是真的犯困，这会儿才过了几句话的工夫，翟蓝已经歪着头闭上了眼。

虽然耳机堵住了大部分噪音，但翟蓝仍能从鼓点、吉他和弦的空隙中精准捕捉到前排的交谈。

"话说回来，还真没想到央金提过的资助人这么年轻。"

"其实资助人应该是我父母，但他们现在都去国外了。"

"旅游，还是工作？"

"定居了。"

"那你现在？"

"这个岁数了，说不能经济独立父母也不放心。"

"但是亲人团聚一堂很不容易吧？"

进山后气象突变，灿烂阳光好似转瞬消失了。翟蓝中途醒了一次，雪山被云层包裹得严严实实的，他没怎么注意，换了一边继续睡，只觉得没那么晃眼了。

等第二次醒来，云遮雾绕好似是他做的一个梦，看不见江水了，天空蓝得高远而广阔。窗外，乡村的沿街商铺、柏油马路、有着高原红的居民，共同勾勒出想象中的场景。在自然中行进整个白天，翟蓝现在置身村镇迷茫了一会儿，直到游真打开车门，他才回过神，和游真一起把东西都搬下了车。

小村子的两三条街看着和好多县城没什么区别，只是人少些。但当翟蓝仰起头，霎时被仿佛刺破蓝天的雪山群震撼。只有雪线，看不到峰顶的形状，厚重的云层挡住了全貌。

旅游攻略中频繁出现的那个名字就在这时占据唇舌，呼之欲出。

"南迦巴瓦啊。"游真没戴墨镜，这时用手勉强挡一挡烈日，"好美。"

"没有云的时候更好看，日照金山，美得难以形容。"李非木边接话边喘了口气，把游真的行李放在路边，"不过，我到这儿快一年了，看见日照金山也只有十来次。冬天比较多，最近快进入雨季了，估计会很难。"

翟蓝"啊"了一声。他记得，游真说自己很相信"看到日照金山就能幸运一整年"的美丽谎言，又想说得也对，如果轻易能看到，怎么会稀罕呢？

"走吧，先去看看住的地方。"李非木提议。

仁青村正对南迦巴瓦群峰，坐拥远观的好几个最佳角度。因为这个，直达村子的公路修建完毕后对外交通方便了许多，来的游客也在逐年增加。为适应改变，当地不少居民把自家的空房子加以改造，村里各种民宿如雨后春笋般出现。

李非木本想安排翟蓝和自己一起住在小学教师宿舍，又担心娇生惯养的表弟不习惯，于是联系了一个熟人，向他家租下民宿的一个双人间。当时只为了自己偶尔可能会来陪翟蓝，现在倒阴差阳错，多了的那张床正好留给游真。

可能李非木人缘太好，这家房东给他们的房间景观极好。不仅没有被街道、建筑遮挡，而且正对雪山，夜晚安静的话，翟蓝毫不怀疑他可以枕着雅鲁藏布江的流水声入眠。

门口，李非木和房东正在聊天。

游真换了身暖色调的衣服，注意到这点，翟蓝好笑地问："怎么还打扮上了？"

"等下要去看丹增，穿得又是铆钉又是刺绣，太花哨，攻击性也太强。"游真对着镜子整理卫衣帽子，"这身看起来是不是温暖点儿？"

驼色卫衣，外罩米白工装外套，学生气十足的深棕运动裤、登山靴，再戴一顶米色棒球帽遮住耀眼的墨绿发色——是他二十几年都很少穿的暖色调搭配。

这是他和翟蓝相处以来第一次卸下了防备。冷色装扮，金属配饰，都像游真武装自己的一层壳，他不介意在别人眼里是不好惹的形象。

翟蓝长久不语，游真开始不自在："喂。"

"驼色很适合你嘛。"翟蓝说着，眼角轻轻一弯，开了个无比轻快的玩笑，"游真，我要是女孩子肯定被你迷上了。"

窗边，树叶哗啦啦地响。

"哦？原来你喜欢有点坏的姐姐？"

翟蓝："怎么又扯到姐姐了啊！我没有……"

"知道。"

"知道了还——"

"嗯。"

"你又'嗯'什么啊！？"翟蓝气得几乎挠墙。

看着他抓狂，游真又忍不住使坏，拖长声音说："翟蓝——"

"游真，"李非木突然从门口探头，"我们现在出发？"

游真被李非木的突然出现打断了，片刻后才应到："好的。"

李非木没打算带翟蓝。

严格意义上说，李非木和翟蓝不是一起长大的。他们在翟蓝上初中、李非木上高中时才勉强熟悉，但因为兴趣爱好不太有重合，翟蓝跟李非木也玩不到一起。李非木承认他对翟蓝的判断不一定准，但在他的印象里，这个骨子里就带着骄纵的表弟不太适合跟小孩子相处。翟蓝耐心不足，心思又因为童年的单亲环境太过敏感，小孩的天真和无心之言甚至可能在毫无防备的情况下伤害到翟蓝。再说这个事确实和翟蓝半点关系没有。

李非木再次见他不足一天，暂时找不到交流机会。半年前，翟蓝的情绪化还历历在目，现在人生地不熟，李非木必须对翟蓝负责，下意识地避免着翟蓝每个受刺激的关节点。所以他只喊了游真，在心里暗自希望翟蓝对这一趟不感兴趣。

哪知事与愿违，翟蓝听见他们要出发，急急忙忙地抓起床尾团成一团的外套："我也要去！"

李非木："你去干什么？"

翟蓝被问住了："随便、随便逛一逛不行吗？"

"但——"

"去吧。"游真柔和地截断李非木未出口的拒绝，"你如果不累的话。"

翟蓝说不累，神情雀跃地走在最前面，路过李非木时甚至嫌他动作慢似的喊了一句"非哥赶紧的"，兴奋得像个要去春游的小学生。

现在翟蓝的状态也不算阳光灿烂，但比起上次见面——甚至不说太远，就提起出门前那半死不活的丧气，翟蓝的变化足以让李非木刮目相看。他默默地扶了把眼镜，心道难不成出远门真的能短期内改变一个人的心境吗？要不是时间对不上，李非木说什么也要把这个案例写进大学毕业论文。

事实证明李非木可能操心太过，他出发点是好的，却没想到不论前往的是泽仁丹增家或者格桑家对翟蓝来说都一样，他只是因为好奇。

这对于游真，是这次旅途中最浓墨重彩的一笔。距离从成都出发的半个月之后，他终于抵达了旅途一开始定下的终点。

确定继续资助白玛央金一家时，游真就对他们进行了一些了解。他知道这家人最大的困扰不是病痛和贫穷，而是现在一儿一女受教育的问题。白玛央金已经考上大学，在大城市开始了新生活，剩下的泽仁丹增是桑吉夫妇的心病。

游真望向藏式石头围墙，深吸一口气。

"怎么好像没有人在。"翟蓝不解。

"桑吉大叔三月份就去跑长途了，他是货车司机。梅朵阿姨现在去了林芝做工，大概半个月回来一次。平时只有丹增自己在家，白天去学校有老师和同学，再加上邻里乡亲互相都熟悉，放假的时候也愿意照顾他。"

翟蓝："跟我想象得很不一样。"

"你还想过这些事？"李非木对他有些刮目相看了。

察觉到他的心思，翟蓝先反驳了一句"干什么"，又觉得这样的表哥变得陌生，于是调侃："不过倒是你，和以前也很不一样了。"

"是吗？"李非木笑了，"那你说说。"

翟蓝："以前的李非木可不是个关心孩子、婆婆妈妈的'保姆'。"

李非木："喂！"

兄弟两人拌着嘴，谁都没注意游真的步伐越发缓慢。

"所以你对别的小孩都很好？"

"羡慕吧。"李非木开了个无关痛痒的玩笑,敲门,扬声喊泽仁丹增的名字。

不一会儿,脚步声急促,虚掩的门被拉开,露出一张稚嫩的脸。藏族男孩眼睛大而清澈,迎着阳光,里面似乎有不易察觉的阴翳。

他眯起眼,认真打量了会儿才放松身体:"李老师。"

"嗯,前几天跟你说的哥哥来了。"李非木顺手揉揉泽仁丹增的头发,"我们先进去。"

泽仁丹增侧身让他们进了门。

站在门口略一环视,游真悄无声息地松了口气。李非木说"父母常年不在"时,他自行脑补出了留守儿童生活不能自理的悲惨状况,但实际情况比想象中要好得多。

院子虽然不大,但收拾得像模像样,藏式的石头民居坚固保暖,夏天隔离紫外线,住起来很舒服。院子里拴着一条狗,还有鸡圈,角落栽着桃树,一高一低,高的那棵枝繁叶茂,已经打了花骨朵儿,随时可能绽放。

泽仁丹增瘦小,但脸色健康,衣着整洁,和他们打招呼时很有礼貌。他的普通话说得非常不错,除了偶尔看东西慢半拍,泽仁丹增几乎就是个正常的小孩。他搬了凳子,让大家在屋檐下坐,又从厨房里提了刚煮好的酥油茶给他们喝。

第一次见面,难免尴尬,游真和同龄人或是年长的都能自动找到合适的话题,唯独面对小孩有点手足无措,抱着茶碗说完"谢谢",他就找不到话了。

李非木在中间打圆场,一会儿问游真,一会儿和泽仁丹增聊天。

李非木确实变化很大。翟蓝记忆里的李非木是个格外沉默且不太着调的学霸。他原本以为李非木支教顶多是做做样子,没想到他居然上了心。

言语间，李非木不仅一扫从前的冷漠，还对班里那群小孩充满耐心和爱心。也不知道他经历了什么，或许最原始的纯真会让人转变。

中途，泽仁丹增的邻居给他送了点土豆和松茸来，他去门口接。离开的间隙，李非木总算抓到时机问游真："现在见到人了，你打算怎么办？"

"明天吧，先带他去做检查。"游真望着泽仁丹增的背影，忧心忡忡，"他的视力好像已经受影响了。"

李非木点头："嗯，之前老师们以为他是近视，后来听他说头痛、眼睛花，这才引起了重视。就算你们不来，等最近忙完了我们也会带他去看的。"

"眼睛要用一辈子，耽搁不起。"

话题略显沉重，翟蓝始终没有加入进去，起身走到门口帮泽仁丹增接过那一兜土豆。两人并肩进了厨房，他问泽仁丹增："我帮你？"

小孩腼腆，半晌才点点头，指了指不远处的水龙头："你可以洗一洗，我来做饭。"

"好啊，我跟你学。"翟蓝笑了笑。

翟蓝的主动示好，出乎泽仁丹增的意料，他脸上闪过一丝错愕，随后也对翟蓝展露出灿烂的笑颜，又再次重重咬字："谢谢你，翟蓝哥哥。"

"你这么快就记住我名字啦？"

泽仁丹增"嗯"了声："你们是来帮我的。"

他或许没意识到自己的眼睛已经有病症，把去医院、去成都概括成"帮忙"。翟蓝听得心软，一边洗着土豆，一边索性和泽仁丹增聊起了成都，Zone 的晚场演出，假日的美味甜品，满大街都是挺拔的香樟树。

"你想姐姐吗？"翟蓝最后问。

泽仁丹增摇头，可很快又纠正自己："我不想给她添麻烦。"

"她不会觉得你是麻烦。"

语毕，厨房里的两个人一起看向门口，游真笑吟吟地走过来："相处得挺愉快。"说完拍了拍丹增的后脑勺。

"丹增，姐姐其实很想念你，所以这次你愿不愿意跟我一起去成都？"

泽仁丹增的眼睛不可置信地睁大："去……成都？"

"我们明天去林芝，这件事你父母那边已经同意了。"游真一字一句，在践行自己的承诺，"我带你去看病，然后我们去成都。你可以在那儿继续上学，跟姐姐一起生活，等放假想父母了，再让桑吉大叔他们一起去看你。"

泽仁丹增眼中回荡着不安，他低下头，用力地开始刷那几个碗。

直到离开，他们也没有从泽仁丹增那儿得到肯定回答。

翟蓝怪游真说话太僵硬。

"我会再劝劝他。"分别时，李非木试图让游真宽心，"他和你第一次见面，可能还没有建立信任感，多相处几天会好的。"

"等检查结果出来再说吧。"

其实很好理解，泽仁丹增一直没有离开过林芝，甚至很少离开仁青村，他只知道远方的叔叔、阿姨、哥哥会给他寄丰富的课外书、漂亮的衣物。或许那些快递向他描绘了一个另外的世界，但真要让他突然离开父母身边并且融入，十一岁的小孩只会感到不安。

慢慢来，不能一蹴而就。

翌日，游真带着泽仁丹增坐上前往林芝市的大巴。出发时间太早，这次翟蓝到底没能起来，昏昏沉沉地跟他告别。

嘈杂的环境、长时间坐车的疲倦、高原反应的痛苦、交通工具的换乘，在当时不觉得劳累，等终于见到亲人，安顿好，知道自己接下来会在这里稳当地待一段时间，翟蓝这才脱离旅行状态。他的这个回笼觉睡得天昏地暗，再次醒来是被一直嗡嗡振动的电话声吵醒的。

翟蓝猛地抓过手机："喂？！"

先是轻笑，随后一个慢悠悠的声音响起："起床气还挺重？"

熟悉声线带着缺水的干燥感，却更加有活力了。翟蓝刚刚烦躁不满的情绪像被按进软绵绵的云朵，消失不见。他先为自己的起床气惭愧了一秒，甚至开始不好意思起来："游真？"

"嗯，是我。"

"你怎么有我电话的？"

"找李非木要的，我们俩在这儿共同认识的人不就他一个吗？"游真那边传来笑声，好像心情非常不错，"怎么回事啊，学霸？这都想不到？"

慢半拍地"哦"了句，翟蓝抓着手机下床拉开窗帘让阳光照进屋内，他急切地想知道今天能不能看见南迦巴瓦的全貌——这在无形中成了他的执念。但事与愿违，他越着急，好像越不能如愿，今天的云比前一天更多了。

"怎么不说话？"游真在那边问。

翟蓝顿了顿："今天连雪山都看不见了。"

换个人说不定无法适应他话题的大跨越，但游真不一样，他几乎没有任何错愕的时间："没关系啊，我们还要多待几天呢。"

"也对。"

"丹增怎么样了？"

"检查结果还算乐观，不过初步判定还是和之前的结果差不多，视网膜上长了个东西。我今早跟他聊了聊，他同意跟我走了。"

算好消息吗？他怎么说服泽仁丹增的？中途有没有遇到别的困难？

能问的有很多，但翟蓝的心思都被游真隐约透露出要离开的意思占满。他甚至想，原来游真突然要自己的电话号是因为要走了。

"所以你，应该……越早越好？"

"嗯？"

"离开西藏。"

"确实是要走，也确实是越快越好，但有很多手续要办。"听不出情绪，游真再次沉默了好一会儿，电流乱窜，"不过……翟蓝，林芝的景色也很好，在走之前一起看看吧。"游真轻声说。

仁青村小学建校至今也就十来年，校舍还算新。翟蓝走进校门，正逢下午放学，校舍空荡荡的，只剩几个高年级同学还在操场上打球。

翟蓝找操场上的学生问到李非木，不必多形容，学生们都知道"成都来的李老师"，他们问过翟蓝的身份，知道了是李非木表弟后，有个高个儿小孩自告奋勇带他去。翟蓝乐得不用找路，赶紧跟在他身后。

学校的学生总共也就一百来个，老师们共用一间大办公室。可能因为放学了，办公室内只剩下李非木和另一个四十来岁的女老师在。

"来了？"李非木抬头看他一眼，继续皱眉批改作业。

翟蓝点点头："无聊，就过来找你了。"

李非木说："无聊是吧？"不客气地把几本作业本和一支红色圆珠笔推到翟蓝面前。他一看就知道对方的意思，叹了口气，认命地开始帮忙批改。

简单的加减乘除计算题，翟蓝批改起来没什么难度，可以分心和李非木聊天："游真给我打电话了。"

"说丹增的情况？"

"对，现在还算稳定。"

李非木笑了笑："那真好，他可以按计划带丹增去成都。等见到姐姐，丹增心态也会积极一些，毕竟他和父母相处的时间真的太少了。"

翟蓝讶异地看着李非木。

有改变的不止翟蓝，还有李非木。他已真正开始投入教师的身份，还会为了一个要退学的学生跑十几公里把人劝回学校。

翟蓝故意开玩笑："非哥，你以后还要继续当老师吗？"

李非木改作业的笔尖一停，犹豫道："不一定。"

"我以为你很喜欢。"

"为什么会这么觉得？"李非木好笑地问。

翟蓝整理措辞："说不上，就觉得你在这儿……比你以前在大学里看着要……生动，很享受的样子，也不无聊了，所以我才想你是不是找到了喜欢的事。"

"谈不上喜欢，但不讨厌。"李非木思索着回答，"只是以前不觉得自己无形中享受了太多好的资源，再加上我成绩不是一直还可以，就有点……"

"骄傲自满？"

"没有，但肯定有一点点优越。"李非木说到这儿有些不好意思，"你明白的。"

翟蓝点点头。李非木能诚实面对自己的虚荣和傲慢也很不容易了。

李非木继续说："大概因为这些吧，刚来的时候，其实我也有点接受不了。"

糟糕的环境，无法沟通的学生，没有任何额外娱乐活动的村庄。除了日出壮丽、空气洁净，似乎没有任何能胜过从前。他过去不能想象和这些孩子们相处有多难，再加上冬天严寒，滴水成冰，有那么几个夜晚李非木躺在宿舍的床上，委屈得差点就哭了。

但还好有那个人……

隔着上千公里，因为一个孩子把他们捆在了一起。

想到她，李非木情不自禁地放轻了声音："总之，就忍不住为现在的学生做点什么，比如劝他们多读书、给他们改善生活……我私人情感投入太多，其实这样不适合当老师的。而且我可能什么也改变不了。"

"这都是最近一年想到的吗？"

"嗯，无论以后会不会继续做这个工作，我可能都会感谢仁青村，让我遇到了一些事，还有一些……人。"李非木说着说着就笑了，"小蓝，别怪我啰唆，我觉得每个人总要遇到类似的经历。"

翟蓝想到了色拉寺后山的星空，愣愣地"嗯"了一声。

作业总共没几本，没一会儿就改完了，翟蓝把它们整齐地堆在一起，正要问晚饭的事，李非木忽然看向他："小蓝。"

"嗯。"

"你和游真，是不是早就认识啊？"

凝视他的表情，观察李非木这句话背后是否藏有玄机，排除掉任何可疑后，翟蓝才回答："就是火车上认识的，他当时在我下铺。"

"然后你就跟他一起在拉萨玩了？"李非木满脸都写着"我不信"。

"爱信不信。"翟蓝顶了他一句，"不过我们都没想到居然这么巧，他要找的人就是你的学生。现在回想起来，也还算有迹可循，但我根本没有把你俩联系在一起过。在拉萨，我们就一起走一走，晒晒太阳聊聊天，他人很好。"

李非木："看得出来。"

能为了朋友的弟弟专程来一趟西藏的人，李非木相信游真的为人。

他不多问了，换了话题："那你打算在林芝待多久？有想去的地方吗？"

"看你那样也不会带着我玩。"翟蓝毫不留情地拆穿他，"反正是来放松心情的，你忙你的，大不了我自己报旅行团。"

李非木不太好意思地挠挠头发："对不起啊小蓝，最近快到期末了……"

这是他在林芝的最后一个月，支教生活即将结束，李非木有许多情绪要消化。翟蓝趴在办公桌上，半晌问："五月回去吗？"

"原计划是的。"李非木补充，"你不想等我的话随时可以先走，我送你。"

那么快离开干什么？下一次进藏指不定要等到几年后，机会难得，他一个人也不是不能玩。这样想多少有点单方面和游真赌气的成分，就像任性地证明"我不是只有你带着才行"，翟蓝快被自己的幼稚弄笑了。

最后，他对李非木说："看情况吧。"

游真在两天后才和泽仁丹增一起回的仁青村。

医院检查项目繁多，有几项结果无法当天出来，于是游真带着泽仁丹增又等了一天一夜。他说服泽仁丹增的过程并没那么艰难，突破进展主要依靠白玛央金。

初步筛查结果出来后，白玛央金就给游真打了视频，并让他把手机拿给泽仁丹增。两个人聊天越来越激动，游真插不进去话。等他再回来，泽仁丹增把手机还给他，沉默半晌后同意了跟他走。

全部检查结果都拿到也找医生确认了泽仁丹增的情况可以承受飞行后，游真买了一周后的机票，接着带他回到仁青村，找学校办理转学手续。

这不是一件容易的事，泽仁丹增的学籍、去成都后怎么办，都要异地协商。最后在校长的建议下还是选择了先暂停学习，等白玛央金联系好成都的小学，由李非木帮他跑完余下的手续。

泽仁丹增全程像个提线木偶，游真想他可能不太高兴，便略过许多安慰的话。

十一岁的小孩自己是有主意的，总该留给他自我克服的时间。

游真这天来到学校，上课时间，走廊没什么人。他知道李非木教了好几个年级的课，英语也教，数学也教，在村子里的小学中这算是常态。教室就那么几间，他想去找李非木，但在穿过两间教室后听见了很熟悉的声音。

"所以，这里就要进一位，就不是四了啊，变成了五。"

教室后门，游真隔着玻璃窗看清讲台上的少年，哑然失笑。

翟蓝正在给李非木的班级上数学课。黑板上写满加减乘除的算式，可能怕讲得不够仔细有些地方还专门罗列了笔算竖式。翟蓝的字迹不算工整，但概括思路简明扼要很容易看懂。

他是业余的老师，只会讲逻辑，解释不清"为什么"。好在翟蓝很有耐心，每道题讲完要问几遍"有哪里没看懂"，等下面的学生举手后又再从头讲一遍，他收敛了刺，仿佛一瞬间就有了成熟的模样。

一群小孩子。

游真就这么站在走廊听完了半节课，下课铃响起，翟蓝看了眼没讲完的题目还是选择了"下次一定讲"，让大家赶紧去休息。

小孩都贪玩，闻言欢呼几声拥向室外，吵闹、喧哗霎时填满走廊。

还真的一个问问题的都没有啊。

说不失落是假的，尽管在来之前李非木就告诫过他不能以自己的标准要求这群学生。翟蓝深吸一口气，缓缓地吐出，然后拿起黑板擦，算式消失一半，他偏过头，打了个喷嚏："阿嚏——"

"鼻子不舒服了？"

听到声音，翟蓝惊喜地望向门口："游真！你什么时候回来的？"

"一个小时前？"游真走进教室，自然而然地从翟蓝手里夺走了黑板擦，仗着身高优势把他挤到一边，"想说忙完正事再跟你联系——去坐吧小蓝老师，站一节课了。"

翟蓝只象征性退了半步："我还以为你会直接走。"

"答应过你的嘛。"游真来这儿是为了泽仁丹增，突然要去，好像又多了什么承诺。

"哦。"翟蓝假装看向窗外。

擦黑板时粉笔灰在空气里漫开，让光有了形状。

没有目睹，但游真效率这么高，他忙前忙后时也一定很有成年人的稳重，更加让翟蓝觉得自己与他一下子拉开了巨大的差距。

一起旅行中的"志趣相投"，短暂得像场梦。等他们坐上那辆高铁，到了林芝，空气变得湿润，同时也沾染了飞扬的思绪，拽着它们凝结成水滴落入泥土，不停地反复敲打着翟蓝，告诉他什么是现实。

现实就是他不到二十岁，而游真已经能够独当一面。

翟蓝以前不觉得，现在才发现他们差得好多。

"翟蓝？"游真擦完黑板，拍掉掌心的粉笔灰，好笑地问他，"累到了？怎么一直不说话？当老师没那么容易吧。"

"嗯。"翟蓝怔怔地答，坐在第一排课桌上看向游真，"我是在想。"

"想什么？"

"长大是一件很复杂的事吗？"

少年人的迷茫，翟蓝问游真时眼睛几乎是放空的。他有太多不确定，太多担忧，他喜欢快乐单纯的西藏时光，从而更加害怕回到故乡。起码在这里，他只要闭上眼装聋作哑，就看不见和游真之间的鸿沟了。

回了成都后如果还想继续联络，那翟蓝势必会和游真的朋友圈子、兴趣爱好、事业生活产生交集，也许游真会发现，他们本来就没有做朋友的基础。

他和游真根本不是一个世界的人啊。

之所以说"朋友"而非"哥哥"，和这方面也脱不开干系。

游真走下讲台，想单手撑一下桌面，但是看了看掌心后选择了坐在翟蓝身边。

"为什么觉得复杂？"游真问他。

翟蓝摇头。

课桌上有游真的白色指印，翟蓝看向他的手腕，那个胎记在阳光下几乎看不见。他张了张嘴，还没说话，就被游真截断了。

"长大很简单。"游真说着，"好像只需要一个契机，但往往都是痛苦的。生老病死，每一样都能让人一夜之间明白很多道理。"

翟蓝不说话，隐隐觉得自己有些明白了。

"可是，"游真仰起头，伸手抓了一把虚无的光，"对我这种人来说好难啊。"

脑子里"嗡"的一声，翟蓝闷声说："什么叫你这种人……"

"我以为你知道。"

翟蓝不答，眼睛直勾勾地瞪着游真。

眼圈为什么有点红？

游真的右手略一抬起，似乎想要碰一碰什么地方但很快又放下了，他轻轻叩了两次桌面，响声发闷，却无意中缓解了他莫名其妙的酸涩。

"我弟弟那件事……很多时候，我像你一样。"游真最终躲开了翟蓝的目光，"自以为已经够坚强了，但总会忍不住后悔。"

翟蓝半晌"嗯"了一声："我明白。"

"我知道你会明白。"游真说。

这句话脱口而出前，全世界知道他曾经对不起的也就只有父母。五六年的好友甚至不知道他还有过一个弟弟，更别提听游真说起令他伤心的往事。

和翟蓝的父亲意外去世很像，又不完全像，游真不敢告诉谁其中也有自己的责任。

游真很难详细回忆那一年。

没有任何人责怪过他为什么不从头到尾陪着弟弟，也没人在日后翻旧账让他心烦意乱，只有游真自己看不开，反复回想，试图虚构一万种方法规避那场意外。后来连父母都安慰他，"不是你的错"，但游真脑子里总有个声音连续不断，全是后悔。

暴露自己的阴暗和恐惧异常困难。这是他绝对的隐私，轻易不肯透露，所以此时此刻游真自己也无法形容为什么突然跟翟蓝坦白。他并不期待翟蓝有反应，或者说，他宁愿翟蓝假装没听懂。

可惜面对面对话没有设置撤回键。翟蓝接收到这条信息，迟疑良久才说："为什么你要怪自己？"

出乎意料地反问，游真望向他，窗外的绿树和山坡让翟蓝看上去有些不太真实，表情宁静，眉心微微皱着，像在为他担心什么。

"这种事没有'为什么'。"游真最后说，"你还小。"

翟蓝鼻尖一动："那你为什么要告诉我。"

"就是觉得你可以懂。"

风静止了。

翟蓝的瞳孔像猫一样地收缩，又恢复原样，只是深黑的眼眸里多了一丝迷茫。他知道了，大概回成都之后就再也见不到游真了吧。没有人会喜欢一个什么都知道的朋友总在身边晃来晃去，未来翟蓝出现次数越多，游真兴许会越惶恐。

"哦，谢谢啊。"

游真一愣，随后似乎想到了什么，又想笑又急忙忙先安慰他："不是，怎么突然这么委屈？哎，翟蓝，你别……我没有那么多弯弯绕绕，你别多想。"

"没多想。"翟蓝强打精神朝游真笑,"我们……本来没那么熟,所以就算知道了也没关系,不会影响你以后——"

"翟蓝我不是那个意思。"游真端正了表情,诚恳地看进了他的眼睛,"我没有要疏远。我以为我们已经是朋友了,所以这些事告诉你没有关系的,我们很投缘不是吗?我是这么想的……"

游真语速很快,有些字句翟蓝都听不清楚,但他被游真专注地凝望,不到半米的近距离让他能看见游真有一瞬间的犹豫。

捆扎着他的一团乱麻随着游真语无伦次的话逐渐解开了,翟蓝后知后觉,顿时懊悔无比:他又忍不住悲观了。

游真对他袒露真诚、脆弱、伤感,甚至是难堪,这原本是件值得开心的事啊。

"如果你愿意的话,可以多了解一点我,否则你老觉得我特别好,这会让我很过意不去。比如这些事,大家都会有的情绪我也有。"游真挠挠头发,"我很普通的。"

翟蓝木木地张了张嘴:"哦,还以为……你刚是在跟我道别。"

"有人会这么告别的吗,脑子里都装的什么?"

翟蓝胡乱一摆手:"哎。"

"不管了!"游真大大地呼出一口气,"反正说都说了,你要想不通那就让它过去,当没发生过。总之,我们都不要自寻烦恼。"

"游真,我不会乱说话的。"翟蓝郑重得像发誓。

游真弹了下他的脑门儿:"搬起石头砸自己脚的第一人。"

"谁?"

"我自己。"说完,游真从课桌上轻巧跃下,看一眼时间,"好了,小蓝老师,谈过心了,黑板擦完了,教室也收拾好了,你现在饿不饿啊?"

翟蓝马上答:"那我请你吃,就当给你赔礼道歉!"

"谁说去外面吃？"游真朝他一挑眉，"去丹增家，让你尝尝我的手艺。"

学生放学早，不到五点，学校除了几个老师，基本都走光了。翟蓝重新走在阳光的阴影下，后知后觉自己刚才多令人尴尬，差点钻地缝。好在游真估计只当他是不怎么懂人情世故，并未往心里去。

一路沉默，翟蓝疯狂头脑风暴，用穷举法分析游真的各种用意，唯独没想到他的少言寡语其实根本不是因为在想那么多有的没的，他不说话，只因为目前唯一的担心是待会儿翟蓝吃不惯自己做的菜。

两天相处下来，泽仁丹增和游真的感情算不上突飞猛进，至少也能友好交流。

游真思考过原因，心道也许是第一天抵达林芝那晚，白玛央金让他拨通视频然后与泽仁丹增通话。姐弟俩说的都是藏语，游真听不懂，只能从泽仁丹增的语气里感受情绪变化。等挂掉视频，泽仁丹增就对他没那么抵触了。当游真问他"姐姐跟你聊什么"时，丹增依旧一声不吭，只朝他笑。那笑容清澈又干净，恰如藏南的春雪融化汇入小溪。

回到小院子，丹增已经准备好面粉，把家里的牛肉干端上了餐桌。

游真挽起袖子，什么也不说就开始和面，翟蓝在旁边还没看出个所以然，只见泽仁丹增和游真配合默契，两个人把一张餐桌、一个厨房摆弄得井井有条。

水烧开了，锅边整齐摆放着新鲜的手切面。

另一口锅热油，牛肉先过一遍油让表面紧缩并锁住汁水，再加入各种调料，翻炒后加水直到肉块吸收全部酱汁，变得色泽红润，一碗烧牛肉浇头便大功告成了。

前段日子邻居送来的松茸派上用场，切薄片，煎到微微卷曲，不可思议的香味扑鼻而来。

不多时，小小一餐桌上食物齐全，依次摆开，尽管菜品略显简陋，卖相居然比想象中好很多。

坐在屋檐下，翟蓝捧着一碗拌面，忍不住深吸了两口。

"好香！"然后就迫不及待地张开嘴吃了一大口，咀嚼两下，翟蓝的眼睛也开始放光，"烫……但好吃！放了什么，芝麻油吗？"

"你是猫舌头吧，这都尝得出来？"游真彻底服了，"完蛋，我的独门秘籍被戳破了。"

翟蓝小得意地朝他眨了眨眼："手艺不错哦。"

游真喜欢看他这副模样，无奈地摇了摇头后低头把一大块牛肉夹到泽仁丹增碗里："多吃肉，长高点。"

身高不足一米八的翟蓝幽怨地看着他。

太阳不知何时阴沉下去，久违的泥土潮湿气息填补了风的空白。远处山峰好像被云严严实实地围住，雪的颜色快看不见了。

"是不是要下雨了？"游真一边扒拉着面条一边说。

翟蓝没接话。泽仁丹增倒是开了口："游真哥哥，明天我想和同学去山里捡松茸。"

"嗯？"游真诧异，"进山不危险吗？"

"我们每年都去，不危险的，很好玩。而且捡来的松茸卖相好的会直接被收走，我就可以买饮料喝了。"泽仁丹增羞赧地笑笑，"你和翟蓝哥哥明天也可以跟着去玩的，山里的桃花都开了。"他说话更顺畅，大约这两天已完全对游真放下了戒备。

自然的野趣同时戳中翟蓝和游真，尤其是年纪更小的那个，端着碗和泽仁丹增一起看向游真，满眼都是期待。

游真清了清嗓子："你明天不上学？"

"我不是要转学了吗？"泽仁丹增无辜地反问他，"你今天告诉我不用去学校的。"

游真被一击必杀。

翟蓝笑个不停，被游真狠狠一瞪，赶紧用碗挡住自己的脸。

入夜，一场无声的雨如约而至。翌日云破天明，湛蓝天空没有一丝多余颜色。

骑车或者骑摩托都不能顺利开至桃花盛开的山坳中，泽仁丹增和玩伴们早早约好了地方，领着他们去一棵孤独的大树下会合。

"太阳落山前再在这里见面哦。"

丹增很珍惜离开林芝前与玩伴相处的时光，简单地给游真指了路，一群人就嬉笑打闹着转进树丛。雨后的阳光格外明媚，翟蓝只觉得几道白光闪过，就找不到泽仁丹增的踪迹了，他莫名地开始慌，转向游真。

"他们真的不会出事吧？"翟蓝问，"我们是不是太草率了？"

游真倒很放心："他们都在这片林子里玩了快十年了，相比起来，好像我们迷路的概率会大一点。"

"别说晦气话啊！"

来自印度洋的水汽让喜马拉雅山的东南角奇迹般地形成了一片独特的季风气候，翟蓝踩着湿润的青草，一时间忘记自己身在西藏。

黄色小花夹杂在嫩绿之间，脚步所经之处，它们便如遇见风雨似的抖动。

前一天夜里，听说他们想看桃花后，泽仁丹增老神在在地聊起从仁青村往雅鲁藏布江、南迦巴瓦走的路上有一片树林，树林里有一棵开了百年的桃树，开花时如云似雾，遇到它就会愿望成真。这是颇有迷信色彩，但又是非常吸引人的诱饵。待问起具体位置，丹增难得展露出有点神秘的表情。"等你们看到就知道啦。"

拉林铁路边那几团浅粉色浮现在眼底，翟蓝也不知自己哪儿来的执念。他不喜欢花，但非要见到不可。

两人先是发现了河堤，两侧的野桃花生机勃勃，宛如幽灵一般从中让开了一条小径。正对雪山的方向，翟蓝与游真对视，同时从对方眼中看到了想要的答案。无须多余言语，翟蓝拽了把游真的袖子，走在了前面。

往里走，花香混杂着雨后清爽的空气沁人心脾，翟蓝拨开一枝桃花，上面似乎有露水，因为他的动作往下掉。滑落中的露水折射阳光，翟蓝眼前仿佛出现无数彩虹。

翟蓝一闭眼，再睁开，水声哗哗——

"忽逢桃花林，夹岸数百步，中无杂树，芳草鲜美，落英缤纷。"

一千余年前的文字照入现实，翟蓝竟突然失语。

青草地被粉白颜色覆盖，一棵高大的桃树枝条伸展，顶端有几片金绿叶子，除此之外全被花朵簇拥淹没，温润的风亲吻它，它就回应以盛大的花海。

密林深处，翟蓝回过头看向游真。

"难怪丹增说看见就知道了。"游真与他心有灵犀一般，"复行数十步，豁然开朗。"

桃树的枝条上绑着几根红绳，用作祈福。

游真走近后看清是藏族文字，有点遗憾："类似许愿的……哎，我没有准备愿望啊。"

"我有。"翟蓝突兀地说。

游真站在茂密花枝下："嗯？"

翟蓝往前两步，微微仰起头，肩膀起伏一下，举起手，拈下一片花瓣，举在游真眼前。墨绿发梢有金色流连。

"我的愿望它已经听见了。"翟蓝小狐狸似的笑开，"这是它的回答。"

"什么听见了？"游真问，随手碰了碰眼前挡住视线的花枝。

"说出来是不是就不灵了？"翟蓝反问，见他愣了愣后便弯起眼睛，"从进入西藏开始我好像就一直在许愿。"

游真也失笑："是吗？"

火车上的彩虹，山坡之上的星空，晴天的桃花。

他们经历了人间至美风景，知道这些从来不会因为时间和信念而改变，带不走，自己却也无法永远留下，于是只好将不属于自己的景色压缩成一个又一个不可能实现的心愿，期待着未来或许有一天能够如吉光片羽再次出现。就像回不到过去所以留下相片，触碰不到天空所以向往白云。

"我们再往前走吗？"翟蓝轻声说。

游真回答"走"，翟蓝就点点头，然后大步朝着上山方向走去。

穿过桃花沟再往山坡上方，粉白的花全都连成一片，雪山依然巍峨。目之所及，除了远处的南迦巴瓦群峰，山成了墨绿色，深得发黑，被水流冲刷着，偶尔会有一点光亮闪过，像幻境一样美好。

翟蓝身后的脚步没那么重，却始终如影随形地跟随着。他偏过头，余光瞥见游真若无其事地折了一枝桃花正拿在手里玩。

"游真。"游真听到翟蓝喊他的名字，停止了摆弄手里的桃花枝，有点愣地望向他。

翟蓝见到他这副表情觉得有点好笑，随即到嘴边的"想去看雪山还是沙漠"拐了个弯，故意要把前几次游真逗自己的"仇"报了："你是不是喜欢央金啊？"

明明应该是更成熟、更稳重、更喜怒不形于色的那个，听见翟蓝戏谑的语气，见他一副八卦的表情时，愣了愣，心里暗自对他这种幼稚的"复仇"行为感到好笑。

游真忍住笑意："什么啊？你怎么会这么想？"

翟蓝紧跟着说："不过我又不确定。"

游真："啊。"

山坡倾斜，翟蓝站得稍高一些，逆光，游真捉摸不透他的神情。

"我只是觉得你为了她和丹增能跑这么远，感情可能会不一般。你能告诉我，'喜欢'是什么样的感觉吗？"

"喜欢，就是……"游真仰起头凝视翟蓝，"我的理解？"

"嗯。"

"就是……蝴蝶从心里飞出来。"他用了个很俗套的比喻，忍俊不禁，又心酸得好像捧着一把眼泪，"它可能下一秒就离开了，也可能一直陪着你。这个过程会反反复复地折磨着，但你居然会因为被它折磨而……幸福。"

翟蓝怔住了，没想到游真会这样解读'喜欢'，他再次露出猫一样的神情，专注又疑惑地望着游真。

游真接着解释说："但我和央金只是朋友。我们读大学的时候就认识了，那时她，还有蒋放……"

"蒋放？"

"就是绿风的另一个吉他手。"游真和翟蓝并肩往前走着，"我们三个经常一起玩，如果非要说喜欢谁，可能她喜欢蒋放多一些吧。我不在的时候，央金也会约蒋放练琴、看电影。不过后来蒋放有了女朋友。"

明明也没大几岁，怎么他口中的大学生活就这么精彩？

刚上大学的翟蓝被震撼了："你们的感情好复杂。"

"感情本来就很难形容。"游真夸张地一耸肩，把手里那枝桃花顺势插在翟蓝的卫衣帽子里，"等以后你谈了就明白有多不好应付了。"

翟蓝代入了一下自己，表情一言难尽："那是不是当朋友会好很多？"

"我会这么觉得是因为我跟大家都有距离。"游真说到这儿，眼底有一丝焦躁一闪而过，"很害怕和谁……建立那种太亲近的关系。"

"因为你弟弟？"

翟蓝总是这么聪明，游真有时觉得被那双有点锐利的眼神注视，谎话就无从遁形。

"是。"他索性痛快地承认了，"因为我弟弟。"

翟蓝低头，泥土和春草的小径中他们踩出一排脚印，重叠在一起，好像人生轨迹原本毫不相干的两个人却在这里一起漫步。

"我想知道他是怎么……"翟蓝问得难为情，"当然，你不想提也没关系。"

游真却没了此前的忸怩："谁都告诉我'没关系的'。"

"嗯？"

"其实，那天是我带着他在公园玩。"

游真的脚步有些凝滞，翟蓝也随之放慢速度。

"冬至以后成都就没什么太阳了，但那天特别晴。爸妈都不在家，弟弟说想去隔壁的公园看一看梅花。我想着，反正那地方经常去，又不远，我都快上中学了，看着一个能说能跑的小孩儿难道还不成吗？就带着他出发了。

"我去买饮料，弟弟就在假山旁边的阶梯那儿玩。等我回来，他突然就摔倒了。

"我刚开始还没有很慌张，因为他很快就爬了起来，头上只有一点点伤口，甚至都没流血。我以为他没事，喝了水，吃了零食，我们开始往回走，谁知走着走着他突然就倒下去了……

"然后没起来。"

游真说到这儿，很轻地吸了吸鼻子，才继续道："医生诊断是有淤血。"

"也是……"翟蓝说不出那么残忍的话，于是用手指着自己的头，"这里的问题？"

游真心情已没有那么沉重，见他小心的模样，伸手敲敲翟蓝的脑袋："对啊。"

"其实在你看来就是摔了一跤而已。"

"我们回去的时候他可能就不太舒服了，一直不说话。"游真回忆着，笑容有点苦涩，有点自责，"他都没跟我说一句'哥哥，我的头好痛'。"

翟蓝想安慰游真，却无从说起。

"你知道后来我爸妈什么反应吗？"游真说着，"他们没怪我。我做好了被大骂一顿的准备，但他们谁都没把这事和我带他出门玩联系在一起，只说，有时候人的身体太脆弱了。我在那一瞬间怀疑过，难道爸妈不爱弟弟？"

"一定不是。"翟蓝想也不想，"他们只是不愿意你钻牛角尖。"

"是啊。"游真胡乱抓了把额前碎发往后捋，"也许因为我太在意了，总是折磨自己，以为自己痛苦一点，天上的弟弟就释然一点。"

"你这样太不潇洒了。"

"嗯？"游真诧异地看着翟蓝。

翟蓝说得郑重又诚恳："如果真的有另一个世界，他肯定也不希望你难过。"

这句话不只是告诉游真的。

翟蓝长出一口气，不像叹息，只是单纯地让自己短暂地释然了些。

"当然，现实是人死如灯灭，我们是永远无法等来原谅的。你告诉我，我父亲不会后悔，所以我也觉得享受晴天的心情并没有错。"翟蓝组织措辞，面对有些陌生的话题，他谨慎而温和，"比如，被折磨会好过一点，都只是你当下的想法。"

游真安静地看着他："嗯，我承认这样不太合适。"

"大家都会有类似念头，很正常。就好像让自己不幸福，另一个人就会过得幸福一点一样。"

翟蓝突然的成熟和之前脆弱又任性的模样剥离开，游真像发现新大陆，好奇地等待翟蓝接下来会说什么。

翟蓝皱起眉，远望雪山，好一会儿才继续说："但这不是能量守恒定理，也不是什么固定的真理公式，感情让人类能体会到远胜于自然界、动物界的幽微的悸动，同时让人存在自我意识。"

"嗯……"

"所以不用期待太多，过好当下吧。因为怀念他，所以更要过好未来，要每天开心，对不对？"

所以翟蓝才会每次都告诉游真，"希望你今天开心"。

1999秘密留言

Real 的数字世界："找到你了。"

山坡蜿蜒，游真这次走在了前面，翟蓝匆匆跟上。已经快要七点钟了，他们不知不觉在这片陌生的山林浪费了很长时间。

观景台是李非木提过的，等看见一块相对宽阔的平地就知道抵达了。

仁青村有两个观赏南迦巴瓦的最佳观赏地，色季拉山口离雪山更近，但是需要开一段山路才能到。这个普通的观景台在桃花沟上方，纯靠徒步，村民们进山采松茸时会经过，传播度不广，故而人迹罕至。

桃花沟成了雅鲁藏布江的裙边，雪山如一把锋利的匕首冲破云霄，流水湍急，从大峡谷中奔涌而出，白浪与白花、白雪连成一片，如梦似幻。

太阳渐渐偏西，炽热光线开始降温，颜色却一分一秒地被时间涂抹，越发浓艳。

"没有云！"翟蓝突然激动，"游真！我们今天能看到——"

像为了印证他的话一样，最后的云也骤然被金光驱散，雪山顶端，仿佛天神的手指轻轻拂过，霎时明亮，橘色光肆意铺洒，也如水一般倾泻——

千里的晚霞也不如这一片金子似的山壁。

南迦巴瓦矗立在青空之下，万年不曾改变，雪好像经久没有融化了。缝隙里淡淡的紫光，迅速被吞没在连绵曲折的金色之中。

明暗交界线不停变换，金乌西沉，日照金山的巅峰，群星安静地收敛了全部锋芒。

雪被风一吹，像沸腾的雾。

"那是雪崩吗？"游真愣愣地说，抬起手想指给翟蓝看。

翟蓝没反应，半晌才"啊"了一声。太美了。亘古以来又有多少人见过？日月星辰、山川峡谷存在亿年之久，此时此地不过最渺小的一瞬间。但四月的某天，在南迦巴瓦壮丽而静谧的日落中发生了一场雪崩，而他有幸见证。

"游真。"翟蓝注视着落日，喃喃地说，"你会幸运一整年的。"

从观景台回到村子里时，天边的蓝逐渐加深，近乎墨色。

泽仁丹增在路边等到了他们，他背着背篓满脸笑意，炫耀似的给游真和翟蓝看自己今天颇为丰厚的收获："我卖掉了一些，还剩下这些，明天做饭吃！"

"好啊。"游真顺手摸一把他的头，"把你家那个墨脱石锅拿出来，做石锅鸡。"

泽仁丹增佯装不悦："你就想吃那几只鸡。"

游真："怎么能叫'几只'，我最多吃一只嘛，而且你又不是不上桌的。"

泽仁丹增翻了个巨大的白眼，随后又嘿嘿地笑起来。

或许和小伙伴们一起玩闹让他即将背井离乡的心情减少了几分沉重，翟蓝看着一大一小在半步远的前方打闹，不自觉也露出点笑容。

两人晚上简单地在泽仁丹增家吃了点包子，李非木给泽仁丹增送东西，刚好遇到翟蓝，于是嘴碎地问东问西，成功地把翟蓝惹得烦躁起来。原本因为日照金山而愉悦的心情转瞬即逝，到最后，他不耐烦地捂住了耳朵。

"我关心你好不好？"李非木气极反笑，"翟蓝，不想听可以直说。"

翟蓝梗着脖子，不吭声。

反而是游真打了个圆场："今天累坏了，他可能心情不是很好。"

到底是人安安稳稳地回来了，李非木就没再继续唠叨，只说让翟蓝记得以后去哪里都打一声招呼。

"留一句'去看桃花了'，然后失联一下午加一晚上，电话打不通，微信不回，心脏病都被你吓出来！"李非木最后说。

翟蓝的手还盖在耳朵上："嗯嗯嗯，对对对。"

李非木耸耸肩看向游真。

游真："我会看着他的。"

翟蓝："我又不是小孩子，哪用得着人天天看着！"

泽仁丹增捧着碗，半懂不懂地听着，只看着三个大人互相斗嘴，一个劲儿地笑。

翟蓝本以为第二天可以好好休息一下，可一大清早就被李非木抓去给一群小学生上数学课。他拒绝的话都到了嘴边，结果李非木给出了一个让他无法拒绝的理由。

"我得去一趟镇上，给丹增办手续，时间晚了就来不及了。"李非木在电话里语速如倒豆子，噼里啪啦，风风火火："今天必须办好，央金在成都给他找到了借读班，游真他们最晚这周末也必须要回去了。"

翟蓝一愣，低头看了眼手表上的时间，今天已经星期四了。相处的时间骤然被压缩，他甚至来不及从游真那儿听到最新安排。虽说游真没义务告诉他，或是想要尘埃落定再和他道别，但翟蓝还是想好好道个别。

翟蓝心乱如麻，但还是打起精神给孩子们上数学课。

教室里的孩子们不太勤奋好学，比起枯燥的习题他们更喜欢听翟蓝聊自己的学生时代。翟蓝把作业讲完，干脆和他们说起了千里之外的城市。

早年老爸还不那么忙的时候，翟蓝被他带着去过很多地方，留有不少影像。教室没有投屏，翟蓝就用手机给他们放自己在青岛、香港、厦门、喀什旅行时的视频和照片，天南地北的景色映入那些清澈的眼睛，翟蓝也觉得自己得到了一些平和。

他最后把联系方式留给了这群学生，说："以后有机会找我玩啊。"

尽管他们都知道，这个机会来临的概率不太大。

"以后有机会我一定回来。"这句话翟蓝没有脱口而出，而是默默地记在了心底。

游真到村小学接人时，刚刚打过下课铃，但学生们还围着翟蓝，要看他去哈尔滨拍的冰雕。游真走到教室后门，看到的就是这样一幅场景。

游真耐心地等了好一会儿直到有人发现，某个学生怪叫一声，紧接着所有人一哄而散。

翟蓝拿着微微发烫的手机，直眉愣眼地望向他。

"我刚回来。就是……事情都办好了，所以——"

"要跟我告别了啊？"

翟蓝反问他时还有点笑意，尾音轻快地上扬着，像无关痛痒的玩笑话。

"昨晚你睡得太早了，再加上……白天累着，这个事，我是打算跟你商量，你过几天，要不要跟我和丹增一起回成都？"

"啊？"

这倒从未想过。

游真稍微舔一下干燥的下唇："一直想问你的，没找到合适的时机。因为我记得你说过你从成都来，你也去过 Zone，而且你现在没有上学……"

"我还是要等非哥，反正也快了。而且他说，我在这儿的话可以帮忙上数学课和语文课，他们老师就能多留出一些时间做别的工作。当时答应得好好的，我也很认同这种安排。"翟蓝摇摇头，"不能言而无信啊。"

游真顿了顿："啊，也是。"

"你能这么问我，其实我心里还是挺高兴的。"翟蓝飞快地说，"谢谢你，游真。"

翟蓝郑重其事又无比诚恳的道谢，让游真越发不知道怎么反应了。他不自然地整理着发型，想说不用这么客气，又想和他开玩笑，"你怎么像个小大人"。最后到底还是换了个说辞。

"等你回去我们还能再见面的嘛，这有什么……"他看向翟蓝，"去吃饭？我做。"

翟蓝把粉笔抛开："走！"

石锅鸡在游真去村小学找翟蓝前就炖上了，一来一去石锅鸡已经快好了，游真再准备好别的菜，等到太阳落山，云雾重新聚集在南迦巴瓦山巅，小院里香气四溢。

这天小桌边还多了个蹭吃的李非木。他常来泽仁丹增家里照看，跟半个主人似的，见游真自己忙里忙外的，就赶紧过去帮忙。可惜李老师远庖厨，差点没把厨房点了，被游真忍无可忍地轰出来和翟蓝排排坐。

翟蓝还好，另一个为人师表的遭到了十一岁男童的无情嘲笑："李老师，原来你也有不会的事啊！"

"各有所长嘛。"李非木振振有词，"等你大了就懂了。"

泽仁丹增"喊"的一声，转头去厨房帮忙拿菜了。

因为要吃石锅鸡，泽仁丹增还专程请邻居一起帮忙做出一个火塘。仪式感十足，仿佛他们正在跟这座小村庄道别。

火塘烧得旺，天然皂石制成的石锅中鸡汤香浓，因为加了枸杞、参片和红枣，带着一股淡淡的药香。鸡肉色泽淡黄，已经炖到完全软烂，入口一抿就化了，嫩得不可思议。

用筷子翻开鸡肉，下方铺了满满一层的各类菌子，居然全部切得整齐，一看就知道出自某个"强迫症患者"之手。

菌子都是泽仁丹增这两天捡的，牛肝菌、羊肚菌、香菇和松茸，有的脆爽，有的柔滑，风味不一，但都鲜美无比。

单吃，是一股肉香夹杂着菌香，回味清甜而悠远。如果加上游真的独门蘸料，豆瓣酱加小米辣，再点缀一点点炸蒜，辛辣混合着食材的本味，舌尖受到刺激，让胃无比满足。

李非木开了瓶米酒，然后就开始大侃特侃。

听到他讲初来村里为一个要被父母强制带回家的学生而连夜走山路去做家访时，游真夹起一个鸡腿，不动声色地放进了泽仁丹增的蘸碟。

"吃。"游真说，眼睛弯起，露出一个柔和又不经意的微笑，"味道还可以吧？"

泽仁丹增用行动证明他真的非常喜欢。

鸡肉和菌子吃得差不多了，再下新鲜凤尾，蔬菜吸饱了汤汁，叶片糯而嫩，茎块却还保留着中心带生的口感，仿佛连呼吸都变得无比贴近自然。最后游真还加了个手擀面条，藏到尾声的惊喜，就着下过菜的鸡汤煮好，用松茸和鸡肉做浇头，一大碗，哪怕在雅鲁藏布江河谷的四月，春寒依旧料峭，翟蓝全身都迅速地变暖了。

简简单单的一个锅煮汤，翟蓝觉得他可以吃到天昏地暗。可惜菜量和胃容量都有限，汤喝了三碗，米酒的后劲儿直冲太阳穴，身体也变得轻盈了。翟蓝往后仰，半抬着下巴，听李非木介绍泽仁丹增家的祖传石锅。

"所以一般管它叫墨脱石锅。"

听见那个名字，翟蓝不自禁地看向游真，果然听见他说："墨脱啊，我之前想过去徒步来着。后来……现在就没那执念了。"

"为什么？"李非木问。

游真理所当然地说："因为通公路了啊。"

翟蓝笑出声："什么啊，你不要找借口，肯定是你懒了。"

"徒步的快乐是你想象不到的。"游真正色道。

翟蓝几乎压着他的尾音迅速接口："那下次一起去。"

"好啊。"

翟蓝满足地放下筷子，用手机拍照。

游真看到他的动作感到好奇，忍不住问："都吃得差不多了，现在拍了干什么用？"

"对一个神秘朋友炫耀。"

翟蓝口中的"神秘朋友"是谁，游真没多问，他还很了然地点点头，心里暗道翟蓝果然没有最初见到时那么自闭，交友正常是好转的预兆。他失去过亲人，知道翟蓝战胜这道阴影没有别的良药，只有时间和日渐强大的内心。

吃过饭，三人合力帮泽仁丹增收拾了火塘和厨房，夜已经深了。

第二天就要离开林芝了，泽仁丹增因为没有离开过家乡所以有很多东西需要提前预备，最重要的是一些药品，翟蓝陪着李非木忙前忙后直到结束。

翟蓝累坏了，回民宿后早早洗漱完就钻进被窝，话也不想多说，用被子遮住头。别离将至，但翟蓝不肯让游真看出他有一点不舍得。

游真轻手轻脚地收拾完行李，走到床边，准备休息了，目光却落在对床。只见翟蓝蜷缩着，半张脸紧贴枕头，在复杂的情绪轰炸中沉入梦乡。

少年站在十九岁的尾巴上，青涩与稳重无比矛盾。

他躺回床上，可睡意已经完全没有了，游真拿出手机漫无目的地滑动屏幕。

聊天软件，乐队的群里蒋放和宋老师在打嘴仗，游真并不加入；购物软件，买的东西基本都被签收，但他已经忘了为什么要买……

老妈问他过得如何，他回答还好；

Zone 的魏斯姐打听他何时回成都，一起去喝酒，他说好的；

有两个租客暗戳戳地想他垫付第二年的物管费，他想也不想地拒绝了。

然后就没了。

深吸一口气，游真打开那个好几天没去理会的音乐软件，不出意外地发现一个未读提示。

和往常没有区别的长段唠叨，小句号以"你好"开头，用"希望你今天开心"结尾。

游真扫了一眼，放松地笑了笑。但紧接着等他看清了内容，笑容渐渐地收敛。前几天的记忆如走马灯般从脑中闪过，他坐起身想叫醒翟蓝，喉间却干涩得一时间说不出话。

"今天有个人说总有一颗星星会找到我。"

"但我想你一定能够明白的。"

尽管形容模糊，游真却知道对方说的这个人是谁。他不信在相同的时间，相同的情景，还会有相同的对话发生在另外两人之间。

L，小句号，翟蓝。

游真想笑又无奈地叹气，他太迟钝了，翟蓝的"蓝"不就是"L"吗？

从他被白玛央金拜托前往西藏的那一刻起或许就已经注定会在同一班列车上遇见翟蓝，就算那时错过了，没有上下铺，在林芝他们也一定会见面。到那时，翟蓝是"李老师的弟弟"，他是"白玛央金的朋友"。就算这些统统不发生，迟早，他们也会因为在同一座城市而约好见面。他邀请小句号来自己的店里坐坐，等到那时他可能会在一个明媚的夏日和翟蓝见面，也会聊得很开心。他们的人生早在彼此毫不知情时发生了交集。

这种感觉太微妙了。

游真头晕目眩，不可思议地看向翟蓝。侧身蜷缩的少年默默地变成了平躺。他陷在阴影中，睫毛偶尔轻轻一颤。

原本打算坐火车的，但白玛央金催得急，最后游真还是选择了带泽仁丹增乘飞机回成都。由于航班有限，第二天不得不赶在日出时分就从仁青村出发。

前一夜吃饭喝米酒算作告别，在游真的计划中，翌日应该悄悄离开。可睡眠状况糟糕，快天亮时才刚刚睡着，没等到闹钟响，先被隔壁床的翟蓝叫醒了。

他睁开眼，见对方穿戴整齐，背起那个一路跟随的书包："走啊。"

游真头脑发蒙，发出一个闷闷的鼻音："嗯？"

"非哥担心大巴时间不准，说开车送你和丹增去机场。顺便，他还要到林芝市区拿个什么材料，我一起去。"

游真赶紧一骨碌翻身坐起。

"我这就起来，马上。"

他们的私信交流长期信息不对等，翟蓝在暗他在明，他说的话做的事，翟蓝全部都知道。但当真相被发现时，游真感觉并没有想象中难以接受，也没一点尴尬的心情。大约因为小句号是翟蓝吧，游真想。

去机场的途中，李非木开车，泽仁丹增欢呼雀跃地抢占副驾驶座位，游真和翟蓝便在后座。有另外两个人在，聊天内容中规中矩，过了会儿翟蓝开始打哈欠，用一个颈枕抵在车窗和脑袋之间，竟然开始睡觉。

林芝快到雨季了，这天没有阳光，雪山更是被云雾完全遮掩住全貌。

游真听了一路的江水声，车载电台播放某个点歌节目，唱的都是经典老歌。从 20 世纪 90 年代的校园民谣、粤语金曲，到 21 世纪初的电子舞曲，游真听得出神，望向窗外时余光总带过翟蓝。他感觉翟蓝并没有睡着，只见他手紧握手机，指尖偶尔下意识地动一动。可能翟蓝观察出他的不对劲，刻意给他留出空间。

游真喜欢他们的默契。

抵达机场，游真的东西一个登机箱就装满了，但泽仁丹增大包小包，恨不得把全部家当搬空——也有道理，他们家现在空无一人，再回来起码也得半年以后。李非木帮他扛着东西，先全部搬下车后，又开始千叮万嘱。

就是在这时，游真肩膀不知被谁轻轻地拍了两下。

沉默一路的翟蓝站在他身边，眼神躲闪片刻，最后还是坚定地望进游真的眸中："那个，有点话要跟你说。"

游真抿唇："什么？"

"这段时间我很开心。"翟蓝笑了笑，"认识你是来西藏的意外收获，我……谢谢，那天，在山上的时候。"

翟蓝有些词不达意，但他不怕游真听不懂。

"其实……"昨晚的私信从眼前一闪而过，游真张了张嘴后，决定不提了，他带着些许释然后的轻快，"其实遇见你，我也挺开心的。"

翟蓝拽着背包带，良久不语，突然拿出一个盒子递给游真。

"礼物。"他说。

木质盒子，打开后是一层透明玻璃，墨绿丝绒做底，一朵粉红的格桑花静静地躺在正中。花瓣纹路清晰，仿佛还带着被采摘前的露水。

在八廓街的小巷买下它时，翟蓝就想好了它的归属。

游真没看花，而是认真地观察对方的表情，最后才犹犹豫豫地接了过来。

"看到的时候就想送给你了，而且底子和你的发色一模一样。"翟蓝无关痛痒地调侃了一句，深深呼吸，"游真，格桑花的祝福很美，你……以后运气可能会好一点。"

明知他故意这么说，游真却不能像以前那样跟翟蓝打闹，笑骂着敲他的脑袋。

小小的礼盒重如千钧。

游真第一次发现，度日如年偶尔不一定代表时间难熬。

这或许也是一种相见恨晚。

"会的。"游真像发誓那般说，"你有我电话，回成都就说一声。"

"行！"翟蓝的语气重又轻快起来，他看李非木那边办理完毕赶紧把游真往安检口推，"你快走吧，小心耽误了登机！"

机场广播的电子音机械而规整，一整面玻璃窗被分成许多小格子，蓝天和白云有了形状，每一小块都镌刻着不同的回忆。

游真眼眸一垂，提起脚边一个小箱子，大声喊着泽仁丹增的名字转身向安检口走去。

翟蓝站在原地，呆呆地目送他。

没有说"再见"，但一定还有下一次相遇。

"刚跟丹增说了落地发消息，就算在这儿等着，他们也看不见。"李非木拍拍翟蓝的肩膀，"我们要去办事，走吧。"

翟蓝点了下头。回程路上，眼看快到起飞时间，翟蓝的手机响了。

设置的"特别提醒"以某种充满缘分的方式在这时给了他拥抱后最大一场余震，翟蓝睁大眼睛，没忍住，"啊"了一声。

"怎么了？"李非木问他。

翟蓝捂住手机屏："没事，没事……"

过了会儿到底没忍住，翟蓝侧过身，调高亮度，面对那张"Real 的数字世界"发来的照片彻底失语。

南迦巴瓦群峰壮丽，日落辉煌，前景那个背影是他本人。

Real 的数字世界："找到你了。"

。："我本来就没想瞒着，是你太迟钝。"

Real 的数字世界："少来这套。"

嘴硬被识破，翟蓝却忍俊不禁，抿着唇掩盖笑容，不让李非木发现自己的异常，然后给游真回了个和昵称一模一样的句号。

Real 的数字世界："你们到哪儿了？"

。："市区，我好饿啊。"

击掌表情占据整个屏幕，游真苦哈哈地说他也好饿，但机场里吃的太贵。

。："不登机？"

Real 的数字世界："延误了一会儿，我和丹增在下五子棋。"

。："你别连小孩都下不过。"

Real 的数字世界："你说话真的带点刺，幸亏我不记仇。"

两边消息摆在一起，更像日常对话。有点距离感，但又不是完全回到了从前，总归还是有什么开始变了。

。："那你觉得我该怎么样才好？"

游真沉默了很久。翟蓝问得不是简单的你和我，是十九岁和二十六岁，是象牙塔和烟火人间。

翟蓝的天真尚存，却又对物欲横流的世界充满好奇。灯红酒绿翻转之后，游真成了镜子里映出的另一面。他像老街旧巷中挺拔的香樟树，令人向往，可始终无法让人和他站在一起。树的世界总是十分单纯。所以翟蓝在某些瞬间大概想成为游真那样的大人。

翟蓝思绪混乱了会儿，他对自己的怯懦无言以对，过了会儿再次注意到对话框，游真仍然没有答复。翟蓝戳戳他的头像，自己发出去的问句因为时间太久都消失了。

正当翟蓝以为游真会当作没看见，直接进行下一个话题，抱着吉他的侧影弹出一句话。

Real 的数字世界："真实的就好。我还挺喜欢你幼稚的样子的，哈哈哈。"

。："有病吃药。"

游真用软件自带表情给他发一个占据全屏幕的笑脸。"登机了登机了！"

翟蓝抬起头，从路边一间餐馆的玻璃门上看见自己的倒影，笑容灿烂得让他诧异，顿了顿，他抬手揉了两下嘴角试图按平。

翟蓝往回翻了两页他们为数不多的聊天记录，按了播放键，站在树的影子里把一首歌听到最后。

快乐退潮过后，翟蓝又患得患失。

他向往游真，向往他那种恣意的，洒脱的，自由的，随遇而安的生活。

一个真实的"游真"让他想要情不自禁地靠近，他是一面镜子，折射出翟蓝期待的未来，想要的生活，以及所渴求的明天的模样。所以游真出现的时候，翟蓝情不自禁地跑向他。

游真大约只在刚刚回到成都的那天有闲暇，还能给他推荐两首日语歌。他说这些歌来自一支已经解散的日本乐队，不过他们最后一次开演唱会的时候游真也才十来岁，根本不知道大海对岸还有这么一件事。

"他们的歌词可能都很老套，但我一直喜欢。"游真固执地不用别的联系方式，在那个实时聊天里飞快地给翟蓝发了一条又一条消息。

翟蓝很少说话，这些都是他陌生的领域，而游真试图带他走进它们。

这令他感到一丝新奇和快乐。但翟蓝还带着踌躇："很多你说的东西我都听不懂。"

"没关系，有一点点感受就够了。"游真打字很快，"就比如，你听我写的曲能想到香樟树被雨打湿的冬天。"

摇摆帝国的念法很可爱，吉他声却够噪，现场版本听到最后像撕裂的金属。一长段吉他独奏逼近尾声，翟蓝却感觉有另外的什么由远及近，他茫然地摘下一只耳机，走到窗边，街灯照亮了矮处的黑瓦，反射出一片流光。

雨声淅淅沥沥的，温润而潮湿，泥土很腥，连树叶看着都是苦的。

手机提示收到一条语音，挺长，用慢节奏情歌做背景乐听着感觉很新奇。

"刚回到家，下午送丹增去他姐姐那儿，晚上乐队的几个人一起吃饭给他开了个欢迎会。吃的串串，喝了点酒，不过我没喝，总感觉还是有点不舒服。"

"怎么了？"

"还没适应海拔差，我和丹增都是，虽说这次也没去氧气太稀薄的地方。"

翟蓝开玩笑："那你还去墨脱徒步。"

游真："有梦想谁都了不起。"

"行啊，等到那一天提前半年告诉我，和你一起试试。"

游真问他："不怕累了？"

"累算什么。"

少年执着，总有不切实际的勇敢。谁又能轻易拒绝呢？

"快睡吧。"游真说。

翟蓝说："好。"

随机播放的歌单还在继续，他一首一首地切着歌，听两秒钟就换，直到找了一首九分钟的后摇。翟蓝靠在窗边，摘下耳机，把手机声音调到最大。

那段 riff 只有几个音节不断循环，仿佛行驶在一段平稳却未知的隧道中。混杂雨声，他被微冷的空气包裹着，好像从里到外湿透了。

已经听歌三小时二十一分钟。

盆地的六月是翟蓝心里一年中最美的时节，比春天暖和，多晴天，夜晚的雨偶尔声势浩大，潮意却并不令人难以接受。

在这里，夏天有漫长的前摇，气温一会儿升，一会儿降，只要没入伏，好像随时可能在暴雨后突然降温十度以上，把还没彻底收纳好的长袖衬衫重新披好抵挡冷风。

上午十点，翟蓝从公交车下车后单手背好书包，拿出手机看一眼，锁屏播放的歌叫 Night Time。翟蓝伸了个懒腰，踩着节奏强烈的鼓点走进学校大门。

快两个月了，他一有空就抓着游真听歌，或者说，是游真一有空就被他抓住，各类曲风听了不少，总算不再是个乐盲。

听完一夜的雨，他和游真的线上交流就像回到了最开始，两个人还是没加微信，不过手机是同品牌，翟蓝有时会用 iMessage 给他发信息，可以带图片和表情包，跟微信区别也不大。反正游真自己也说，他的朋友圈都是店铺广告和帮忙宣传的商业文案。

最初发 iMessage 是因为游真回复私信慢得够呛，可从某天开始他习惯性往树洞里倒长篇大论——主要内容为村里的小孩跟他混熟了后就开始捣乱，他完全没办法，游真居然在五分钟内，就返还回同样长度的内容。

他安慰翟蓝，说："你不要着急啊，耐心点，不要跟他们讲太多有的没的，做好自己分内的事，其他的交给专业老师，你已经做得很好了……"

游真这次可以算得上是秒回了，这让翟蓝震惊。

他问："你今天怎么看私信了？往常怎么也得隔个三五天才能回吧？"

游真很诚实："我开了通知提醒，这样你发消息就会有一个小圆点。"

翟蓝笑到肚子痛。

翟蓝偶尔打游戏，但游真完全不打手机游戏，他喜欢用电脑。

翟蓝开玩笑说："看到了年龄差距。"

游真说："你懂什么叫体验感和操作性吗？"

然后两人约好，等翟蓝回成都，他带翟蓝去见一见世面。

现在距离十六公里。

两人约定了很多次"改天去找你"，至今没有兑现。

翟蓝没想到在仁青村小的经历能让他改变那么多。他不善于交际，而且说话带刺，时常会说些不太好听的话让人产生不好的联想。后来又遭到巨大变故，调整心态对他来说已经十分艰难了，更别说交际了。现在翟蓝好歹算控制住情绪了，外在看起来还算"正常"，却没办法应对一群精力过剩的孩子。

李非木教了他不少，两个月不到，翟蓝跟着学校的老师翻山越岭和一群不想上学的小孩儿斗智斗勇，家访，开会，挨个儿谈心，劝他们再多念一年书。虽收效甚微，但李非木说他们被孩子们叫一声"老师"就至少该把事做完，问心无愧。

在日复一日的欢笑或愤怒、温暖或惆怅中，翟蓝模模糊糊体会到为什么当时李非木没有给他报个旅行团送去感受大自然的神奇，而是一定要他留在村小学。这些才是能潜移默化改变他性格缺陷的幽微光亮。

随着李非木支教生活的结束，翟蓝跟他一起回到城市。然后他就做了半年前的自己始料未及的决定：提前结束休学，重返校园生活。

学工组的老师解释手续不好改，再加上翟蓝毕竟有将近两个学期没上过课，平时分怎么打都是小事，关键是一些必修课的知识点跟不上，欠的学分都得重修。好在辅导员邹琳琳是个体贴的年轻老师，她建议翟蓝先上课，融入集体。

大学一年级春季学期的课，翟蓝上过一次了，换作从前他可能对这个提议不屑一顾，可这次他选择了接受，礼貌地谢过邹老师。

休学一年，相当于留级了。

以前的学弟摇身一变都成了翟蓝的同学，重新结交同学对翟蓝来说是一种挑战。现在翟蓝跟着上了几个星期的必修课找回了学习状态，但班级里的人还没认全，宿舍也还没有入住，只跟一个叫董成的混熟了。

董成微胖，戴着黑框眼镜，所以和"国宝"有点儿挂相，性格内敛。

从第一节课开始翟蓝就敏锐地感觉到这位看起来就像学霸的男生可能和其他同学关系一般般，两人同样话少，又喜欢踩点到教室，于是连着好几节课都被迫坐在第一排被同学"贴心"留下的位置。有次翟蓝被老师叫起来做了道题，坐回位置时，迎上了董成崇拜的小眼神，两人友谊的大门就此开启。

两人偶尔一起约着去吃饭，讨论问题，翟蓝会和不怎么合群的董成组队完成小组作业。他其实并不太在意，但这些小小的举动反而让董成更认定了他这个朋友。

下课时间，董成抱起课本，出乎意料地转向同桌："翟蓝，要一起去上高等代数吗？"

他还没回答，后排几个人先开始窃笑。

"完了完了，居然主动搭理人了……"

"学长真倒霉，被这么个人赖上——"

"服了，欺负老实人啊？"

他们说话声音并不低，董成听得见，脸上霎时一片红一片白。翟蓝偏了偏头，像没发现这些闲言碎语似的，把书包拉上。

"走吧。"说完，他朝董成友好地笑笑。

上高等代数课的教室也在这栋教学楼，但楼层不一样。走到高等代数课的教室外，董成没有立刻进去，翟蓝跟随他脚步停住。

"怎么了？"翟蓝问董成。

董成结结巴巴："刚才他们那些……"

"我又不是听风就是雨的小学生。"翟蓝半带调侃地说。

董成听后，想笑，但又一时不太笑得出来，表情僵硬了会儿，吞吞吐吐良久才憋出一句完整的："翟蓝，谢谢你。"

翟蓝摇摇头，递给他一个安心的眼神。他猜测或许这群同学之间曾经有过矛盾，或许是故意孤立和排挤董成，但无论是哪一种，他都不准备主动插手。如果董成需要帮忙让那些人闭嘴，翟蓝乐意效劳，前提必须是董成自己想这么做。

游真到底对他产生了影响，让翟蓝明白面对很多人的无奈、难过、委屈，其实并不需要你去指手画脚，他们吐苦水，可能只想要一句安慰，或者只是一个友善的眼神。

想起游真，翟蓝在位置上坐好后，拿出手机看了一眼。

音乐软件的个人主页，Real 的数字世界在二十分钟前分享了一首歌，The fin 乐队的 *Melt into the Blue*。翟蓝手指微动，先加入歌单。

打开私信框把刚刚的事简单说了下，翟蓝最后问："你觉得我做得对吗？"

Real 的数字世界："很成熟了，小蓝老师。"

翟蓝心想救命。末了又打字："你现在做什么？"

上课大概十来分钟，才得到了游真的回复。

"洗猫。"

游真的假日里是有一只奶牛猫，很胖，蜷在猫抓板上睡觉时会变成一个形状完美的大鸡腿。但他好久没见过猫了，也几乎没听游真提起过。

翟蓝看了一眼 PPT 的内容，继续埋着头在抽屉里跟游真聊天。

"洗什么猫？"

Real 的数字世界："我养的那只，不爱洗澡。

"又被他抓了好几下。

"气死了！"

不怎么想象得出他被猫"气死"的模样，翟蓝笑笑，回游真。

。："在吗？看看猫。"

Real 的数字世界："……"

没有发图片——音乐软件有这个功能来着，游真好像忽略了，不多时给翟蓝发了一串英文字母加数字的组合。然后他似乎猜到翟蓝会问，主动说："微信，加个好友。"

翟蓝没动，说："你想干什么。"

Real 的数字世界："快加啦！

"给你发猫。"

游真打字和说话都有他察觉不到的尾音，语气词一大堆，轻飘飘地缀在语句最后，像给他的情绪加上详细注脚，每一点起伏都暴露无遗。

很难相信这是二十六岁的社会人士会说出口的。不过幼稚得刚好。

于是翟蓝学他："好啦。"

游真的微信昵称就是本名，头像和绝大部分养猫人一样用的是自家奶牛猫的照片。照片上的奶牛猫短脸大眼，照相时尚未发腮，非常可爱。

加上好友后，游真很快发来一个十秒小视频，课堂不能开外放，翟蓝关掉声音，把那只灵活的胖猫咪在洗澡时张牙舞爪的样子看了三遍。

翟蓝："好胖。"

游真："对啊！！！"

游真随后发给他一张被猫挠伤的照片。

游真："你看给我挠的。"

游真："什么时候来帮我揍它？"

翟蓝："过几天。"

"哎，翟蓝。"身边的同学小幅度地偏向他，"听课呢，你笑什么？"

翟蓝猛地抬起头，嘴角还维持着上扬角度，却矢口否认："没有啊……"

六月中旬，成都在几场暴雨后终于有了升温的趋势。盆地气候闷热，没有风的时候坐在屋内都要一个劲儿地流汗。

教室空调开得很足，课间，翟蓝没有乱走，趴在桌面无聊地刷朋友圈。

他和大学同学关系一般，差不多仅限于朋友圈互相点赞，遇到合适的活动可以一起参加的程度，除此之外就不会特意有什么交集。这时刷到曾经的同学都成了"学长学姐"，哀号着专业课作业太难，把他们之间的联系进一步减弱了。

经过一年，他很难再和关系本就淡如水的同学有太多共同话题，但关系好的同学也会经常联系。

前室友回复了翟蓝前一天的"期末冲冲冲"，喊他"啥时候一起吃饭"。翟蓝发了个愉快的小表情答"好啊"，手指滑动屏幕往下看，然后眼前一亮。

游真：本周六开始供应假日夏季限定菜单，欢迎品尝。

这广告打得真粗糙。

翟蓝笑了下，点开图看游真又搞出了什么新花样。

三张图，分别是吃的、喝的和一只肥猫。

手绘菜单放在刚刚绽放的绣球花阴影中，前景是无尽的夏意，虚化后只剩下一片天空似的蓝。几款甜品被描画成可爱又诱人的样子，再搭配成分和口味的解释，光是看图就让人迫不及待地想去试试。饮品也同样，但翟蓝注意到其中一杯没有起名，写着"待定"，像还没开启的限量款盲盒。

翟蓝的心仿佛被伸出的猫爪挠了一下，几乎想立刻启程。他翻了下课表晚上没课，第二天也没有。绝佳机会就这么展现在待选项里，由不得翟蓝犹豫。

他在聊天框里输入"想去试吃新品"，刚准备点发送，另一条消息却先闯入视野。翟蓝眉心还没舒展，看清发消息的人后那道沟壑顿时更深。

姑妈：小蓝，明天没课，到家里来吃饭吧？

而几乎是同时，李非木也找上了他。

"从学校搬东西回家，你要不要一起？"

"要不今晚就在家里住，明天吃饭？周末嘛，我妈做你爱吃的糖醋排骨。"

两个人说到这个份儿上，翟蓝还有什么好忙的呢？他有时不太喜欢姑妈的这种照顾，可姑妈作为他唯一关系亲厚的长辈想要时时刻刻关照他，翟蓝又说不出拒绝的话。他知道姑妈一家对自己很好，却不那么想被特殊对待。

翟蓝沉默良久，删掉了准备发给游真的那句话。

他回答李非木："那我等下过去。"

下午，翟蓝在教务处找到拿完录取通知书的李非木，对方开了车。翟蓝从坐上副驾驶座位就情绪不高，看着窗外，天边的云镶有金边，是雷雨的预兆。

闷热连开了空调都挡不住，车驶入城区，周围温度骤然又升高了点。从地下车库走到小区门口的短短几步路，翟蓝就出了一身汗。

李非木家在老城区，父母工作都体面，到了退休年龄。翟蓝一进门，姑妈把切好的水果和提前冰好的饮料全都拿了出来，问他第二天的菜单合不合心意，又问翟蓝晚上要不要出去吃饭，她最近发现了一家很不错的餐厅。

李非木抱怨着老妈偏心，姑妈不痛不痒地骂他和弟弟计较什么。两人和乐融融地聊了几句，翟蓝就坐在沙发上，局促地端着一杯冰果汁不语。

很不自在，翟蓝每次面对一个和睦的家庭都会觉得自己不属于这个地方——哪怕没人觉得他多余，哪怕他在这儿拥有单独房间。

晚上过得相对平静，翟蓝夜里因为太热醒了两次，天始终没下雨。

第二天姑妈从一大早就开始忙碌，她做菜是家常口味，糖醋排骨、辣子鸡、凉面、清炒藕片、鱼汤。姑父买好饮料，从外面的饭店给翟蓝打包了一份他爱吃的葱烧海参，这顿饭的隆重程度比起过年也不遑多让了。

他们越热情，翟蓝心里徘徊着的不安越发强烈。翟蓝坐在原位，餐厅好像成了审讯室，饭桌也变得冰冷，连姑妈和姑父的笑容都像两个虚假面具。

李非木挨着翟蓝，给他夹菜，说着支教时的事。谈到有趣的，大家就一起笑出来，整齐得仿佛一场排练过的戏剧。

翟蓝默默地用筷子扒拉白饭。

桌上的菜吃得差不多了，姑父喝了两口酒，突然叫到翟蓝的名字，淡淡地说了几句。他浑身一震，如遭雷劈地看过去，好像他一天一夜就为了等这几句话似的。

"什么？"翟蓝问，他没听懂刚才那句话。

姑父的笑长在了骨头里，和蔼，充满亲和力，声音也是温文尔雅的很好商量的语气："小蓝啊，是这样的，去年你爸爸走了之后，他们单位不是给了一大笔因公去世的赔偿吗？当时因为爷爷奶奶太伤心，你拿了一部分给他们当作帮你爸爸赡养老人，对不对？"

翟蓝脑子转不过弯，睁大眼，却不露声色地往后挪了挪椅子。

姑父继续说："我和你姑姑是这么想的，爷爷奶奶年纪大了，以后万一有个病痛，大家还是得一起照顾两位老人，你觉得呢？"

绳索被言语机锋隔断，"唰啦"一声，灵魂失重。但翟蓝莫名地松了口气。他听见自己无辜而冷静地回答："照顾爷爷奶奶是我应该做的，如果他们需要，我不会不管，到时候该怎么算就怎么算。"

姑父愣了愣，旁边的姑妈面露难色，朝他使了个眼色像提醒着什么。他好一会儿找回逻辑，又语重心长地说："小蓝，别怪姑父说话直，你现在还在念书嘛，自己保管着那么一大笔钱，不会用……"

"爸！"李非木总算听懂了他父母的意思，后知后觉地难堪，"你们在说什么啊？那是给小蓝自己的——"

姑妈忙道："李非木，你怎么说话的，我们都为了小蓝好啊！"

"可是那本来就……"

"没你事儿，吃你的饭去！"姑父严厉地打断了李非木，再次转向翟蓝，"小蓝，我和你姑姑是觉得，读书这些事儿，我们作为你现在最亲近的人是应该帮忙的。你的学费，包括未来你想出国深造啊、找工作啊，姑父姑妈都一定帮忙，但……"

"但是应该把那一百多万都给两位长辈替我'保管'，对吗？"翟蓝说完，不错眼珠地凝视着餐桌对面的一对夫妻。

窗外乌云翻涌良久，这时骤然崩裂开，白光从云层中间划亮了大半天空，紧随其后，一声惊天动地的雷声，轰隆——有一道屏障被毫无保留地撕破。

姑妈不安地看着丈夫，匆匆打圆场："小蓝，我们不是这个意思啊，只是想着你年纪小不会理财……"

"你放心，钱我们帮你'保管'，要用之前肯定征求你的意见，而且百分百都用在你的生活、学习、赡养爷爷奶奶这三件事上，别的一概不碰。"姑父斩钉截铁地说，"你信不过，咱们可以签协议的嘛！你父母不在，姑妈和姑父就是你最亲的人了，怎么会害你？"

餐厅陷入死一般的宁静。

大雨倾盆，转瞬瓢泼而落，潮气裹挟着苦涩的树根味道涌入室内。色香味俱全的饭菜变得索然无味，明亮的水晶灯也黯然失色。只有水声哗啦啦不断，像要涤荡干净天地间所有藏污纳垢的角落。

"我懂你们的意思。"翟蓝放下筷子，"姑姑，老爸走了以后你是最关心我的，也帮我做了很多，我特别感谢你们。"

"翟蓝……"

"但如果你们对我的照顾都是建立在这些……东西上。"他的喉结艰难地动了动，翟蓝好像嗅到了口腔里的铁锈气息，"那我不需要。"

翟蓝直接淋着雨从姑妈家离开，就拿了一个简单的书包装了平板电脑与手机充电线，连衣服都没换。

翟蓝浑身冰冷地蹲在地铁口，发梢滴水，从眼角流过时熏红了皮肤。他不停地抽气，回想几分钟前，说完那句话就义无反顾地起身离开，不闹，不吵，更没有和长辈大喊或者讽刺一番。

不过这画面一定很像拍电影吧，被全世界抛弃，然后离家出走，可是这又算什么"家"呢？

他早在老爸离世的那天就没有家了，只有一个充满了和老爸回忆的旧房子。

赔偿金打进银行卡以后翟蓝改过一次密码，然后再没数过后面有几个零。连工作优越不差钱的姑父姑妈都来打他的主意，看来赔偿金真的很多。他平时用的都是从前的存款，翟蓝不想看到那些钱，每一个数字都是老爸的命换的。他宁愿用这些换老爸还活着。

想着想着他都要开始发笑了。太滑稽，太讽刺，黑色幽默到翟蓝连切实发生的那一刻都差点以为他们是真心要用那笔钱帮他做理财，原来不是这样啊。

那他在这个世界上还有谁可以信任？

翟蓝撑住墙壁起身，摇摇晃晃地往地铁里走，过安检时，湿淋淋的可怜样让地铁安检人员都问他是否需要帮忙。翟蓝谢绝他们的好意，觉得更加无奈。

站在候车厅，他如梦初醒地抬头看了一眼站名。刚开通不久的 8 号线，一个方向回学校，另一边可以去到芳草路。

芳草路……

干涩眼眶被这三个字刺痛，翟蓝颤抖着拿出手机，抹掉屏幕的雨水。他开机，点进微信，转到通话界面。然后他听见了熟悉的、久违的开朗男声："翟蓝，终于想起我了啊，什么事？"

"没事。"

下意识地说完，翟蓝感觉另一边也陷入了沉默。

地铁缓慢驶入站台，"叮咚"，门开了。

"游真，我去找你。"他无助地握紧手机，"你在店里吗？"

雨势时大时小，但没有要停下的征兆。

天气不好但店里的客人不减反增，出门耽搁了会儿，待游真举着伞骑单车到达地铁 B 出口时远远地就看到翟蓝如同一只落水小狗，蹲着，两手握住脚踝，下巴顶在膝盖上。

李非木打的电话没有接。

假日是出了地铁口朝哪个方向走突然记不起了。

雨点砸入水坑，眼前闪烁着五彩缤纷的颗粒，产生一圈圈五彩光效，像下一秒就会眩晕，翟蓝好像想了很多，但脑内始终一片空白，只觉得冷。

翟蓝正发呆，连游真走到他面前了都没有察觉到。

"不好意思来晚……翟蓝？"游真半蹲下身，伸手按住他的肩膀晃了晃，感觉到他明显不对劲，所以声音很轻，唯恐再次让他受到刺激，"怎么了？"

睫毛上的是雨水吗？它们颤动，接着顺着脸颊滑落，翟蓝仰起头，眼睛通红。他什么也没说，握住游真的手臂，借力想要站起来，可不知是因为蹲的时间有点久还是什么其他原因腿有点软了，往前一个趔趄这才稳住自己。翟蓝擦擦脸，侧过头看了一眼被淋湿的书包，才发觉已经干了不少。

尽管想第一时间观察游真这时的表情，但翟蓝不敢和他对视。他知道现在自己心情复杂，情绪像玻璃似的脆弱，一触即碎，唯恐四目相对，什么还没说，自己先哭出来让游真不知所措。

在拉萨已经哭过了，不要给游真留下"只会掉眼泪"的软弱印象。

"没事。"翟蓝说，竭力掩盖着声带不正常的振动，"我……我突然想找你吃饭。"

游真深深地望着他，察觉到翟蓝视线闪躲后收回眼神。

"那走吧！"他故意很随意地揽过翟蓝的肩，"虽然明天才做新菜单，但可以先给你尝一尝。之前说过的帮我试吃还算数吧？"

翟蓝勉强笑笑：'算啊。'

游真再次撑开那把黑色的大伞遮过两人头顶，厚厚实实的伞面挡住了冰冷的雨水，阴沉沉的天光好像也不再让眼睛难受，黑布带给翟蓝安全感。

从地铁 B 口走到假日，街道两旁都种满了香樟树，雨天，属于草木的清香越发浓郁了，带着湿润润的粘连从每一个呼吸间掠过，深呼吸也让人平静。

柏油路面偶尔有一两个小坑，黄色标志线格外明艳。

翟蓝低着头，耳边有叮叮当当的金属碰撞声。等红绿灯时他转了转头，看清那是游真挂在胸口的一个吊坠跟牛仔衬衫的纽扣相互撞击产生的回响。他伸手抓了下那个挂件，游真余光扫到他的动作，不露声色地一笑。

没走几步路，两人就看到了咖啡馆外的木质通知立板。翟蓝脚步一顿就要拐弯进门，但游真拦住了他，用眼神示意：我们去另外的地方。

假日开在居民小区外围的底层商铺，旁边是住宅区域的入口。

被游真带着穿过长通道，走进十年前样式的单元楼时翟蓝还在蒙着，两人走上台阶，停在一扇防盗门前，翟蓝看游真掏出钥匙开门，"咔嗒"一声，唤回了他的理智。

翟蓝停在门槛前，屋内玄关亮起温暖的灯光，游真从鞋柜里找了双小一码的拖鞋。

"进来啊。"他说得很自然，去接翟蓝那个书包。

一个指令一个动作，翟蓝换鞋，又跟着游真往里走了两步。

翟蓝粗略看了一眼屋内，大概是两居室，客厅宽敞，窗户尤其大，二楼窗前视野完美，楼下栽种多年的洋槐树枝繁叶茂，与香樟绿得一深一浅，把玻璃窗填满，下雨天，湿漉漉的颜色倒映在临窗地砖上，像晕开了的颜料。

客厅的装修风格与假日大同小异，原木质感，米色调，温馨得几乎有点甜美。相比之下，穿一身黑的游真站在饮水机边接水居然显得特别突兀。

游真系了个围裙吗？翟蓝慢半拍地想。

不对，这是……

游真带他到自己家里了？

"过来坐。"游真转过头好笑地喊他，"你怎么回事，今天傻傻呆呆的。"

"哦。"翟蓝点了下头。

刚挪动脚步，游真又改了想法："算了，你别过来了，直接去洗澡。我看你刚才走路都在发抖，嘴唇也白了，很冷吧？今天雨那么大，气温又低。"

"哦。"

没有对其他的话多做反应，翟蓝凭借对房子格局的判断转个头找到了卫生间。

外面一扇门，里面还有一扇推拉的木门。他探头看了一圈，还没问，身后客厅里游真的声音透过两道墙变得闷："我等会儿找个干净毛巾和两件衣服给你放在外面的架子上。对了，脏衣服扔篮子里就行，晚点洗。"

翟蓝说好，终于找回了点肢体动作的节奏。脱衣服时才发现手指节和小腿胫骨多了几块瘀青，但翟蓝想不起是怎么弄的，可能不小心撞到了哪儿，摸着还有点疼。

迫使自己把今天上午所有的事都忘记，翟蓝猛地打开热水开关，水蒸气氤氲开。他刻意把温度调高，水淋着皮肤，翟蓝甚至感觉到水烫得有些痛，皮肤很快就红了。翟蓝闭起眼睛，等待情绪缓和身体复苏，关系僵硬也好，心情失落也罢，他以后大不了一个人过，也能过得很开心。不过等下应该感谢游真，很多事，游真本不必为他做的。

小奶锅里熬着牛奶，游真往里加了点白砂糖，待牛奶微微沸腾后将其倒入提前准备好的盛有姜汁的小碗内。在小碗上扣一个盘子静置，游真开了个倒计时，思考片刻又从冰箱里端出一碟糯米糍摆上餐桌。他擦了擦手，刚准备倒杯水喝，浴室门开了。

水蒸气一瞬间涌出，翟蓝穿着游真给他准备的衣服往外走。T恤印花夸张，尺码显然偏大了，让本就挺瘦的少年更加薄得像纸片。拖鞋倒是还好，翟蓝走了两步后游真才发现他一直用左手拧着裤腰，微微皱眉。

翟蓝这次看向了他，有些控诉地说："裤子大了啊。"

游真打量了翟蓝一圈后有点不好意思："买的时候稍微有点紧，穿过一次就没再穿了，我以为你的尺码可能正合适呢。"

太瘦了。游真暗自感叹，果然是在长身体的年龄，得多吃点补充营养才行啊。

听了他的解释翟蓝慢吞吞地"哦"了一声，他清了清嗓子驱散喉咙的堵塞感，正要开口，游真蓦然打断了："别谢我。"

"啊？"

"最怕你说'谢谢'了，客气得很。"游真拉开椅子，抬手招呼他的姿势自己没意识到很像在叫那只肥猫开饭，"过来过来，给你准备了点东西去寒，姜撞奶吃过吗？"

翟蓝走向他，开始还带着迟疑，然后脚步迅速地变得轻快。

翟蓝以前没吃过姜撞奶，也不太感兴趣。可能现在真饿了，他拿起勺子的动作都不带犹豫，问也不问怎么做的，挖了一大勺送进嘴里，没料到还是热的，被烫得差点全部吐出来。

奶香太浓，姜汁微辣直冲鼻腔，口感爽滑，不甜，翟蓝只觉得一口下去全身都迅速地变暖。辛和甜的矛盾滋味谈不上开天辟地，却绝对是翟蓝心中无可替代的独一份。

翟蓝不知道是身还是心，被这口姜撞奶暖得眼睛一热，匆匆地说了句"好吃"，就埋头一勺接一勺几乎没有停过，直到把一大碗都吃完。他又拿起糯米糍，中途游真不知什么时候放了杯青柠苏打水在手边，好似预料到他吃了糯米糍会口渴。

甜品、饮料、雨天室内，还有包裹着他的安全感，哪怕愤怒与伤心让翟蓝浑身都是刺这时也不自禁地尽数收敛。

游真始终坐在他旁边的位置。

"糯米糍也好吃。"翟蓝嘴边还沾着椰蓉，"你做的？"

游真作势要敲他："不要问这么显而易见的事。"

"怪不得游老板能开店。"翟蓝终于展露出今天第一个真心的笑。

被他夸奖了，游真得意地一挑眉："所以要多讨好我啊，以后有什么好东西马上想到你。"

雨声好像小了很多，不再稀里哗啦地砸着玻璃，蝉鸣再次响起，赤脚落地仿佛能感受到那些虫鸣声波的震动。天空也更亮，洋槐与香樟的枝叶缝隙漏下一两点白色光斑，起风了，它们如涟漪重叠。

"对了，你的猫呢？"

"在店里。"

翟蓝玩笑道："不是让我帮你揍它吗？应该带我直接去。"

"就你刚才那个样子还是算了吧，我怕它觉得你弱小可欺，为了立威，当场扑上来对着你来一套上下左右勾手猫猫拳。"游真夸大了语气，听得翟蓝一个劲儿地笑，他悬着的一颗心安然落地，"现在好多了？"

翟蓝点头："嗯，我刚才觉得冷，现在不冷了。"

"下午不去上课？"

"哪个教授会在周六……"

表情仿佛在说"你有没有常识啊大哥"。

游真丝毫不在意："那我去帮你把衣服洗了。先在这儿休息，待会儿一起吃晚饭，你看行吗？刚好今天丹增也一起过来。"

翟蓝很安心，至少现在坐在这儿，游真不会对他完全漠视。

那么赌一下吗？

"游真。"翟蓝没接刚才的话题，用那种不错眼珠的神色望向他，"如果我现在告诉你我有一百万，你会怎么样？"

游真一愣，显然脑子里都是家务美食与安抚翟蓝这个小刺猬，下意识地问："什么一百万？"

"我有一百万。"翟蓝斩钉截铁地重复，"没骗你，是真的有。"

还是弄不清楚他提这个做什么，游真端着两个青柠苏打水的杯子起身，走出两步后回过味儿，于是顺着他说："有就有嘛，怎么，为了跟我显摆你是土豪，要我打劫你啊？"

翟蓝一点也没有笑："你会吗？"

翟蓝的严肃不会来得无缘无故，游真端详他，眼角轻轻一挑。今天翟蓝很反常，就算再信任他，在此之前翟蓝也做不出受了委屈就找他的举动。翟蓝好像哭过，又说些他听不懂的话。

游真放下杯子，再次坐回了刚才的位置，低声问："怎么了？"

"按照剧本演，游真，我有一百万，如果你跟我关系特别好，我们认识很多年，而且都从来没有想过突然会有这笔钱落到我头上……"翟蓝眼睛一眨不眨，因为时间太久，又有点泛红，声音也变得沙哑，"你会想办法，让我分给你吗？”

游真没有回答，他问：“翟蓝，是不是有人欺负你了？”

翟蓝只问：“你会吗？”

游真：“我还不至于为了一百万就失去一个朋友。”

这次愣了的人换成翟蓝。他喉头一哽，形容不清转瞬间的感受是“怎么就失去朋友”，还有“这都哪跟哪”，最后只得端起杯子遮住脸假装喝水，发现没水了，就把冰块嚼得咔咔响，借由动作遮掩他后知后觉的感动。

游真倒突然理直气壮：“是你啊，都在胡说八道什么？”

翟蓝皱了皱眉，再也控制不住似的，嘴唇下撇，轻微地颤抖。这反应让游真慌了，虽然不至于敏感到认为自己说错话，但翟蓝这天为什么总提“一百万”。

“是不是有人欺负你了？”游真问。

翟蓝没吭声。

游真问：“谁欺负你？”

翟蓝：“没谁。”

“李非木？”游真说了一个名字，“还是他们家？”

不必得到准确答案，游真见翟蓝的表情就全明白了。

他霎时有了猜测，可又太狗血，怎么想都不像当代社会能发生的伦理大戏——李非木一家难道抢了属于翟蓝的什么巨额遗产吗？现在连电视剧都不这么拍。

表情变化太精彩，游真全然没发觉看着他的翟蓝抢先一步恢复了平静。

“是我姑妈和姑父，他们希望替我保管那笔钱。”翟蓝低声说，扯开伤口，许多憋闷着的话一下子倾吐而出，“但是为什么明明是一家人，从小看着我长大的，家里也不缺钱，现在为了赔偿金宁可跟我撕破脸皮呢？他们觉得我爸不在了，我就会无条件相信他们的所有安排都是为了我好吗？"

游真不明所以地沉默，他什么话都说不出。

"赔偿金""不缺钱""一家人"。居然真的和他预测的一模一样，游真一时失语，可细想又十分合理了。

"中午从他们家走了，李非木找过我，说要替他父母道歉。但我不知道该不该信他，他是我哥哥啊，都这么多年了。我爸还在的时候大家每个周末几乎都一起聚会……我从来没想过……他们现在变成这样，就为了钱？"

翟蓝说不下去了，愤怒，恼火，无奈，被背叛的伤心，还有对人性的不理解。他把所有都剖开，毫无保留地给游真看这些丑陋。他不知道除了游真，还能对着谁说出这些荒谬的故事。

肩膀被按着，翟蓝皮肤感知到游真指腹微冷的温度。

"生气？"

翟蓝用力擦着鼻子："不太。"

游真问："觉得现在终于看透了他们的为人？"

"那也不算。"翟蓝思索片刻，承认道，"毕竟十几年来他们对我都很好，我还是不愿意把他们想得那么不堪，人情债算不清楚。"

他早就知道翟蓝拎得清，沉稳，有着超出同龄人的理智。只是翟蓝有时情绪化，过了那阵子，不用谁去开解，他自己就能慢慢地想通。但这个过程太痛苦，游真不肯让它被拉扯得太漫长。

他没本事把翟蓝拉出泥沼，至少可以多说几句翟蓝还听得进去的话，帮他暂时解脱。

"对啊。"游真随手将椅子往翟蓝那边挪了挪，手肘碰着翟蓝，又拿过水壶给他把玻璃杯里的饮料加到三分之二处，"遇到钱，很多感情都会面目全非。这不是感情的错，也不是钱的错，只是人有时候会抵挡不住诱惑。"

翟蓝似懂非懂，感觉这些道理似曾相识，从游真嘴里说出却悦耳很多。

"听过'怀璧其罪'吧？不太贴切，可我觉得也有类似之处。你现在没人照顾，家里又只剩下自己和老人，别的人就会下意识觉得你抵抗不了太多危险。"

"因为我软弱吗？"翟蓝问。

"不，因为你还没发现这些钱的价值，你没有社会经验，哄一哄，说不定呢？"游真的手指有节奏地敲击桌面，"他们差不多会这么想，但没料到你的反应居然这么大。"

翟蓝听着有些不太服气，但游真说他没社会经验，他也无从反驳，毕竟他连银行的定期利率是多少都不知道。

"我就是不知道该怎么办。"翟蓝丧气极了，"其实按道理我也不该对你说这些，衣锦夜行嘛，但憋着难受死了，我还不如不要——"

"别，翟蓝，你千万别不要。"游真忽地郑重起来，"你必须要。"

翟蓝不解，露出疑惑的表情。

游真深深地看进他的眼睛："爷爷奶奶生病了需要照顾那是之后才考虑的情况。你现在不能给其他人。挑明了说会有点残忍，但钱怎么来的？这些是你爸爸留给你的，别人抢不走，更没资格替你安排。"

雨后天晴了，熹微的光照进游真的眼睛，琥珀色，温柔又坚定。他仿佛把另一个他想过的那些字句都说了出来。

翟蓝眼皮不安地战栗着，牙关发紧，他知道已经没办法再回去与姑妈一家当作无事发生地继续相处。他像再一次同自己的曾经切割开。

回忆是美的，不代表未来就一定顺着它描绘的形状生长。

"好的。"翟蓝最后说。

淋过雨后着了凉，又把心中的郁结一吐为快，翟蓝后知后觉身体不太舒服。游真安排他去客房休息。

床对翟蓝而言有点硬了，但疲倦加情绪的大起大落他还是很快睡了过去。

翟蓝是被游真叫醒的，迷迷瞪瞪地坐起身，刚想问几点了，游真拉开遮光窗帘，一大片鲜艳色彩猝不及防撞入了翟蓝的视线。客房正对小区楼房的缺口，几乎毫无遮挡。于是他见到了今年的第一个粉色黄昏。

夏日限定的粉天空将世界渲染得无比梦幻，偶尔一两缕橙光、紫光，都是深深浅浅的同色调。雨后天放晴，没有云层，整个城市仿佛瞬间透亮，一扫前几天的沉闷阴霾，明快又蓬勃，连风的形状都清晰可见。

"喏，你的衣服。"游真站在床头，"洗好烘干了，可以穿出门了。"

翟蓝摸了一下，张了张嘴想说谢谢你，然后想起游真说两个人之间不必总谢来谢去的，又急忙想把快脱出口的音节收回，一时表情竟些微扭曲了。

游真看得几乎捧腹："行了行了，我懂你意思。"

"啊。"翟蓝也觉得有趣，低着头笑，"你不喜欢听，我都不知道该说什么了。"

游真："简单，你就说'哥，我饿了，你带我去吃点好吃的'。"

翟蓝："想得美。"

"为什么对叫'哥'这么介意啊？"次数多了游真也不计较，转过身往门外走，"换了衣服就出门，客厅等你。"

翟蓝点点头，想起游真背对着他看不见，又提高音量："马上来！"

不再下雨天气就开始升温，但暂时和闷热还隔着距离。在游真家吃了一顿又睡了一觉，这会儿翟蓝不饿，却期待着待会儿游真带他吃什么。

他们前后相差一步，游真要跟他聊天就会微微偏过头垂下眼。

"对了，你刚睡觉的时候我思考了一下，你说那个巨款……"提到巨款两个字游真还神秘兮兮地把音量减弱到最小，"就，你不是不知道该怎么处理吗？放在银行吃利息听着方便，但根据我的经验，还是不太行。"

翟蓝自己都没怎么存过钱："为什么？"

游真掰着指头跟他算："就按一般银行的大额定期利息算，你那一百万，存三年期吧，每年利息才三万五。现在三万五千点啥都不够，就算你自己有房，住学校开销不大，但这收益连通货膨胀都赶不上，一百万只会贬值。"

摄入陌生知识，翟蓝好在是个对数字敏感的，根据游真的话自己研究了下，末了觉得他说的有道理："你平时怎么理财？"

"我的方法你学不会。"游真想了想，"如果对这方面感兴趣的话可以给你介绍一个人，他专门做这个的，呃……算了，好奇怪，不提了，要么等你自己了解吧。"

翟蓝："你是不是想说像忽悠我？"

游真："有点。"

"我没那么笨啊。游真，我分得清是为我好还是另有所图。"翟蓝笑笑，眼里重新有了光彩。

"不是担心你被骗，"游真想了想，"就觉得有的东西别太主动的好，不然显得我别有所图，关系反而不单纯了。"

"无所谓——"翟蓝伸展手臂，满足地嗯叹了一声，"但你刚刚有句话提醒了我。"

"什么？"

"货币会贬值，不能坐吃山空。既然我现在是一个人过生活，肯定不能整天无所事事。"翟蓝目视前方坚定地说，仿佛找到了人生接下来的一项重要任务。

"得从现在开始想办法赚钱了。"

翟蓝斩钉截铁的话让游真莫名震惊了好一会儿，直到走进预定好的餐厅，他都沉浸在那句"赚钱"里久久回不过神，心道翟蓝到底有多少惊喜是他不知道的。正常人有了一笔存款，不管怎么说总会心里有底气些，把它视作自己的退路。但翟蓝好像因此更加居安思危。

芳草路是一处居民楼里的文化街区，街区里穿插着种满香樟的小巷，街边开了许多新潮或文艺的小店。餐厅也多，除了本地家常菜馆，近年来又多了不少有特色的小型餐厅，大都主打国际菜系，比如这家土耳其菜。蓝绿色的装修很有夏日感，黄昏后光线黯淡，点上灯，呈现出迷幻的氛围。

游真报了手机号，被侍者领到最里面的包间。

包间里是六人桌，沙发上已经坐了好几个人，游真才刚说了句"来了"，一个小孩从角落站起来，激动得涨红了一张脸："翟蓝哥哥！"

翟蓝同样兴奋："丹增！"

男孩好像长高了一点，还胖了一点，头发长了，衣着整齐，身边还放了个崭新的书包，看上去过得很好。他夸张地朝翟蓝招手，又和身边的人换了位置要翟蓝挨着自己坐。

等坐下，翟蓝才有空看向同一桌的其他人。餐桌对面是位壮硕男人，翟蓝有印象，他在游真那张乐队合影里见过，知道他是绿风的鼓手——因为身材实在太抢眼了。

"宋老师。"游真给翟蓝介绍，"健身爱好者，鼓手。哦，对了，他的职业是初中英语老师，你想不到吧？"

翟蓝震惊："老师？！"

男人闻言大笑："你好你好，我生日是一月一日，所以叫宋元元。"

名字甚至有点可爱，翟蓝瞥一眼他被肱二头肌撑得鼓鼓的短袖，茫然点了下头，暗暗地想这差距也太大了吧。

另一个男人留着利落的短发，脸部轮廓硬朗，却有一双含情脉脉的桃花眼，睫毛浓密，这让他非常符合"第一眼帅哥"的标准。他穿着随性，T恤配牛仔裤，坐在那儿没什么表情，见到翟蓝也只简短打了个招呼。

"蒋放。"他自报家门。

翟蓝："你好……"

怎么看着这么冷酷，回过神，他好像就是那个被说"白玛央金喜欢过"的人。

"放放对第一次见面的人都这样，别见怪啊。"满桌唯一的女人开了口，非常大方地对翟蓝举杯致意，"我是丹增的姐姐，白玛央金。小家伙自从到了成都以后就经常跟我提起你。翟蓝，久闻大名哦。"

白玛央金是典型的藏族美女，健康又明媚，小麦色皮肤，黑白分明的一双杏仁眼，笑容让人想起高原的阳光。和照片里不同，她这次没编辫子，瀑布般的黑发直接披散着，直到腰际。她穿着简单，白色紧身背心，阔腿牛仔裤，系一条黑色皮带。白玛央金戴了很多饰品，除却一条细细的项链外，两手上戴着三四个戒指，手腕上有佛珠手串、银手镯、皮革手环层层叠着，看着复杂，却不显累赘。倒是和游真的装束有点相似的复古范儿，时髦又个性。尤其是那个皮革手环，翟蓝忍不住多看了几眼，刻的花纹貌似是什么少数民族文字，外沿镶嵌着一朵银色莲花，最中间好像是……

"红玛瑙。"白玛央金注意到他的目光，把手腕大大咧咧地凑到他眼底，"好看吧？"

翟蓝点点头："做工太细致了。"

白玛央金得意地说："那是，这个手环起码有四十年历史了，我从玉树淘的。"

"怎么又换说法了？"低头敲屏幕的蒋放敏感地抬起头，"您上次告诉我是一个什么土司家的小姐用过的清朝玩意儿。"

白玛央金："那个放在店里了，我可不敢戴。"

蒋放吐槽："迷信。"

话题就此打开，菜也慢慢地上了桌。

土耳其菜也是一堆咖喱、馕，外加各类烤肉。翟蓝对香料浓郁的肉类兴趣不大，更喜欢那碗南瓜浓汤和烤馕。吃饭间，他听着几个人你来我往地互相呛声，回味着微甜的香气，后知后觉。

他现在和绿风乐队一起吃饭。

听起来好有面子。

可跟想象的也差太远了，至少面前这几个人虽然各有各的风格，但只有游真比较像搞乐队的。

几个二十几岁的人坐在一起自觉地端起酒杯，拿着啤酒，好似不来一杯就白吃了这顿饭。宋老师起哄让翟蓝也喝点，但游真不让，只给他点了酸奶。

他像吃席坐在小孩桌，不过翟蓝跟除游真外的人都不熟所以乐得专心吃饭，那些社会人士的话题太复杂了：蒋放吐槽客户和领导，宋元元抱怨现在的学生家长太难处、青春期小孩太难带，白玛央金则说生意不好做。游真不怎么开腔，他更像捧眼，在朋友堆里少了独当一面的气质，没有和翟蓝独处时那么开朗，也不去主动提起话题。但看得出，他们之间关系是真的好。

自己的同龄朋友在若干年后会有几个能这么聚在一起呢？

岳潮，董成，还有其他人……

友谊或许真的需要维系，倘若游真他们的纽带是绿风乐队，那自己的又该是什么？

这么想着，翟蓝有点出神，望向游真的位置。

正用筷子在沙拉里挑小番茄吃的游真忽然抬起头，两人四目相对，翟蓝不闪也不躲，原本还有点偷摸着的眼神霎时光明正大。他单手撑着半个侧脸，微微偏过头，被游真投以一个疑惑的皱眉后，不自觉地笑出来。

"干什么？"游真朝他做口型。

翟蓝摇摇头，咬住叉子，也无声地说："吃饱了。"

游真没看明白，还要问，身边的蒋放突然喊住他："哎，游真，你明天转点钱到尾号 6888 那张卡里，帮我买点理财……"

"又买？"游真说，但没感觉特别为难，"这次买多少啊？"

蒋放毫不客气地说："五十万。"

游真一时对他这种"狮子大开口"的行为有些无语。

蒋放："别说你还缺这五十万啊，我不信。"

听了这话宋元元一愣，随后笑到锤桌："'富二代'惨遭勒索还被嘲讽，究竟是友情的沦丧还是人性的缺失？"

"蒋放在银行做理财经理，有业绩考核，季度末差一点了就会找游真帮忙……"白玛央金转过头看见翟蓝和泽仁丹增两人一头雾水，好心地解释，说着再转过头，"游真你救救他吧，两年多了也没让你亏过钱。"

游真举手投降："好，五十万，改天给你转过去。"

蒋放："谢谢财神。"

游真说："一边去，再乱喊一句我销户。"

这段对话仿佛一个小插曲，旁人都没当回事，唯独翟蓝暗暗记下了蒋放这份工作。他算了算自己的存款，感觉有必要找个时间跟这位前辈学一学。等下，游真刚才欲言又止的"认识个人"，恐怕就是他，好像也不是不能考虑……

翟蓝认真得仿佛在做课题，余光扫见泽仁丹增啃掉整个烤鸡腿后蘸料抹了满脸，他拿起一张纸习惯性地递过去。

"谢谢翟蓝哥哥……"泽仁丹增小声说着，狼狈地擦净了脸。比起在林芝时自由自在不把这些当回事的随性，他身上似乎有什么东西悄无声息地改变了。

"今天去上学了吗？"翟蓝问，眼神示意他的那个书包。

泽仁丹增否认，又补充道："去补习了。"

翟蓝记得游真提起他时说早就找好了借读学校，思及泽仁丹增读书晚，但再怎么也是个小学生，怎么暑假还没到都开始补课了？

他以为是白玛央金要求高，皱了皱眉："姐姐要你去的？也不留个适应期……"

"是我要去的。"泽仁丹增表情变得尴尬，"我、我英语和数学都跟不上，年纪在班里也是最大，上次考试的成绩很不好——"他一紧张，说话时嗓门就大，轻而易举吸引了全桌人的注意力，成了新的话题中心。

"什么补课？"蒋放解决了业绩，心情肉眼可见变好，对泽仁丹增说，"让宋老师给你开小灶一对一针对性补，别跟他客气。"

泽仁丹增不知所措，只看着姐姐。

白玛央金笑笑，没有立刻表态。

男孩的样子有点可怜，结合他刚才诉说"跟不上"的神情，翟蓝几乎能联想到他在学校的样子。按照他以前的性格，大概率就当作听不懂，什么也不会说，现在却不一样了。

"丹增，要不我给你补课吧？"翟蓝突然说。

那双清澈的眼里瞬间有了不一样的神采。

"真的？"泽仁丹增像抓住一根救命稻草，"可我很笨，学得慢……"

"没关系，夏天还长，不是吗？"

说完，翟蓝抬起眼，对上不远处的游真，抿着唇，不好意思地笑了笑。

"我看行。"游真说，主动加入了话题，"央金，翟蓝在找暑期家教，要么你试试？他是高材生，地点吗？就在我那儿吧，假日的后院，离你也近。"

泽仁丹增期待地看向她："姐姐……"

"好吧。"白玛央金松了口气，摸摸泽仁丹增的头发，望向翟蓝，欲言又止。

给泽仁丹增做一对一家教这件事定了下来，依照游真的建议，地点在假日后院的一个小包间里。位置靠最角落，白纱帘放下后笼罩出柔和的光线，一片安静。

第二天刚好是周末，翟蓝起了个大早，带着崭新的笔记本兴致勃勃地前往假日，开启这份新的工作。

他最初很有信心，毕竟在村小学已经有了教学经验，而泽仁丹增，又是仁青村成绩较好的几个孩子之一，翟蓝并不觉得这份工作有多难。他下意识地认为，白玛央金最初欲言又止，可能对自己这个初出茅庐的半吊子老师不放心。上课半小时后，这念头完全消失，翟蓝突然懂了白玛央金的担心——不是担心他教得不好，而是担心他暴走。

泽仁丹增这孩子太难教了。原因翟蓝也都明白，泽仁丹增与城里孩子的成长环境完全不同。他在林芝的小村庄里长到十来岁，绝大部分时间都是"自然生长"。即便李非木对泽仁丹增的理解能力赞不绝口，但基础落下了，念书的年份加在一起也和城市的孩子完全没法比。加之泽仁丹增眼病尚未痊愈，每次学习时间有限，到点儿了就必须按时休息。

翟蓝以前在仁青村小学教过课，那时却是玩闹居多，而且孩子们的课业压力跟城市里的孩子相比小了不少，他们更需要成年人的关心与爱护。他陪着他们玩，和他们一起笑啊闹啊，从没想过必须让对方学会什么。

种种原因加在一起造成泽仁丹增学课文还算跟得上，但遇到从前没怎么接触过的英语和难度明显上了不止一个档次的数学，他的脑子会立刻转不过来。

翟蓝习以为常的解题思路，泽仁丹增不能理解，他又一时半会儿找不到解释方法。时间仿佛就此凝滞。

游真端着两杯饮料掀开帘子走进包间，看到的就是一大一小相顾无言，对着面前摆放的小学五年级数学习题册发呆的画面。

"怎么啦？"他忍俊不禁，在翟蓝旁边坐下，"在教什么？"

翟蓝痛苦地捂住脸。他不会对泽仁丹增发脾气，但现在的郁闷也无法排解，只能一个劲儿地叹息。对面的泽仁丹增见状更局促，一只手抓着笔，另一只手无处安放。

了解大概情况后游真拿过题目："嚯，现在小学就开始讲方程式了？"

"嗯。"翟蓝挠头，"低估了现在小学生的压力。"

游真没憋住，扑哧笑出了声："小蓝老师，你是数学系的高材生，有没有搞错？丹增不知道怎么代入，你顺着他的思路去讲，题会做不就行了。"

"我想给他讲明白。"翟蓝固执地嘟囔。

游真沉默片刻，对泽仁丹增说："休息时间到了，你出去跟小雨姐姐玩一会儿？"

泽仁丹增知道游真有意把自己支开，忙不迭地点头，接过游真递给他的那杯饮料走出包厢。

"你觉得我的方法有问题。"翟蓝笃定地说。

游真否认了："我是觉得你要顺着他去理解他眼里的世界，不能一蹴而就。教他，不是'认真'就够，更不能强行让他适应环境。"

翟蓝沮丧的情绪被游真轻而易举地安抚，趴在桌面："啊……我不知道……"

"顺其自然就行。要不你换个思路。丹增过来主要是为了治病，不是要考多好的学校。央金呢，也是担心他的身体，健康是第一位的，咱们对他宽容一些，慢慢来。"

"知道。"翟蓝瓮声瓮气地应，"我等会儿试着换个方法讲应用题。"

游真："这就对了。看小蓝老师这么辛苦，要不再给你加个甜品？"

翟蓝睫毛翕动，也回过神来，嫌弃地说："你店里东西贵，我可不占你便宜。"

游真不在意地笑了笑，拿过饮料往翟蓝面前推："对了，我拿这个是想让你试一下？"

"新品吗？"翟蓝坐直了。

游真笑笑："对啊，不是让你来给我做免费试吃？赶紧的吧。"

翟蓝拿着吸管用力地搅拌了几下，杯子中液体清澈，分不清是什么成分，但蓝得很好看。冰块撞击在透明玻璃杯壁上，发出一阵清脆的响，恰到好处地安抚着他刚才急躁的心情。

猛吸一口，翟蓝被冰到倒抽气："好冷……"

"透心凉，是吧？"游真露出诡计得逞的狡猾。

最初的冰消退后紧接着是薄荷味，有点酸，又不太尝得出具体的口感，而翟蓝还在细品，这点酸却逃走了似的，突然捉不住。可就在意犹未尽时口腔内渐渐地回甘，带点甜，不像糖浆，翟蓝居然无法形容。这味道有点让人上瘾了，翟蓝连喝好几口，满足地抬了抬眉毛。

游真问他："喜欢吗？"

"喜欢。"他诚实地回答，"有股薄荷味。"

"还有呢？"

翟蓝闭起眼仔细回忆："海盐？但酸的不应该是柠檬或者柚子吗？"

游真差点给他鼓掌。

猜对成分，让翟蓝蓦地信心大涨。他再次观察玻璃杯的形状，与记忆中那条朋友圈里的"待定"逐渐重合了一些。但那杯饮品的蓝色比眼前的更深，最顶上有一圈白应该是有加奶油或者芝士，把冰块做成像雪山的形状。

"不是之前你发过的那款？"翟蓝问。

游真了然地点点头："这是不加奶版本，我尝了下感觉这样更清爽。"

"你得把两杯都放在一起给我试试才行。"翟蓝开玩笑，又喝了口，"还没上菜单，那我是除了你以外第一个喝到的吧？"

"对啊。"游真侧过身，手肘靠在桌边，"起个名？"

"我？"

"嗯，你。"

翟蓝好笑地问："为什么？"

游真抿着唇，表情短暂的没那么坚决了："本来想叫'南迦巴瓦'，想了想还是觉得不太恰当。口感像 Mojito，有一点点扎人，跟你似的。"

无论如何，这杯饮料算是他们友谊的见证，好像预示着他们会有更多的故事留在假日。

"你歌单里有首歌我很喜欢。"翟蓝飞快地眨着眼，"就那个，*This Is Water*。"

这首歌最初的钢琴旋律温柔，像宁静的湖水，慢慢地进了弦乐，重复的旋律仿佛涟漪扩散开，一层一层地叠加。接着是轻缓的打击乐，转瞬归于沉寂，键盘声小了，只有弦乐依旧连绵不绝如泣如诉，安静几秒钟，吉他和弦有进行曲的节奏，写着水的心态千变万化。

湖水倾倒，漫延，澎湃，要回到天空了——

人声是最后加入的，干净有力，涤荡掉所有器乐后，吟唱仿佛带来了最纯粹的力量。

"我很喜欢那首。"翟蓝不好意思地说，"我听了好几次。"

这首歌在游真的歌单已经躺了很久，他没试图推荐给任何人，只有一次共同听歌时随机播放到了，翟蓝竟然会一见钟情。

游真除了意外，唯有遇到知音的欣喜。他和翟蓝本来是毫无交集的两个人，兴趣爱好、人生经历、家庭背景几乎没有任何可以重叠的地方。但当他们相遇，宛如火花迸裂出五光十色，不需要多说什么，就能听到对方内心的言语。

没有人会舍得拒绝这样的默契。

假日的夏天新饮品叫"This Is Water"，用以纪念他们喜欢的一首歌。

像水晶一样

最初那个雏形出现时，游真看到了南迦巴瓦的雪崩。

翟蓝平时要到学校上课，他和泽仁丹增共同做了一张课程表，主要在周末和周一、周三、周五晚上。和游真谈过后，他放慢节奏，和泽仁丹增一起做题。

持续一周后，翟蓝习惯了这样的节奏。他甚至开始一有空就抱着电脑和书本来到假日，除了喜欢在店里待着，也有刻意躲开李非木的意思。自从那次在姑妈家吃过饭后，李非木找了翟蓝好几次，他不想针对表哥，可心里的隔阂还没有完全消失。

翟蓝知道李非木是无辜的，所以为避免自己冲动之下说出什么破坏两个人友谊的话，他发了一条信息给李非木，说希望暂时不要交流，两个人都冷静点。

第二个周一晚上九点半，白玛央金来接走了泽仁丹增，给翟蓝结了补课费。他没跟白玛央金客气，大大方方地收了，末了请泽仁丹增吃了一块小蛋糕。

假日的营业时间从早上十一点到晚上十点，但工作日，再加上并不售卖酒精饮料，九点以后通常就没什么人了。几个店员轮班，这天值班的小雨有事，游真让她先走，等翟蓝结束时，外堂只剩游真和那只肥猫。

肥猫名叫"游老板"，翟蓝第一次听见这名字时无语了很久。

游真："名字不是我起的。"

他此言非虚。

　　游老板作为流浪猫，最初是蒋放领养的，他对它无比溺爱，将它喂得膘肥体壮。后来蒋放升级当爹，无暇照顾它，被正牌游老板收留，从此解决了后半生吃喝问题。不过此猫性格阴晴不定，给人撸给人抱全看眼缘，没有规律。

　　翟蓝以前挺喜欢它，但第一次接触就被游老板挠了，虽然没有出血，但至今心理阴影尚在，没敢再摸。

　　入夜，假日的灯光温暖，游真站在吧台里收拾杯子，偶一抬头，见翟蓝和游老板对坐，各自占据桌子的一张座椅。

　　翟蓝的小眼神不时瞥一下奶牛肥猫，伸出手，又默默地缩了回来。

　　"你看它干什么？"游真好笑地问。

　　"想摸。"翟蓝痛苦地说，"但我怕它再挠我。"

　　"其实混熟了就发现它挺可爱的。"游真给猫打圆场，"明明很尿，又要装得强横不太好惹。挠了别人吧，想道歉又怕别人不高兴，走两步退一步，就等着别人主动去摸，这脾气也不知道像谁。"

　　这不和你一模一样。翟蓝在心里嘀咕。

　　游真："摸吧，没事儿。"

　　给猫的性格做了深度剖析，翟蓝放了点心，被游真撺掇着伸手，游老板立刻弓起背对着他哈气，翟蓝又讪讪地抽了张纸掩饰尴尬。

　　看到翟蓝的动作，游真只觉得滑稽。

　　"对了，你不回去吗？"

　　翟蓝的余光还在瞥游老板，回答得心不在焉："回去也没事做，明天下午才有课，我就在外面多待一待，又没谁会管我。"

　　被猫针对到底是有气，翟蓝最后半句话说得不前不后，只像泄愤。

　　但游真听了，感觉翟蓝有点委屈。和在拉萨时如出一辙，别人说"没谁会管"只当小孩子傲娇，唯独翟蓝理直气壮，和他姑妈一家几乎算暂停往来后，不到二十岁的年纪，就成了孤家寡人。

游真略一迟疑，直接问出口："你家在哪儿？"

翟蓝说了个小区名。

离芳草路坐公交大概七八站，地铁四站，不远不近的距离。

擦干净一个杯子，游真看也不看翟蓝的反应，自然地说："要不你再等我半个小时，打烊关店后我送你回家。"

翟蓝没说好，也没直接拒绝。

片刻沉默放大了安静，游真想要打破这种无声的尴尬，抬头正要问"行不行"，对上翟蓝似笑非笑地戏谑眼神。

"你怎么送我？"翟蓝扬起下巴，"骑摩托车？"

色拉寺后山，穿梭在风中拐过曲折小路，翟蓝被一句"第一次骑"吓得差点原地起跳，这些游真都还记得，他甚至在这一刻看见了发白的灯光。

游真不知翟蓝想起那段经历是否和自己一样记忆犹新，不过可以确定翟蓝还记得被他"第一次骑"而吓得差点跳车的仇。

"我有摩托车驾照。"游真瞪了翟蓝一眼。

翟蓝没说什么，但随后就乖乖坐在原处继续不时伸手试探一下游老板，拿纸巾搓成条逗猫，等游真结束。

九点五十分，假日里没有任何客人，顺利闭店。

给游老板套上牵引绳抓回楼上的家，游真再次从小区出来后，推了一辆款式复古的自行车。纯黑车架，车座与把手裹着棕色皮革，前方配有照明灯，与后座的所有亮银金属部分一样挂有笔筒状的同色收纳袋。

共享单车盛行后，翟蓝就很少在路上看见有横梁的自行车，他几步跑过去，打量着这辆车，不由得笑出声："我以为你骑摩托呢。"

"摩托也有。"游真拍拍车座，"但感觉你会更喜欢这个。"

研究着凤凰牌的铭牌，翟蓝雀跃地绕着它转了一圈，伸手拨铃铛。

"叮叮"，水滴般的响声打破夜晚的沉寂，灯影黯淡，香樟树在风中轻摇，时光仿佛能就此倒退至节奏更慢的过去。

翟蓝看那个车灯："怎么不亮？"

"踩踏板。"游真说。

翟蓝蹲下身，抓住踏板用力地转。然后车灯亮起，灯光时强时弱，仿佛一束清晨的阳光。翟蓝的脸被照亮，游真一恍惚看到翟蓝的笑容，产生错觉，这好像应该是哪部电影中的情节。

"好玩？"游真忍俊不禁地提醒，"上车了。"

翟蓝直起身拍掉双手灰尘后把包背好，跨坐在金属后架上。

自行车后座没有垫子，夏天衣裤单薄，翟蓝接触到车架稍微有点不舒服，但尚可克服。看一眼自己触到地的两条腿，他试图往上收，然后很快发觉这个姿势让他坐着难受，没动还好，等会儿开始骑车，脚底必然一路擦着柏油马路到家。

翟蓝赶紧提出抗议，拽游真的衣服下摆："你车后座太矮了！"

"啊？"游真停住正要出发的动作，回头看一眼翟蓝的脚，窘迫于自己居然没考虑到这个可能性，"那怎么办，你要不……"

翟蓝试图在后轮轴附近找两个落脚点。

"你站在车座上？"游真提议。

被翟蓝毫不留情地否决："不要，太高了。"

车铃纠结地响了两声，靠外的居民楼，灯又亮了两盏。翟蓝下车，"要不还是去坐地铁"的话堵在了喉咙口，他又不甘心就这么放弃。

只剩下一个选项，翟蓝别别扭扭地靠近单车，侧坐成功，然后假装若无其事地看向正前方。

"好了。"翟蓝拽了拽游真的衣摆，"出发吧！"

游真拉长声音："遵命——"

话语消散在风中，铃铛作响，黑色单车碾过两片树叶，灯光照亮面前方寸，顺着柏油路边缘一路往前。

自行车穿街过巷，偶尔与亮着"空车"红牌的出租车擦肩而过；街边约会完的小情侣捧着花依依不舍地告别……

城市还未入睡，街边有积水，倒映出各色霓虹。

夏夜的烟火气与拉萨完全不同，这是他和游真熟悉的城市。

第一次在 Zone 见到游真，他想过现在的画面吗？

翟蓝莫名地神游，单车前进时路过小坑，蓦地有些颠簸。游真全然不在意路况，骑车时还吹一两声口哨，和着车铃轻松又快乐，好似沉浸在享受与晚风的近距离接触。

翟蓝想起他们上次一起骑摩托车，一起从山坡俯冲，突破浓雾。他喜欢这种类似飞翔的感觉。

城市没有崎岖的道路，也不用时速四十公里疾驰。单车速度变慢了，在几个呼吸起伏后再次回归正常。

"我突然好像懂了。"翟蓝喃喃地说。

拐进一条小路，环境安静，这句自言自语被游真捕捉到。

"什么？"

"为什么当下的人没那么浪漫了。"

游真："啊？"

游真的这声疑问，让翟蓝回过神来，他立刻坐直，结结巴巴地说道："没、没什么……"

翟蓝的思绪有些混乱，想着该怎么解释刚才的失言，前排，游真的声音提高了些，在夜色里听着很亮。

"我听见了。"带着笑，游真略偏头发现看不见翟蓝表情后再次注视前方，他的语气比平时慢一些，"怎么，你想在今天晚上做一个诗人？"

翟蓝窘迫得差点原地找缝，他生硬地反驳："不想！你闭嘴吧。"

游真开始哼歌，心情似乎特别的好。

"你在唱什么，有点耳熟。"翟蓝问，想缓解刚才被调侃的窘迫。

旋律停半拍，游真答："《那些花儿》。"

> 有些故事还没讲完那就算了吧
> 那些心情在岁月中已经难辨真假
> ……

翟蓝见游真一点都不在乎的样儿，也放松下来轻轻呼吸，听着游真轻声哼唱。

街灯突然忽闪，单车铃声与"啦啦啦"的节奏微妙贴合。

翟蓝希望这条路无限延长，没有终点。起码听游真哼完一首歌。

居住近十年的小区还是到了，这处房子是为了方便翟蓝念书而买的，离老爸当时的单位有点远。翟蓝本想着读大学后再住回去，因为兼职工作一直耽搁着，没想到没过一年，老爸就匆匆忙忙地走了。

那以后，翟蓝就没再想房子的问题。位于城西的旧房子之前一直在出租，今年租户没有续，搬走后，现在暂时空置着。但翟蓝觉得现在住着也挺舒服，离芳草路更近点，就没管。

游真停在门口，把单车固定好。

"就是这儿？"游真左顾右盼一圈，恍然大悟，"想起来了，我在对面小区补习过！这一片挺多大学老师住，我以前读的是附中。"

翟蓝笑着："是吗，这么巧啊。"

"不过我补课那会儿你应该还是小学生。"游真比画了下想象中不到十岁的翟蓝的身高。

"我不嫌弃你年纪大。"

游真闻言眉梢一挑："那当然了，成熟有成熟的优点。"

"也没觉得你成熟。"

游真："差不多得了！"

翟蓝笑了会儿，指着大门说："那我先回去了。"

"嗯，我骑到家刚好睡觉。"

"路上注意安全。"翟蓝往后倒退一步。

游真："好的。"他目送翟蓝刷开门禁进入小区。

夜晚阴影浓重，灯光照不清翟蓝脚下的路，很快连他也一起淹没。游真拨动车铃，耐心地听了会儿不同力度的差异。

第二天，游真去银行找蒋放，他把卡和身份证一起扔过去，然后就在宽大舒服的椅子上坐好，拿了包茶叶。

"那边有杯子。"蒋放指了指饮水机的方向。

"不用。"游真只研究着茶叶包装，过了会儿嫌弃地重新放回原位，"你平时就招待客户喝这个？难怪拉不到资源。改天去假日前给我说一声，送你点儿好茶。"

蒋放只顾低头写着什么文件，头也不抬。一会儿，他把几张纸推向游真，"看一看，这是我给你那五十万做的计划，等另外八十万赚了点我打算——"

"行，你定。"游真低头签字。

蒋放无语："游哥，你好歹装装样子看一眼吧。"

"我又看不懂。"游真心宽地说，"赔个百分之十都无所谓。"

"有时候确实很烦你们这些有钱人。"蒋放彻底对他无语了，他把文件收好，忽地想起另一件事，"哦，对了，东门的那套公寓还租吗？"

回忆了下是哪套公寓，游真隔了会儿说："租吧，你有朋友在看房？"

"就一认识的人，谈不上朋友。"

游真说："那一会儿把中介电话发你。"

蒋放没应，试探着问他："要不……我领他去看，能定下来的话你直接把中介费给我？打个折，你看着给，怎么样？"

"没问题。"游真一口答应，末了终于发现今天对面的好友哪里不对，"怎么，你打算改行做房产中介，拿我试水？"

"等你有孩子就知道了。"

"暂时没这个想法。"游真打了个太极，又问，"你现在上班，闹闹怎么办？"

提到某个名字时，泰山崩于前也只想赚钱的蒋放终于露出了痛苦神色。他夸张地整个人都要砸办公桌，但碍于公众环境，最终只能长叹一声。

游真想笑，更疑惑："你把人家怎么了？"

"已发配幼儿园。"蒋放无情地说。

"还不到两岁就送幼儿园？"

"算下来和请保姆大差不差，而且迟早要去，赶紧送了吧。"蒋放说这话时表情都扭曲了，"但是再过一个月幼儿园也放假，我估计得请年休带娃，实在不行只能把爸妈接来……"

听他抱怨，游真不语，只是笑。

"谢谢你啊，游真。"蒋放最后说，"每次都帮我完成指标，挺不好意思的。"

"没事儿。"

对游真而言，把钱放在银行买理财不是最划算的投资，也没稳妥到哪儿，只是考虑到蒋放毕竟是他这么多年的朋友，能帮就帮一把。

蒋放和游真不一样，他的生活现在容不得一点行差踏错。

他们是大学同学，那时蒋放是男生眼里的人生赢家，女生眼里的大众情人。蒋放专业成绩第一，是学生会的部长，又会弹钢琴、玩吉他，唱歌好听，连女朋友都是全校最漂亮的校花。但他风华正茂的人生在最辉煌的二十三岁戛然而止。

蒋放读研的第一年，女友跟他分了手，消失几个月后突然回来告诉他怀孕了。孩子是不是自己的蒋放不敢确定，那时月份大了要做人流也危险，想了想，咬咬牙，挨了父母一顿打，蒋放决定和她结婚。

蒋闹闹在次年春天呱呱坠地，女友却没有按照承诺嫁给他，而是留下一笔"抚养费"后再次消失了。

亲子鉴定最后没有做，蒋放的决定，他说不是骗自己，总不能让孩子彻底变成孤儿。

游真至今都记得那段时间蒋放有多崩溃，连借酒浇愁也不敢，因为家里还有个不会说话只会哭的蒋闹闹。但他心态转变也快，和学校商量后就直接去找工作，进入职场后再转非全日制研究生，从此开始提前赚钱养家。

蒋放的家境不算富裕，因为这事，父母跟他冷战好久，最近总算有了破冰迹象。

所以游真总想，能帮就帮吧，反正自己孑然一身。

但坐在这儿，忽然又想到了别的事，游真单手托腮："前几天，我妈问你还有没有谈恋爱的打算，可以给你介绍一个新加坡回国的女生。"

蒋放一愣："给我？"

"啊。"游真说，"你在我妈那儿形象可好着呢。"

"谢谢阿姨，但我这种未婚当爹的还是别耽误别人的青春了。"蒋放自嘲着，反问他，"阿姨怎么没先给你介绍？你现在一个人在国内也不和谁交往，不替你着急？"

"我确实没想过这些。最近想通了，还是专注当下，至于跟谁过一辈子……可能我还是害怕面对婚姻。"

敲键盘的声音停了半拍。

"害怕？"蒋放不可思议地凑近游真，"和央金猜的一样。"

"啊？"心里咯噔一声。

"央金和我聊过，大概就是大学那会儿，她觉得你无法和谁维持亲密关系，是不是因为有过什么心理阴影。"蒋放有理有据地说，"但我记得那时你感情上没出过大问题，所以只觉得可能是家庭问题吧。不过这些太隐私了，你不提，我们也从来不问。"

游真的瞳孔微微收缩，一时竟不知是先佩服蒋放的智商能瞬间锁定正确答案，还是先感叹他居然能毫无障碍地在几年前就猜测到问题与原生家庭有关。

游真眼睛眨了眨："你……"

"怎么知道的？"蒋放笑了，"得了吧，你的人生那么完美，父母出国却没有跟着去，可见在这儿，你有留恋的东西放不下。"

"干吗？"游真有点不自在，"有那么明显吗？"

"还可以更明显一点。"蒋放说，"除非你没把我们当朋友，继续瞒到底。"

"太久了，那些事。"游真半晌才说。

弟弟是他不愿意提起却又想得到安慰的一道疤，无论什么时候说起，当飘飘荡荡的尾音下落时，就像落叶归根，随时会被一阵微风卷走似的。

嘴唇内侧被自己咬出发白的牙印，目光游离，过了会儿游真才迎上蒋放探究的目光："我总觉得自己害死过谁，但翟蓝告诉我不要总是自责。"

"对啊。"蒋放看着他，"事情已经发生了。"

蒋放那么聪明，游真在他面前不需要对前因后果讲解仔细。

"这么多年过去了，我会想遗憾到底是什么？"游真露出一点迷茫，"翟蓝失去过亲人，我也失去了亲人，他没有害怕，我反而沉浸在悲伤里裹足不前……"

"闭嘴，看我。"蒋放伸手在他眼前一晃，紧紧地抓住注意力，"你哥们儿谈恋爱谈出个最坏结局，支离破碎的，还搞出蒋闹闹这么个累赘。在你们眼里，我就是感情生活最失败的那种——"

"我没这么想过——"

"你听我说！"蒋放打断他，"我，一点也不后悔，因为我每走一步就不会回头看。"

灯光和白墙太亮，他有瞬间辨认不出蒋放说这话有多少是真，又有多少假。

蒋放不等他有任何反应，继续说："一段感情的持续不是以有多喜欢对方为衡量标准，你认为值得就不会错。游真，如果总是顾虑重重，始终走不出这一步，等僵持太久，心照不宣的感觉消磨殆尽了，到那时还剩什么呢？"

沉吟片刻，游真问："你跟我说这些干什么？"

蒋放没有回答他。

但游真已经完全明白了。余生还长，他不能再陷入悲伤无法自拔。倘若如此，他的勇气会被消磨殆尽，直至错过漫长时光中的幸福光点。

翟蓝坐在教室最靠墙的位置，筛选着平板里的招工信息。

翟蓝时而叹气，时而聚精会神，成功地吸引了坐在隔壁的董成同学。

"翟蓝，你在看什么？"他问。

翟蓝也不避着谁："打算找暑假工，咖啡店，家教，或者麦当劳。"

平时没展现出家庭有困难，董成又认识他没多久，对翟蓝的个人情况一无所知，闻言只当他要体验生活，调侃着："你缺钱？"

"很缺。"翟蓝严肃地说，"下学年的学费还没人给。"

这么一提好像问题大了，董成跟着他犯愁："那怎么办？"

"先找兼职。"

董成看他的模样真不像说说而已，揉了揉鼻子："我倒知道有个工作，但不知道你现在能不能参加。咱们学院有两个实验室，最近在找本科生帮忙跑数据，不太累，就在学校里。我认识里面一个学姐，可以把你的微信推给她。"

闻言，翟蓝眼前一亮："真的假的？"

董成强调："不过丑话说在前头，他们的要求很高，我们俩名义上只能算准大二，教授同不同意，我不能打包票的。"

"你先推给我……"翟蓝说着，手机突然弹出一条消息。

游真："今天来不来吃晚饭？"

随手回了句"来"，翟蓝转过头，继续和董成深入了解实验室。

董成说话算话，没两天就把翟蓝拉进一个小群，介绍说这个是研究生院二年级的学姐，导师在本校算得上数一数二。

学姐徐菁懋寒暄了几句单独加上翟蓝，然后委婉地表达了拒绝。

她的意思很简单，翟蓝毕竟只上过大学一年级的基础课，哪怕绩点在整个专业都名列前茅，但对他们实验室显然不够好，而且专业知识不足，恐怕很难胜任。翟蓝表示了理解，其实也没多沮丧，在徐菁懋说"以后有机会"时，他回答"谢谢学姐"。

但徐菁懋大约不太好意思，答应董成，又没帮得上忙，问翟蓝："你现在是在找工作？"

翟蓝和她不熟，说："自己在赚生活费。"

微信沉寂了会儿。

徐菁懋："介意做家教吗？"

没有设想过的话题延续，翟蓝连她的面都没见过，还没想好怎么回答，徐菁懋那边又啪啪啪地发来一大串："小董告诉我你现在紧张学费的问题。不太清楚你的情况，但暑假工的话，我这边有个还不错的家教可以介绍给你，学生高一，需要长期补数学和物理。之前两年都是我在做，你如果有兴趣就直接告诉我。"

翟蓝脑子里"嗡"的一声，接着啼笑皆非，不知该说董成的思维太活跃还是太为他考虑。随口一句话，被董成记在心里，还替他在学姐那儿求情。尴尬有，但更多是触动。

徐菁懋见他不回复，以为是没把具体情况普及到位，又说："学生是附中的，住在城区。我是外地人，暑假要回家补课不太方便，之前答应家长要帮她找个靠谱的暑期家教。家长的想法是一周上三到四次，每节课两个小时，给五百。"

她顿了顿，又露出抱歉的神情："不过你还是本科生，可能到不了那么多。但你刚高考过，也有自己的优势在，我尽量帮你把价格谈高，你看怎么样？"

原本不太想当家教了，翟蓝看见这价格，又莫名其妙地心动。

"好的。"翟蓝说，"谢谢学姐照顾。"

塞翁失马焉知非福，失去实验室的兼职，却突然得到另一个机会，翟蓝此前甚至没想过素不相识的学姐会这么帮他。

徐菁懋办事效率极高，当天下午就给了翟蓝对方的反馈。

学生的父母是生意人，自己开公司，平时太忙再加上小孩偏科严重，所以对这方面很重视。他们要求先面试，如果顺利的话等徐菁懋的课时结束就能开始。

翟蓝性格是内敛一点，但这种时候倒也不会怯场，没怎么犹豫，就答应了。

面试时间约在周五。

对方地址在芳草路附近的一个别墅区，位置很好找，他曾经和游真一起路过。翟蓝提前二十分钟到门口，徐菁懋已经在等他了。

和想象中或温柔或开朗的学姐不同，也与微信聊天中体贴细致的初印象大相径庭，徐菁懋的打扮偏中性，烟熏浓妆，一刀切短发，内里有浅灰色挑染，夸张的大耳环和衣服上的亮片让她看起来很不好惹。她靠在门边玩手机，满脸冷漠，像电视剧里生人勿近的恶女。

翟蓝刚开始不敢认，试着喊了一声学姐。她抬起头迷茫片刻，锁定目标后露出了一个很可爱的笑容："你就是翟蓝？"

翟蓝："嗯。"

徐菁懋个子高，长腿一迈，大姐大似的拍了把翟蓝的后背："走吧，速战速决！"

学生父母都在家，两人性格温和，说话也轻言细语的。即便言语间有对翟蓝经验不足的担忧，但表达够委婉，反而让翟蓝能认真解释。

最后还是一节课定了五百块，能这么顺利离不开徐菁懋的帮忙，她和学生家长熟，拿翟蓝的高考成绩说事，又劝道"刚高考完没多久对知识点肯定更了解的"。徐菁懋舌灿莲花，打消了家长的顾虑。翟蓝只需专心和学生聊天，了解情况。

这天不用上课，合同签完，谢过学生家长，两人便离开了学生的家。

到小区门口，翟蓝想着得感谢徐菁懋，问道："学姐，你现在要回主校区吗？不着急的话，我请你吃个午饭？"

徐菁懋扑哧一笑："你请我喝杯饮料就行。"

芳草路最不缺的就是各路饮料店，奶茶、咖啡、特调鸡尾酒，应有尽有。翟蓝想着来都来了，给徐菁懋介绍假日，对方欣然同意。

抵达后，翟蓝没在店里看到游真，店员小雨说他去送外卖了。

阴天，室内光线不佳，徐菁懋就选了室外的台阶位置，用两块垫子当座椅，随性又方便。她要了澳白，翟蓝又多请她一份蓝莓拿破仑。

他知道甜品是游真的拿手好戏，果然，徐菁懋尝了一口就大呼过瘾。

"在附近补了两年课居然从来不知道这家店！"她捧着杯子，扭过身打量店里偏北欧风格的装修，"翟蓝，你怎么发现的？"

翟蓝没直接说认识老板，再者那也是之后的故事了，而是答道："看点评推荐。"

"我确实不太爱看那个……"徐菁懋失笑，抿了口咖啡又说，"对了，翟蓝，微信里没有跟你提过，但实验室的相关情况还忍不住想跟你多聊几句。"

翟蓝情不自禁坐直了一些。

"小董把你之前两个学期的绩点和专业成绩排名发给了我，确实非常非常优秀，但你现在还不能胜任实验室的工作。我话说得直白点，专业水平不够。"徐菁懋看向前方，思索片刻，"不过老师希望等你读到大四，理论基础打扎实了，如果那时你依然对他的研究方向有兴趣的话，可以主动跟他联系。"

她说得其实很清楚，翟蓝先是迷茫，随后不可思议地睁大了眼："王教授？"

"对呀。"

至少他在教授那儿留有印象了。

翟蓝郑重地回答："我会的。"

翟蓝心情不由自主大好，虽然现在没想过未来是深造还是读书，但不妨碍他和徐菁懋聊那些对他来说尚且陌生的领域。徐菁懋性格直接，大大咧咧的，对他没太隐瞒，算得上是知无不言了。后面涉及了学术问题，翟蓝正和徐菁懋聊得投入，一辆熟悉的黑色单车停在街边。

"然后王老师怎么说？"被话题吸引，翟蓝身体不由自主地前倾。

徐菁懋吃掉最后一块拿破仑："没说什么。啊，吃完了。"

"还想吃什么吗？"翟蓝问。

徐菁懋看一眼手机，站起身："算了算了，下次吧，我还有事就先走了。今天多谢款待，改天我请你。"她说完拎着包轻快地离开。

抬眼目送徐菁懋，翟蓝的一句"拜拜"尚未出口，视线落在门边站着的人身上，眼睛一亮，霎时什么送别和礼貌都忘了。

"游真！"翟蓝喊他，"什么时候回来的？哎，你染头发了？"

那头显眼的墨绿一夜之间染回黑色，但在阳光下又有点奇异的蓝光。游真没说话，不咸不淡地笑了笑，好像就这么应了他，然后抬脚往店里走。

翟蓝赶紧抓起手机背包，亦步亦趋地跟上他。

"刚才小雨姐说你送外卖去了。"翟蓝和他说话与以往没有分别，"店里什么时候可以送外卖了呀？以前都不告诉我。"

"一直能送。"游真简短地说，走进后厨。帘子又掀开，游真端着一小块甜品走出来。他看见翟蓝，"喂"了一声，抬起下巴示意不远处的小茶几。

"给我的？"翟蓝伸手去接盘子。

游真没给他，自顾自地走过去。

翟蓝跟着他走，不坐，站在游真身边弯腰，偏头看着他笑："怎么了啊？"

"吃吧。"游真说，大大咧咧地靠在椅背上。

翟蓝"哦"了一声，他吃了一口五官就皱巴巴缩成一团，好不容易缓过了酸味，苦涩还没消，难以置信地侧过头控诉："没有放糖？"

游真满脸和游老板如出一辙的欠揍："嗯。"

"不是吧？这就是你研究的新品？"

游真朝外别过头，忍着不笑出声。

翟蓝加大音量，叫了一声："游真！"

"好无聊啊。"翟蓝咬着勺子笑出声。

游真："没。"

翟蓝揶揄道："你最多三岁。"

这次游真干脆不说话了。

翟蓝整张脸差点砸进柠檬千层，他眼疾手快地用小臂撑住自己。他没有脾气，只觉得游真这样怪可爱的，笑个不停。

游真被他笑得有点不好意思，在翟蓝的注视里整张脸慢慢地覆上了一层淡淡的绯色，最终，乐队演出时魅力十足的吉他手、假日后厨与咖啡台里游刃有余的大帅哥恼羞成怒地对翟蓝做了一个威胁的手势。

"你幼不幼稚？"翟蓝忍住笑意，吃一口没放糖的柠檬千层，忍着酸，目光扫过游真后颈的发根。

"怎么换发色了啊？"

游真不自在地撩一把参差不齐的鬓角："发根长起来了，不好看。央金说像个河童。"

"河童？"

"日本动画里那种。"

翟蓝扑哧一声笑了出来。

游真作势又要推他："不许联想！"

"讲真的，你都不知道刚才那个学姐人有多好。"翟蓝想起拿下"大业务"，说话时都开始眉飞色舞，"我跟她认识就几天，不对，应该是刚加上好友的第一天，她就给我推荐了个特别好的家教，每节课五百块！"

"家教？"

翟蓝认真地点头："而且就在附近，走路的话只需要十分钟。我可以给学生上完课后，立刻就过来给丹增补习，安排在同一天的话都不用跑第二趟。怎么样，还可以吧？"

翟蓝沉浸在打暑假工赚钱自给自足的快乐中，没发现游真并不像他预料的一样替他开心，反而眉宇间忧心忡忡。

"你现在同时有几份家教工作？"游真问。

翟蓝还察觉不到他话语中的异常情绪："三个吧，不过有一个要八月才补习，是初中生。唯一不太方便的就是这三个学生在不同阶段，进度也差得太远。我可能还缺一些经验，慢慢来吧，一个暑假，如果能把下学年的学费都赚够就最好了——"

"翟蓝，"游真斟酌字句，好似不忍用现实打破翟蓝的幻想，但仍说，"为什么把自己弄得那么累？"

"因为没人替我交学费。"

翟蓝说得很平淡，他早就接受现实，并一步一步强行走出阴霾。

夏天的风和阳光都太美好，曾经的初春，在陡峭山壁前靠着他大哭出声的翟蓝成为一个遥远符号。游真现在回忆那时的他，好像又与眼前的翟蓝突然重叠，翟蓝将悲伤藏进字里行间，又从每一次不经意的言语中溢出来。难以名状的孤独、痛苦中，翟蓝学会了不让别人替他担心。以前还有他姑妈，至少表面功夫做得到位，不会让翟蓝真的为钱发愁。但是上一次撕破脸皮后，翟蓝的一切都要依靠自己了。

游真什么都知道，却被过分灿烂和漫长的夏天迷惑，以为翟蓝已经无忧无虑。

"其实……就算要自己交学费，也不一定折腾得这么累，你并不是没有钱，而且你可以找我帮——"

"找你吗？"翟蓝早猜到他会这么说似的，"但我不想欠人情了。"

游真："这不叫欠人情……"

翟蓝反问："那是什么？"

"我只是想帮你。"游真恳切地说，"知道你不喜欢欠人情，可有些时候，你可以依靠朋友……我没有其他的意思，就觉得……你明明不喜欢当老师。"

游真当然知道，就算翟蓝在泽仁丹增面前表现得再积极，再有耐心，那大都来自于他对泽仁丹增本人有着无限包容。换个人，说不定立刻原形毕露。翟蓝是刺猬，是猫，随心所欲的性格和责任心不能支撑他太久。到最后只会身心俱疲，对自己反而是一种折磨。

游真说："不喜欢就不做。"

"我喜欢。"翟蓝强硬地说，"你不用替我做决定。"

果然，游真无可奈何地站起身，准备走了："没有谁会替你做决定，但是我希望你做真正喜欢的事，这样才会开心，才会肯定自己。"

"你又懂什么？"翟蓝看他，"你和我，根本不一样。"

迈出的脚步停住，游真很少听见翟蓝嘲讽的语气，回过头时眼中甚至有惊讶，声音都变了调："不一样？"

抬起头仰视的角度会让翟蓝的眼睛留白变多，嘴角下撇，表情不自禁地委屈又倔强。他已经意识到那句话刺伤了游真，但现在是反复博弈的关键阶段，翟蓝不许自己认输，强撑着面子："你理解不了我现在有多慌。"

游真看他，震惊过去后，眉梢微抬："我理解不了你？"

"也许你看我现在过得不错，但我冷静下来就止不住地想我以后到底该怎么办。你比我过得快乐，没有烦恼。所以不要总觉得好像我也可以和你一样，对有些……"翟蓝思绪有些混乱，他快不知道自己说什么了，"我不想依赖别人，更不愿意被人轻视。"

"我从来没轻视过你。"游真喃喃地说。

该怎么帮翟蓝？借他学费，借他生活费，等他念完书，找到工作，一点一点还清？

游真觉得无所谓。但翟蓝认为不可以，这让他更加无法心安理得地接受游真对朋友的好。

"对你而言确实是举手之劳。"翟蓝固执地说，"对我呢？"

墙上有时钟，秒针每转动一下都是一声清脆的光阴流逝的警醒。

"你没这个义务。"翟蓝说，颓废地低下了头，"我没那么惨，还剩下许多资本可以让我挥霍一段时间，甚至我比很多人的条件已经很优越了。但我背后是空的，不敢想，随时会塌。"

游真站在原地没动，如同一尊俊美的雕塑失去了感情。手脚无力，他极少像现在这样仿佛做什么都不对。

两相对视，游真最终叹了口气，转身走了。

玻璃杯里的冰块融化，在木质茶几的表面留下一摊难看的水痕。

初夏热得压抑，翟蓝和游真那天不欢而散。

翟蓝回到家后舌根还被没加糖的柠檬千层中的那阵苦涩占满，刷牙，漱口，都没办法完全消除。"期待游真帮他做点什么"和"不想被他当成责任"的两种念头同时占据他，把他拽着往完全相反的方向撕扯。尚且幼稚的那一面想要依靠游真，过分的理智又时刻警醒他说"你不能"。但翟蓝知道他的不近人情伤害到朋友了。

他度过难以入眠的夜晚，游真说了那么多心里话，大概不会比他好过。

翌日早起，翟蓝坐最早班地铁赶着回学校上课。进入复习周，翟蓝的出勤率已经没人在乎，点名册里根本没有他，他执着地去，只为了找点事做。然后他发现转移注意力是没有用的，他还是得去面对，所以在放学后他又坐四十分钟地铁从校区回到芳草路。地铁不用换乘，8号线直达。翟蓝走到假日门口，进去前深呼吸几次，为对游真道歉打好腹稿。

"对不起，昨天不应该说那些话，但你别担心，我可以照顾好自己。"

是不是就好听很多了？

思考妥当，翟蓝推门而入，没料到店里空荡荡的，游真不在。

"找老板？"小雨不知道他们昨天闹了不愉快，把新做好的慕斯蛋糕放进冰柜，语气轻松愉快，"他去央金姐的店里了。"

白玛央金的店在芳草路南段 12 号。名字叫 Lonestar，说是中古物品的买手店，也做寄售和展示。用游真以前的话形容，"看着不太赚钱"。

翟蓝步行抵达，用时不超过十分钟。夏天开始升温，没有风，闷热空气紧贴皮肤，翟蓝感觉好像有无数只手拽着他。

白玛央金的店门脸不大，旁边有橱窗，红黑的主色调在三十三摄氏度下竟然微微扭曲。他推开门，冷气扑面而来的同时闻到了一股久违的檀味，将他的记忆蓦然拉回几个月前，八廓街那个卖格桑花标本的小店里也燃着同样的藏香。翟蓝深吸一口气，浑身的潮湿感被驱散了大半。

店里光线有点儿暗，刚从外间走进，翟蓝有片刻看不真切，还没容他仔细打量店内的布置，先听见了一个无比熟悉又十分陌生的声音："小蓝？"

"非哥？"

看清里面的人，翟蓝站在当场进退维谷："你怎么在这儿？"

足足有成年男人胸口那么高的吧台桌，黄铜制的台灯是可爱的暖光，同时照亮李非木和低头拨弄一把吉他的女人。

片刻惊讶后，李非木好似全不在意前段时间翟蓝对自己的冷淡，神色如常地回答："前几天央金姐提了下店里的台灯坏了，刚好家里有个形状差不多的，闲置着。我今天没什么事，顺路给她送过来。你来玩？"

翟蓝语塞，感觉李非木提起这些时有种难以言喻的熟络。

不等翟蓝接李非木的话，白玛央金放下吉他抢先打招呼："小蓝老师，稀客啊。快别在那儿杵着，进来吹空调！"

翟蓝"嗯"了一声，像个被下了命令的机器人，僵硬地往里跨出一步。

木门失去支撑力，慢悠悠合拢。街道里的冲天蝉鸣与其他噪声被隔绝开，他听见风铃的回响，空调的嗡嗡声，清凉从四面八方收拢。

"你过来有事？"白玛央金问他，单手托着下巴趴在吧台上，笑眼弯弯。

"找人。"翟蓝探头探脑，尽量让自己看起来不那么奇怪，"游真呢？刚去假日没看到他，小雨说他来这边了。"

白玛央金"啊"了了声："他刚走。"

翟蓝没说什么，白玛央金以为他有重要的事，紧接着道："可能还没走远，要不我打个电话问问他走到哪儿了？"

翟蓝连忙说："不用了，也、也没什么大事。"

"是吗？他今天匆匆忙忙的，不晓得在忙啥，来拿了两件衣服就跑了。刚才聊天，他都忘了拿上次让我去保养的琴。"白玛央金指了指吧台里那把吉他，"对了，小蓝老师，你最近常去假日，要不帮忙拿过去？天气热了，我有点懒。"

翟蓝有点为难，但又不想让太多人知道自己和游真闹了别扭，还是答应下来，并接过那把吉他挎在肩上。

"别那么急呀！游真现在去哪儿了我们都不知道，你要是又扑空，那不还是在店里等他，多无聊啊。"白玛央金笑眯眯地说，"坐坐，喝口水。你哥哥刚才还在跟我提起你。"

李非木提他做什么？

翟蓝警铃大作，看向一直沉默的李非木，半晌，愣愣地说："怎么了？"

"说你最近不爱理他。"白玛央金看李非木的眼神仿佛在责怪不懂事的小孩，她一边说，一边用一根桃木簪把头发挽起，"我冻了咖啡冰块，配点蜂蜜、牛奶，做咖啡刚好哦。你们俩在这儿聊吧，我去厨房拿。"

中古店里没有客人，只剩下翟蓝和李非木。

深红墙壁，黄铜台灯的光温柔地圈住两个人。

距离在姑妈家发生争执的那晚已经过去快半个月，这期间李非木试着联系翟蓝，但对方不是躲避，就是接了电话一句话不说。李非木觉得翟蓝大约不需要他，相当尴尬。

骤然发生意料之外的碰面，李非木也有点不知说什么的无措，可又不能一直放任沉默滋长将气氛冻结，只好挑了个无关痛痒的话题："最近……学校的手续办好了吗？"

"好了。"翟蓝垂着眼，"下学期开始正常上课，宿舍应该也要换。"

"新室友怎么样？"

翟蓝注视着玻璃柜中一个别致的蝴蝶胸针："还没搬过去。"

他们之中依然横着一道沟李非木不安地捻动衣角："我下学期也正常上课了，还是在新校区。有什么……比如说，你不太方便又很着急的……可以找我。以后都在一个学校，很方便。"

"嗯。"

李非木受不了这样的氛围，但他也清楚翟蓝的性格，无法说出指摘他的话："小蓝，那件事，我之前不知道他们怎么想的——"

"没有怪你。"翟蓝这次答得很快，他终于看向李非木，"我不会怪你，无论怎么样你是我哥哥，这个不会变。但是有些事就到此为止，行吗？非哥，我希望你不要来做说客，那天你在，听到他们说的话了。"

李非木欲言又止。

翟蓝说："非哥，我不想让你为难，也理解你夹在中间特别难做……别把我当小孩子了，这些就让我自己处理，行吗？"

停顿片刻，李非木眼里情绪复杂。但他深吸一口气，缓慢吐出后仿佛心头郁结也得到了释放："明白了。"

"那，那我先走了。"翟蓝看向门口。

天气预报提示今天傍晚有雷暴，翟蓝还想尽早和游真见面，将那把吉他重新挎在肩头和李非木简单告别就推门而出。

几乎是前后脚，白玛央金端着木托盘探出头："小蓝老师不玩了？"

"他有事，好像很着急。"李非木接过了她的木盘，故意调侃，"小蓝喝不上了，这杯就送我吧？"

"当作台灯的谢礼。"白玛央金夸张地一耸肩。

黄昏的雨没有如期而至，翟蓝背着吉他回到假日。今天没有约补习，但泽仁丹增放学后习惯性地来假日写作业，遇见翟蓝，两人顺势就坐在了一起。

翟蓝陪他自习，心不在焉的样子太明显，连泽仁丹增都看了出来，问他是不是不开心。

"没有。"翟蓝握着笔，把计算公式工工整整地写好。

一开始得到游真没回店里的消息，翟蓝没想太多。游真开这家店只是因为喜欢做甜点，也为了和朋友有个方便聚会的地方。他不缺钱，不缺朋友，更不缺精彩的生活，没必要二十四小时围着谁转。可游真始终不出现，翟蓝难免有些慌张。他骤然发现他的确对游真了解不足，尽管他们都觉得对方是懂自己的人，但除了店里和 Zone，翟蓝根本没在第三个地方见过游真。换句话说，他们闹别扭了，只要游真消失了他就很难找得到。

成都的夏天白昼漫长，直到八点才会昏暗不清逐渐进入黑夜。

七点半，翟蓝陪泽仁丹增写完了作业，接了白玛央金的电话拜托他帮忙把泽仁丹增送去她的店里，翟蓝想着走一走散心也好，就送泽仁丹增过去了。送完泽仁丹增后，他又在芳草路上折返好几次，最后鬼使神差般地回到了假日。

今天一定要见到游真给他道歉。误会也好，说错话导致的冷战也罢，都不能拖太久。执念占据着他，翟蓝看一眼假日外不远处，Zone 悬挂在门口的霓虹灯已经亮了。脚步挪动，总共也就十来米远，他还没回过神就站在了那儿。

翟蓝眼前是一片白墙，透过小窗看到了排列的酒瓶，在灯光的照射下偶尔闪烁。

写着"进来喝酒"的木牌挂在门边，翟蓝第二次注视它，没有发现上面有那片绿叶。绿风乐队已经很久不演出了，他们迅速地被别的小乐队取代了。这些小乐队大部分是本土的，音乐风格多种多样，但翟蓝对哪个都不感兴趣。他往后退了一步，想叹气，纠结着回家或者继续等游真。可他要在哪儿等呢？

"小帅哥！"一个声音在背后响起，"不进去的话借过一下？"

翟蓝被这一声"小帅哥"臊红了耳朵，这才发现自己挡了别人的路。

他让开路，几个男男女女从他身侧鱼贯而入，笑着，大声聊天，推开门时就提高音量喊"魏斯姐"。怎么看都是常客，更加让他显得无比突兀了。

层层叠叠的乌云里滚过一声惊雷，天空发白，却没有看见闪电。雷声太干，可能短时间内都不会下雨。起了点风，多少没那么闷热了。翟蓝抬头观望着香樟树随风凌乱的枝叶，最后没有进 Zone 的大门。

"等闭店的时候，游真总要去接'游老板'吧。"翟蓝说服了自己。

翟蓝垂头丧气地转过身，下台阶时脚步拖沓，整个人闷闷不乐。他想确认方向，抬起头，却突然看见了不远处香樟树边正在锁单车的人。

黑色雨伞滚落的雨水如断了线，不知成都那一条街道下了一会儿阵雨。牛仔裤，帆布鞋，白色 T 恤偏宽大，再往上是黑蓝短发，稍长的上半部分用一根皮筋儿随意地扎了起来。他侧身收雨伞，鼻梁挺拔，没有笑容时轮廓冷峻，不经意的神情与翟蓝第一次见他的模样完美重叠。

"游真。"翟蓝张了张嘴，没来得及喊出声。

因为游真下一秒就望向了他的位置，目光像突然把他望穿。

翟蓝疾走两步，距离蓦地缩短。他有一瞬间的怀疑是不是他对数字的估算出了错，可他很快发现不是这样的，速度快一倍，原因无他——游真也在走向他，仅此而已。

Zone 的霓虹灯照亮游真的侧脸，白昼将尽，夜空的云却静悄悄地散开了。

翟蓝喉头仿佛被什么堵塞着，他掐住手掌心，要把那团棉花冲开，刚开口时声音几乎变调，沙哑着，突然破了音。

"游——"

"翟蓝。"游真抢先说，他比翟蓝更平静，"你还没回家？"

相对正常的开始，其他就变得没那么难以启齿了。

翟蓝看着他，依然是小兽般的眼神，瞳孔里的光趋于静止，一动不动。"等你呢。"

游真错愕了一瞬，嘴唇微张，像疑惑，更像立刻有什么无法压在舌根。

翟蓝满腹的草稿没有一句派上用场，他现在看着游真，满脑子都是一天前他害游真伤心的愧疚："那天……对不起。"

"那天是我不对。"

两人同时开口，翟蓝尾音拖得长一些，突然上扬："啊？"

翟蓝的反应和道歉让游真后知后觉地窘迫，手里雨伞都重得有些拿不起，他甚至都没想好后续怎么和翟蓝解释，总不能说"后来想了想感觉我也有责任"。昨天明明可以有更好的沟通方式，不该那么直接。

"就……"游真飞快地说，"我还是太有优越感了，没有考虑你听见那些话的感受。其实我后来想，你说得对，我应该——"

"是我说错了话。"翟蓝不太好意思望着他了，错开视线，"反正我责任更大，你不要跟我抢。优越一点又没错，你本来就是很优秀的人，是我，听你一说就太敏感……我已经想通了。游真，你不用和我道歉。"

游真语塞，所有的话都被眼前的聪明小孩补得严严实实，他第一次觉得自己嘴笨。

原来他和翟蓝都发现这是争吵，还好没有到无法挽回的地步。

"那……"游真左顾右盼，"你现在要去哪儿？"

"我还没吃晚饭。"

游真松了口气："我也没吃，要不要……"

"想吃你做的面条了。"翟蓝好像重新变得开朗，"红烧牛肉的，行不行？"

"一碗红烧牛肉面就算道歉了？"蒋放差点喷可乐，说话声音都不可思议起来。

游真不自觉地抖着腿，满脸得意："嗯哼。"

这天是乐队聚会，无论是否在排练和演出，几个朋友总喜欢每周至少一起吃顿饭。众人选了就近的玉林吃串串，白玛央金对串串的喜爱程度简直可以用"着迷"形容。

之后游真先把翟蓝送到地铁站，又开车到了串串店。

蒋放："你应该送他回学校，你的保时捷呢？"

游真："送 4S 店保养了。"

蒋放满脸"天底下有钱人这么多，为什么不能多我一个"的表情，忍不住直捶桌，片刻后又说："哎，不过小蓝真挺有活力的，你跟他认识以后我感觉你状态都变好了。"

"我状态一直很好。"

"是吗？"蒋放夸张地说，"不知道是谁前几天还跟我掏心掏肺的，说被十九岁的小朋友开导了，自己连个小孩都不如呢——"

蒋放故意拖长声音，起哄。游真不自在，抬手就要揍人。蒋放赶紧躲他，站起身往后退了两步，被撑住后背时还怔忪着，回过头，迷茫变成了惊喜："哟，宋老师来了！"

白玛央金站在宋元元身后，他们是一起来的，见到这场面都忍俊不禁。

白玛央金笑吟吟地说："你们俩打什么呢？"

"没什么。"游真说，指着空掉的菜筐意图转移注意力，"宋老师，拿菜。"

他们一起聚餐这活儿总是宋元元的，他虽然热爱健身，但更爱美食，每次在外大口吃肉回家含泪控制饮食。

宋元元拿着筐走向自选菜的区域，白玛央金大声补充："我要吃仔姜牛肉。"

"我要麻花、杏鲍菇，还有掌中宝和排骨！"蒋放不甘示弱，"顺便看一眼土豆片——"

游真："记得点酒！"

莫名沦为端菜工，宋元元扭过头，表情是欲杀之而后快的凶狠。

四方的小桌，配矮凳，每人各占据一方。桌子中间掏空，摆上小型燃气炉和一口锅，水还未沸腾，锅里呈现一片安静的红光。

串串和火锅不一样，每家老字号串串店的锅底都是老板的独门秘方，更有甚者太过讲究，往里面加中草药调味。红汤不会太辣，成把的小串往里一放，静待锅底煮开，捞起撸掉竹签，蘸不同口味蘸料，就是一份独一无二的私藏美味。

最近几年串串店都喜欢在牛肉上做文章，搭配不同蔬菜串上竹签，仔姜、香菜、泡山椒……是火锅店绝对吃不到的。

等待时间最好喝酒聊天，啤酒倒满，蒋放说等会儿要回家带孩子，又要了一瓶可乐。

"你也真是，还不到三十，再找一个有那么难吗？"宋元元半打趣半埋怨，"还有空闲时间吗？乐队都好久没有一起排练了。"

蒋放专心致志地把成倍蒜泥往碗里加，不接茬："你和你女朋友呢？"

"分啦。"宋元元坦荡地说，"她心不在焉的，我猜她可能还是对前任放不下。这还勉强什么，干脆我先提了分手。央金你呢？"

骤然被卷入话题，白玛央金顿了顿，才说："没意思。"

"之前那个男模特，不联系了？"

白玛央金明显不愿意提起那人，抿了下嘴唇。

蒋放看出她情绪不好，立刻抓住了大家的开心果："谈感情为什么要放过游真？哎，你们看他笑成什么样了，每次他都躲过去，这不行。"

"他有啥感情？"宋元元大大咧咧地说，"都认识多少年了，除了刚大学毕业那会儿跟我们说过和一个人约会……游真，我到现在都不知道你约会的是谁！喜欢赚钱，但也不能赚钱赚得忘了个人生活吧，你到底怎么想的？"

游真怀疑自己被蒋放坑了，随即，损友就坐实了他的猜测。

"他就是不想，没那个意思。"蒋放重复了一遍游真的名句，手里还捏着一串广味小香肠，"在和一个人共度余生之前，先让自己充实起来。"

宋元元："啊？"

"因为我们游真在努力克服心理阴影啦！"蒋放举起杯子，"等未来某天他愿意敞开心扉，我们就能看到真正的游真。"

"什么啊——"

反应太大，游真面子上有点挂不住。

可是被蒋放在朋友们面前揭了老底，他却莫名其妙地开心，就像一直遮掩着的那层窗户纸终于有了个恰当时机捅破。他倒不怕被谁看不起，能这么轻轻松松地给大家透露，游真并不担心他们有谁无法接受。

"这不是重点。"蒋放揶揄地看游真一眼，"游老板，看不出你年纪轻轻还曾思考过哲学的问题，有没有兴趣再去进修一个人类学硕博连读？"

"烦死了。"游真故作正经，喝了口酒，"别说我了，说你自己去。"

宋元元："不得了，人心变了，你们都背着我有小秘密了——"

"我？我的人生只有蒋闹闹和工作。"蒋放优哉游哉地将一把牛肉分给所有人，锅里咕嘟咕嘟，冒着泡泡，"但那个谁就不一定了。"

整张小桌集体死机两秒，然后所有视线集中在从坐下起就一言不发的藏族女子身上。

宋元元："央金？"

白玛央金撩了把黑发，语气平淡："你少听他们胡说。"

"我可没有。"蒋放连忙搬救兵，"游真，你不撒谎，快帮我作证啊！"

"少拖别人下水。"白玛央金不客气地拍了把蒋放的后背，接着，她不知想到了什么，脸莫名地微微泛红，"不是你们想的那样，只是……可能，他有一点喜欢我。"

宋元元："谁啊，谁啊？！你终于决定忘掉那个人渣了？是喜事啊央金！有人在追你？多大了，有没有照片，这个人我们认识吗？"

游真听得发笑，低下头，碎发在微暖天光里泛着蓝。

她说："还没有想过告白呢。"

"是弟弟。"蒋放不失时机地补充，"很帅，高材生，他俩在林芝认识的。"

"上次你回去的时候……"游真听到这儿，好像刷新了自己认知中的时间线，"算起来，是冬天那会儿，你准备带丹增来成都，但丹增没有同意。"

"嗯。"白玛央金也不忸怩，点了点头，"那会儿刚认识，我和爸妈不在的时候，他一直帮我们照顾着丹增，所以我才单独留了他的联系方式。"

宋元元得知了新消息，注意力被转移，立刻对准白玛央金不放。

知道那人是李非木，游真并未加入谈话，他用筷子有一下没一下地点着蘸碟，毕竟他也算央金的"娘家人"嘛。

翟蓝在感情上显然缺根弦儿，哪怕见过李非木和白玛央金相处都不会往那方面想。估计届时他知道了或者看出来了，还要震惊好一会儿。想到翟蓝震惊的样子，游真莫名想笑。

暑假近在眼前，由于不参加期末考试，翟蓝一点压力也没有。他之所以还留校，是因为剩余一些手续和事情要亲自办，比如搬宿舍。

翟蓝因为留了一级，最开始的宿舍住着不太方便，所以就换到了目前班级的宿舍里。

翟蓝的东西不是很多，董成要帮他，他不想耽误对方期末复习的宝贵时间，婉拒了。就当自己在锻炼，他找宿管借了个小推车连跑好几趟。

新宿舍在五楼，一间又分为三个小房间，总共十二个学生，共享客厅、浴室和洗手间，翟蓝的床位临窗。翟蓝对室友的名字有些陌生，但刚刚来的时候打了照面，好像在教室里见过一两次。

室友去图书馆了，翟蓝铺床，收拾衣柜，打扫卫生，一切都在有条不紊地进行。等进行得差不多，翟蓝走出小房间，却发现客厅里不知何时多了个人。

董成坐在那儿，拿着钥匙一脸茫然地发呆。

"你也住这里吗？"翟蓝问。

听见熟悉的声音，董成缓过了神，支支吾吾，半晌点了下头。

"哪间？"翟蓝环顾四周，不等他回答就锁定了最靠外的房间，因为关着门，"怎么不进去，你不是有钥匙吗？"

董成面露难色，翟蓝再问了句"怎么了"，他才拿着钥匙不知所措地说："锁被换了。"

翟蓝一愣："突然换锁不告诉你，可宿舍不是不能私下换门锁吗？"

董成不知说什么好。

换锁，不给董成钥匙，那不就摆明了不让他进宿舍吗？脑子里浮现某次上课时坐在他们后排窃窃私语的几个男生，翟蓝眉心皱起："你和他们几个住一个宿舍，关系不好，怎么不换？"

"是、是我不对……"董成被他问到，大约现在心态有点崩溃，居然一股脑儿什么都倾诉了，"大一刚入学的时候，他们出门去网吧包夜，刚好遇到学生会和宿管查寝，我那时也不懂就直说了他们不在，之后就变这样了。"

大学的宿舍有门禁，不过管得不严，只要室友配合掩护打得好不住在宿舍也很难被发现。除非遇到查寝，口供没对好，被抓个正着就神仙难救了。

但翟蓝还是无法理解："就因为这个？"

"差不多吧。"董成苦笑，"后来有次，他们三个逃课，怪我没有帮他们签到……他们说我只会欺负老实人。"

翟蓝顿时火冒三丈："到底是谁欺负老实人？！"

他很少这样直接发火，连董成听了他的语气都是一惊："翟蓝？"

无法形容这是哪儿来的怒意，翟蓝蓦地有了脾气。他看一眼董成还握着钥匙，不顾对方还在愣怔中直接抢过来用力扔进垃圾桶，随后往后退了两步，抬脚猛地踹向那道轻薄木门。

学生宿舍的门质量堪忧，翟蓝三脚下去，从边框"咔嚓"裂开一条缝。

"行了。"翟蓝拽住董成，"跟我去找宿管，就说门坏了。"

董成不理解他的意图。

"门坏了，必然要换锁。你的钥匙打不开，他们私自换锁的事就会被发现，懂吗？"翟蓝解释着解释着，又是一副恨铁不成钢，"我真服了你了，遇到寝室霸凌还在找自己的错。这宿舍你也别继续住了，去找辅导员，换到我那边。"

董成的情商与处事态度相比于学习成绩要差一些，翟蓝解释透了，他才慢半拍地明白翟蓝在帮自己。

宿舍问题当天解决，辅导员邹琳琳听说门锁背后的小心眼后怒不可遏，多方协调，那几个人最终离开了翟蓝所在的大宿舍，而董成虽然没能与翟蓝小房间里的同学交换，但至少换到了另外更好相处的室友。

夏至后，气温再一次飙升，翟蓝接过了徐菁懋的家教活，开始频繁地奔走于城区和学校。他陷入前所未有的忙碌，庆幸自己并没有期末压力还能协调时间。泽仁丹增期末考试后翟蓝给他放了假，自己去假日的时间也变少了。

这天，翟蓝正在宿舍翻看笔记，一个电话打了进来。

翟蓝没看提醒："你好？"

对面的话不超过十个字，翟蓝猛地站起身："你在哪儿？！"

听筒里游真的声音好似突然变得很近。

"宿舍在哪一栋？"

第一反应，翟蓝问："啊？你给我点外卖了？"

"不算。"游真那边有清晰的脚步声，"刚刚出地铁口，我记得你说宿舍从 B 口进比较快是吗？但这边是……哎，住哪里？"

听游真的语气不太像在逗他，接收暗示只需要零点一秒就能领会精神。

"你来我学校了？"翟蓝快速踢掉两只拖鞋，"真的？"

呼吸变得慢而长，游真没有立刻回答他是或否，似乎在思考着，过了会儿，他说："我现在看到宿舍楼了，有七里香，然后现在应该是你们快上晚课的时间吧？好多学生朝一个方向……哦，那边是食堂，对面有个洗衣房……"

翟蓝完全信了，这些细节绝对证明游真此时此刻出现在大学校园。他顾不得换衣服，就穿着普通T恤短裤，急匆匆夺门而出。

"那你就在原地等我，十分钟！"他几乎在吼，"不，两分钟！"

电话都没挂，翟蓝不知道他跑步时钥匙撞着手机壳的响动被游真尽数收听，好像是一把碎石子突然砸入了一潭死水，荡开兵荒马乱的涟漪。

下楼，刷门禁卡时一次没有成功，宿管给他开锁，调侃："别那么着急——"

离晚课打铃不到十分钟，校道上还能站着不动的就格外显眼。靠近洗衣店，小跑变成了慢走，翟蓝调整着呼吸，他喉咙干涩，短短四五百米跑出了冲刺架势，T恤贴着后背湿了一小片，额角上亮晶晶的都是汗。

两人在电话中约定好等待的地方，游真站在一盏路灯下低头玩手机。晚间温度略有下降，所以游真在工字背心外加了一件衬衫，衬衫敞开着，衣角偶尔被风撩起。

夏夜不再灼热，虫鸣都温柔了不少。

"游真。"翟蓝靠近他。

看见他衣着凌乱，眼睛明亮，游真情不自禁地笑得更深："不是说好十分钟的吗？"

"就两步路。"

翟蓝已经不太喘了，但他这时和游真面对面地站着，突然又找不到话。他应该问游真为什么要来，不过原因似乎已经没那么重要了，因为他也想见游真。

东边天空泛青，云中的上弦月若隐若现，而太阳还未完全落山。

香樟树的影子围拢了他们。

"走一走？"游真问。

校园永远有青春洋溢的快乐，身侧萦绕着柠檬香与甜品的一丝奶油味。翟蓝从最初的躁动中平静后不再多想，开始聊些有的没的。

两人很快聊到了宿舍问题，怎么与老师周旋，怎么帮助同学达到目的……

"你一定觉得我很没见过世面吧，为这点小事沾沾自喜。"翟蓝说着，嘴角却始终带笑，"但我就是很开心，好久没这么出气过了，也不完全是为了同学。"

游真点点头："类似于自己做成了，成就感。"

"对。"翟蓝赞同，伸展手臂满足地喟叹一声，"哎……感觉这半年变化挺大的，性格上，可岳潮——就是一个很铁的哥们儿，他嘲讽我，说我以前就这样，现在只不过是心态稳定，所以在慢慢好转。"

从哪里好转的呢？翟蓝不需要多说游真也明白。

两人漫无目的地到处走，绕着宿舍楼走一圈，不远处就是篮球场和羽毛球场，四周点亮了灯，与朦胧天色连成一片。

见游真一直看篮球场，翟蓝问："你读书的时候打篮球吗？"

"不打。"游真发笑，"蒋放打，我是踢足球的，踢前腰。不过大家水平都不怎么样，每次都踢着玩儿了。说来特别好笑，我们乐队最开始组建的时候是为了去运动会开幕式表演，当时唱了绿洲的歌，*Wonderwall*。"

翟蓝："我还以为你们一开始就是玩后摇的。"

陷入年轻气盛时的回忆，游真声音也放轻："没有，最开始就和所有校园乐队一样，十八九岁，没有那么多天赋但有很多激情。慢慢地，感觉翻唱没意思，就开始写歌了。"

"你最开始是主唱吗？"

"我？我不是。"游真说，"主唱是蒋放，他那时还弹键盘呢，特风光。"

"那你肯定是乐队最帅的吉他手。"翟蓝说着，为了自我肯定还满意地点头，"但你们现在的歌，你更喜欢，对吧？"

游真承认了："因为是纯粹表达自我，更加情绪化。"

"最近还写歌吗？"

"太忙了。"游真说着，开始感到一丝尴尬，"其实我总觉得你对我的最初印象在乐队里，始终不太好意思。我太业余了，做的东西也不太……"

"千金难买我喜欢，只要你写，我就一直听。"

"你以为那么简单就写得出吗？说真的，生活越来越安逸了，会让我失去一些表达欲。"

翟蓝对成年人的疲惫似懂非懂："但总有想说的话吧。"

虫鸣声被放大，灯光亮过了天边的云，游真看着两人的影子边缘颜色加深，突然不忍破坏翟蓝的天真了——他原本要告诉翟蓝，音乐也不会永远纯粹，他不会永远是 Zone 的舞台上那个肆意演奏、不在乎任何反馈的吉他手。可现在他又觉得，让翟蓝永远保有期待，未尝不是让自己永远怀有热爱？

"嗯，会写下去的。"游真说。

"那就对了嘛。"翟蓝摇头晃脑，"虽然绿风没有主场，音乐风格也很小众，不一定每个人都喜欢，但是留有自己的表达又有什么不好……"

翟蓝讲大道理的样子很稚嫩，游真看着看着，突然觉得他比刚认识的时候成熟了，也更单薄了，但他已经坚定地扛起自己的未来。

十九岁……

真好。

手里沉甸甸的东西适时地提醒游真，他如梦初醒，喊住翟蓝。

"差点忘了。"游真递给他时表情平常，"这个，专程过来是想送给你来着。"

翟蓝一头雾水："什么啊？"

这副模样彻底逗笑了游真，他把印着假日 LOGO 的白色纸袋塞进翟蓝手里，保持着神秘感："你看一看就知道了。"

翟蓝打开袋子低头，借着道边的灯光望去，然后哑口无言。

只见袋子底部放着防震的纸壳子，簇拥着中间一个圆形盒子，盒子被质感柔软的白色装饰纸裹了一层又一层，用绳子系好，最上方则固定着一张小卡片。由于光线不足，翟蓝没第一时间读出卡片上的文字内容，但他知道这是什么。

"生日快乐。"游真说。

六月的最后一天是翟蓝的生日。但今年连他自己都忘了。

"蛋糕，谢谢。"回答时多少带点别扭，翟蓝提着白袋子，手掌心又开始冒汗了，"你怎么知道的？"他好像没对游真提过任何相关的事。

游真揉乱了翟蓝的短发，再也掩饰不住笑："你微信名最后几位数字，0630。"

根本记不得细节，而且他微信名自从注册就没改过。

翟蓝："啊。"

游真："傻不傻？"

"我都没注意。"

"生日快乐。"游真专心地说了第二遍，"昨天想起你在学校，猜想今天大概不会去跟同学一起庆祝，所以就自己做了蛋糕，跑来找你了。"

"我……"

翟蓝有点感动，又有点久违的莫名伤感，开心占大部分，还有一丝期待之外的惶恐。

两人找了个空闲球场边，席地而坐，翟蓝把游真带来的蛋糕打开。蛋糕包裹得很严实，洋葱似的剥开一层还有一层，包装的手感摸着像什么棉布，但游真说只是装饰纸。旁边放着餐具和蜡烛，游真用打火机点燃蜡烛。

蛋糕六寸大，白色奶油涂抹开，最顶上的裱花只沿着边缘铺满一圈。点缀柑橘、茉莉花，中间的留白处用水果糖浆写下一行纤细的字：Happy Birthday。

一根金色蜡烛插在中间，昏暗夜色，火光尤其明亮。

"好漂亮。"翟蓝看着蛋糕，又想到是游真亲手制作，鼻腔就有点堵得慌，"我有几年没吃过蛋糕了……"

"以后每年都可以吃。"游真说得好像一个承诺。

翟蓝笑着，暂时没有太相信："是吗？"

游真补充道："还能换口味。"

"明年打算做什么？"

"嗯……无花果？柚子？我见你喜欢上次做的柚子挞。"不等翟蓝说什么，他又提高音量，"啊，蜡烛！"

应该是为了便于携带所以蜡烛只带了很短的一根，小拇指粗，被风一吹就快要燃尽，游真急急忙忙伸手拢住火光。

翟蓝只闭了闭眼，说是许愿，但脑内一片空白。他装了个样子就吹灭蜡烛。

"二十岁啦。"游真像模像样地鼓掌，比翟蓝更孩子气。

翟蓝笑开："我过生日你怎么那么开心？"

"因为有蛋糕吃啊！"游真说，"我特别喜欢给朋友过生日，吃蛋糕，喝酒，看他们许愿……现在吃蛋糕吧。"

"好啊。"

两个人端着盘子默默地分掉了半个蛋糕。

柑橘有点酸，茉莉的香味很明显，奶油入口柔滑，蛋糕坯中间还夹了一些果酱和布丁……一向喜欢当美食评论家的翟蓝今天什么也没说。前几年虽然没吃蛋糕但他的生日都热热闹闹的，今年孑然一身，没有谁会对这个不太特殊的日期上心，所以翟蓝才选择刻意遗忘。

"二十岁啦。"游真再次强调。

翟蓝一直笑："嗯，二十岁。"

"要忘掉一些不开心。"游真说，"以后会越来越好，越来越好。"

"嗯。"

暑假很快来临，翟蓝因为不用去参加期末考，所以早早地从学校搬回位于城区的家。

游真得知他现阶段的情况后，帮着他把城西的那套旧房子挂了中介。学区房，根本不愁租，很快就有个初中生家庭找到了中介表示想先租三年，价格也比翟蓝想象中高了不少——至少不用再担心学费了。

翟蓝又花了整整一天时间，把旧房子的东西搬走，仍然是游真陪他。游真不多说，所有的决定都交给翟蓝。没有直接的支持，翟蓝却比任何时候都安心。

泽仁丹增的期末考试成绩进步得非常明显，白玛央金开完家长会，当天下午就来了假日。要是翟蓝是个女生，白玛央金恐怕当场就得抱住翟蓝一顿狂吻，她的兴奋溢于言表，说泽仁丹增被老师特别表扬了，数学还考了史无前例的高分。

翟蓝与有荣焉，他不太喜欢当老师，不过这种时候总是会充满成就感的。

暑期补课期间，翟蓝大部分饭都跟着游真解决了。

大学的课通常都在上午，结束后刚好是饭点，翟蓝前往假日楼上的游真家，而连去几天后，游真已经不问"来不来"，会直接做好两人份的家常菜。

翟蓝在游真家里午睡，去假日发呆，和同学游荡在芳草路各种小店。如果不是夜深人静时非要自虐，他已经很少会想起一年前的痛苦。他觉得老爸应该希望自己过得开心点，有时候会梦见老爸，也没想象中那么难过了。

七月，透亮的盛夏铺满天地。

假日靠落地窗的座位，翟蓝心不在焉地搅拌着面前的蜜瓜芭菲，以半分钟一次的固定频率偷偷瞥吧台里的游真。

咖啡做到最后一步，游真正在拉花。

游真已经练习了好几天新的拉花样式，但他在这领域的天赋显然比不上做甜品，连续失败后脸上表情也越来越阴沉。由于天生是乐天派，游真的忧愁看着不太有重量，翟蓝望着他俯下身，过了会儿如释重负地直起腰。

啊，成功了。

如他所想的，游真很快端着木托盘走向他们这桌，把白色瓷杯放在翟蓝对面男生手边，声音也十分轻快："这是您点的拿铁。"言罢在对方看不见的角度，朝翟蓝轻轻一眨眼，炫耀般地转动瓷杯。

咖啡表面漂浮着一只奶泡猫猫头。

翟蓝偏过头，对这种幼稚的炫耀行为无语，又情不自禁地发笑。

"啊，对了，翟蓝。"对面的岳潮用手机拍着那只猫的拉花，"那天下雨，给丹增补完课，后面来接他的是谁啊？"

岳潮刚放暑假从上海回来，得知翟蓝有了新工作后替他开心，前来围观几次，从此也把假日当成了自己的第二个家，每天跟着翟蓝进进出出的，没几天就和小孩混熟，成了免费家教。

泽仁丹增下课后一般自己坐公交回家，恰逢两天前有雷阵雨，白玛央金给他送伞，被岳潮撞见，他憋了好久，总算找了个机会问。

"那是他姐姐。"翟蓝说着，用勺子挖水果吃，"怎么了？"

好友面露羞色，忸怩了一阵才放轻了声音："就、就你跟他家稍微熟一点，我想知道那个姐姐啊，她现在……有没有男朋友？"

眼神顿时变得锐利，翟蓝警惕地问："你干什么？"

岳潮："我好像，那个，对姐姐，有点……一见钟情。"

翟蓝无言片刻，倒是没想到岳潮的桃花开得这么快，被打了个措手不及，呛了一口水。咳嗽半晌，才好不容易平复。

"至于吗？！"岳潮涨红了一张脸。

翟蓝摆摆手，也没多说什么："就挺突然的。"

岳潮："爱情本来就不讲道理。"

"道理是这个道理，不过……"翟蓝为难地思考片刻，才说，"央金姐确实现在没有男朋友，不过她看男人的眼光很高，你大概不行。"

岳潮的少男心差点碎了个彻底："为什么？！"

翟蓝跟着游真吃了一个多月的饭，听来不少央金的事，这时派上了用场。他意味深长地看岳潮一眼，用挑剔的眼光将他从上到下打量了一遍，慢吞吞地说："因为央金姐喜欢那种能给她安全感的类型，首先，得块头大。"

岳潮化悲愤为食欲，猛嚼蛋糕，然后说："我明天就开始健身！"

这个"一见钟情"很有些男孩爱上神秘而成熟的姐姐的味道，像某部文艺电影的开场，配合夏日成都潮湿的雨后，情感走势越发晦涩不明。

可事实证明年轻人的情感并不长久，又或许是健身的痛苦战胜了和漂亮姐姐谈一场恋爱的诱惑。总之岳潮并未坚持太长时间，大约一个多星期之后，翟蓝就看到他和一个女孩在朋友圈"官宣"了。

翟蓝对岳潮的决定不予置评，后来聊天时想起，就顺嘴把这事告诉了游真。

临近打烊，游真习惯了翟蓝总在店里赖到晚上，兀自洗着杯子，点评道："很正常。喜欢着喜欢着，突然就不喜欢了。"

"我看他就是想谈恋爱，不在乎跟谁。"翟蓝说，有点为白玛央金抱不平。

游真笑笑："也有可能。"

翟蓝开始费解："为什么啊？"

"因为有的人只想有个伴儿一起打发时间，无所谓到底喜不喜欢。"游真把玻璃杯全部归位，解下围裙，"但我觉得爱情是盲目的，认真点，对自己对别人都负责任。"

看他走出吧台，翟蓝递过去牵引绳，示意游真赶紧"绑架"游老板，没忘打趣他："所以这就是你不谈恋爱的原因？"

沉默了好一会儿，游真点头："算是吧。"

怀中的游老板探出脑袋，对着翟蓝咧开嘴"喵"了一声。

"走啦。"游真喊他，"灯关了，门口等我几分钟，把猫放了就送你回去。"

翟蓝很想说"不"，但他吸了吸鼻子，还是答应了。跟着游真走出门，在楼下等了会儿后游真骑着他的单车出来，让翟蓝上车。

刚起步时颠簸，滑出一段后逐渐平稳，翟蓝张开手指抓了一把风，然后握紧单车的金属座椅，跟游真有一句没一句地聊着。

"其实我可以自己骑小黄车。"翟蓝说。

"太晚了。"

"你回来也很晚——"

游真沉默了会儿，看上去不想继续这个话题了："对看乐队排练有兴趣吗？"

"嗯？"

"我租了个练习室。"游真提到乐队时难免雀跃，"上次你不是跟我说想写歌就要坚持写下去，最近确实有一些灵感所以简单地构思了一下。跟央金约了时间，这几天蒋放休假，宋老师也放暑假了，打算排练。"

"哇！"翟蓝收到邀请，惊喜极了，"我可以去吗？什么时间？"

游真说："你有空的时间。"

翟蓝来不及咀嚼言辞深意，单车突然急转弯，漂移似的一个急刹，他到嘴边的疑惑变成了一个单音节，尾音上扬："啊——"

他看不见游真在那个瞬间恶作剧得逞般地弯了眼角。

一串清脆的车铃声回荡在小巷中，香樟树沉默的街道郁郁葱葱，楼房中偶尔亮起的灯如同昏黄的月亮，漾开细碎温柔。

录音棚是 Zone 的老板魏斯帮忙联络的，介绍人带游真去时吹得天花乱坠，说国内哪些著名的摇滚乐队都在这儿排练过，巡演时也在这里落脚。

游真懒得考验真实性，绿风又不是什么职业乐队。看过地方，设备和隔音确实不错，游真和介绍人签合同先暂定租了两个月。他心里明白其实来的次数不一定那么多，但地方难找，多出点钱无所谓。

魏斯陪他来的，见他痛快，打趣道："怎么，最近灵感爆发啊？"

"没有啊，怎么？"

魏斯双手抱胸靠在墙边："我们认识也有小五年了，绿风算是我看着一步一步起来的，不过自从蒋放有了小女儿、央金上次失恋，半年多没听你说过演出的事，现在突然要排练，有古怪哦。"

"是有点灵感。"游真对她也没什么好隐瞒的，"其实就是玩儿嘛。"

魏斯："知道啦，但我很喜欢你们的歌。"

类似的话不止一个人说，似乎都比不过翟蓝那句让他高兴，游真点点头："从西藏回来以后我就在想新曲，可能太久没碰过吉他了，不太顺。"

"现在又顺了？"

"不顺也得想办法顺了。"游真开了个真假参半的玩笑，"我准备做出一番事业。"

换作白玛央金听见这话，指定要刨根问底，"咸鱼"为何忽然有了事业心。但魏斯没那么八卦，她闻言夸张地一耸肩："祝你顺利。"

定下录音棚，再和翟蓝敲时间。

游真把这事告诉蒋放，让他想办法搞定另外两个。

乐队很久没有以排练和演出为目的相聚，他们首先是朋友，其次才是有共同音乐爱好的人。白玛央金的前男友和她在演出时相识，后来她因为这个男人感情受伤，于是很长时间绝口不提演出，游真顺着她，再加上其他两人也有工作，事情就搁置了。

现在突然捡起，蒋放骂他："就知道给我上 Hard 模式。"

"央金要是推了怎以办？"蒋放问。

游真很平静："就说演出的时候我们请李非木过来听。"

蒋放："真有你的。"

不知道蒋放最后怎么劝的白玛央金，他很快回复游真一切都 OK 了。

排练当天，游真领着翟蓝进排练室，预想中会特别惊讶特别震撼的白玛央金居然满脸平静，她像平常一样和翟蓝打了个招呼，说欢迎他来。

游真与角落里若无其事按着键盘的蒋放对视片刻，给他比了个大拇指。蒋放回以国际通用友好手势。

"小蓝第一次看乐队排练？"宋元元问。

"嗯。"翟蓝新奇地研究着靠墙的架子鼓，中间隔着一层透明板材，他伸手敲了两下，"宋老师，这是干什么用的啊？"

宋元元："鼓的声音有时候太大了，这个稍微收一点。"

翟蓝似懂非懂。

"翟蓝，你坐那边，给你放了个凳子。"游真喊他。

排练室只有一扇小窗，离架子鼓远，大概是怕他伤着耳朵，游真还给了翟蓝一副耳塞。他饶有兴趣地戴上，然后就乖乖地坐好了，像只安静的猫。

游真新写的 demo 初具雏形，但距离真正成形还需要完善。

键盘和吉他搭成前奏的框架，贝斯循环着，成为安静却暗藏力量的湖水，高低相和，吉他加上效果器模拟出触电时微微的真空感，仿佛天地间撑起一座高山。合成器的音色被调得有点哑，底鼓却清亮，一下一下，好像雨点砸向山巅。心脏难以自控地与鼓点共振，左耳是键盘温柔的巴音，右耳则是吉他与贝斯连成一片的乐章，割裂却完整。

深夜失眠，坐在电脑前用合成器弹奏音符时游真想了什么呢？

翟蓝总说他们的曲子有画面感，季风，冬雨，夏日小街，每首表达或许不够深刻但一定明确。他确定一个主题，脑子里出现明媚的色彩，然后再用器乐描绘它们。

最初那个雏形出现时，游真看到了南迦巴瓦的雪崩。

西藏不是让他灵感迸发的地方，最初进入拉萨，八廓街的阳光与色拉寺石子沙地上的树叶阴影只是有所触动，但并不迫切。那半个月真正开始刻进游真脑海，是从夜晚开始，说不上为什么，或许夜色里的拉萨城如此遥远。

日照金山，彩虹若隐若现，天地之间是无云的朗阔。

逐渐明朗的旋律摆脱潮湿与静谧，穿越九霄，抵达银河深处披戴一身星光回到故乡。然后万籁俱静，城市与山野都被定格，星空闪烁着蓝色天鹅绒的光。

"叮——"

键盘最高音的回响，旋律全部收束。

第一次完整练习过后，房间里久久没有呼吸声以外的任何响动，好像沉溺在梦中，过了会儿，蒋放才摘下耳机不可置信地问："我们默契这么好？"

仅仅排练了两个小时就达到最初预期，宋元元也被自己惊呆了。

宋元元回呛蒋放："你不是一天天喊着工作和带娃吗？不是说三百年都没有弹键盘了还跟游真抢谁来当主音吉他吗？"

"我……"蒋放哽了下，"我有天赋！"

宋元元默默翻了个白眼。

见他们互损，言辞间却都是对排练成果的满意，白玛央金揽过蒋放的脖子，另一只手拍拍宋元元的头："好啦好啦，这不很好吗？我感觉再练一个星期又可以演出了！"

白玛央金对演出的阴影是最大的，这时连她都这么说，其他人似乎也没法反对。

"我联系过魏斯，她说随时……"游真放轻了声音，"等我们定好时间就在 Zone 加一场，和别的乐队协调下时间就可以了。"

宋元元："你说话怎么这么小声——"

宋元元话音未落，蒋放一巴掌猛拍他后背，然后指着角落，对宋元元无比嫌弃地做出噤声手势，怪他看眼色的水平大幅下降。

宋元元顺着蒋放的目光望去，凳子上，一个多小时前坐得端正的翟蓝已经歪了，后背靠着墙，用游真的衬衫遮住手臂不被空调直吹，眼睛不知何时安然闭上。

翟蓝竟然睡着了。

宋元元："有那么催眠吗？"

"他真的一点音乐细胞都没有啊。"蒋放失笑，把音量也放低了点，"这个曲子虽然整体是平缓的，但不至于听睡着吧。"

"没休息好吧。"游真帮翟蓝解释,"说是今天要来看排练,兴奋到失眠。"

其他三人的表情看不出信不信,倒十足揶揄,白玛央金笑得最肆意。

"你要真一门心思想写首好的歌啊,起码别让听众睡着。"

游真懒得理他们,走出两步,轻轻地拍醒了翟蓝。

翟蓝目光涣散,眼睛好一会儿才顺利聚焦,说话声音微哑:"嗯?你们排练结束了?"

"太阳快下山了。"蒋放故意笑着说。

翟蓝浑身一个激灵,立刻清醒了,慌忙去掏手机看时间。

"行了,他骗你呢。"游真制止了翟蓝的手忙脚乱。

顿时,翟蓝的表情有点委屈有点疑惑,他望向蒋放,搞得一向没心没肺的人都被他的目光弄得开始感到抱歉:"哎,我错了,就见你刚睡醒忍不住逗两下。"

"不能欺负弟弟啊。"游真说。

蒋放举手投降。

白玛央金和宋元元不知道要说什么事,出去了,蒋放也跟着走了。练习室里顿时只剩下翟蓝和游真。翟蓝脑袋还蒙着,问:"他们出去干什么?"

"累了吧。"

翟蓝见吉他就在身边,垂下眼很自然地伸手拨了一下。沉闷的金属颤动,与想象中的声音十分不一样。由于换了根弦,也没有出现他通常听到的电吉他的声音。翟蓝到底对这些乐器只停留在看一看的阶段,没有深入了解过。

游真见他觉察出一点趣味,干脆把吉他摘下,挂在了翟蓝的肩膀上,手把手教他怎么抱在怀里。

"你就这么拿……手指张开,先不要按……左手从旁边托着一点好用力。"游真帮他调整背带和坐姿。

他往前几步打开音箱，侧过身提醒："现在试试？"

翟蓝不明所以，用力一拨。

响声几乎山崩地裂，连翟蓝自己都受不了了，赶紧学游真的模样按住六根弦。游真先皱眉，随后大笑出声："翟蓝，你是真的没什么天赋啊！"

"是吗？"翟蓝也笑，和弦像闹钟似的彻底叫醒了他，"我不太行。"

游真重新回到他身边，一点一点地教他放准位置。

"你看啊，这样，轻轻地弹……"

翟蓝的手指缓慢地掠过三根琴弦，他屏住呼吸，小小的房间被隔音棉塞满，吉他清澈的和弦让他想到拉萨的烛火。

"很简单对不对？"游真好像笑了，但翟蓝看不清他的表情。

他点点头。

"有空我再教你。"游真抱起吉他，指尖带着音符，若有若无地拨过琴弦。

排练大约持续了半个月，高温炙烤着整个南方。

生活逐渐规律得开始枯燥，翟蓝早晨做家教，下午在假日或者回家休息，晚上偶尔跟游真一起散步——骑车往市中心，然后沿着南河慢悠悠地走。

乐队排练还在继续，但翟蓝并不是每次都去看。其一是排练室为了音效牺牲了面积，人太多了就会拥挤，他在那儿什么也不干显得突兀。其二是翟蓝最近的家教工作陷入了瓶颈，小女孩正处在叛逆期，心情时好时坏的，他得想办法让对方别抗拒学习。

游真对此没表示什么，他说翟蓝自己没时间就不用去了。

没等几天，翟蓝某天登上音乐软件，突然发现已经停更了半年多的

"绿风"主页,悄无声息地分享了一首新歌——《像水晶一样》。和以前风格大相径庭的标题,翟蓝戴上耳机点击播放,顺手也点开了评论区。

加载未完,熟悉的钢琴旋律先缓慢地铺开,他只听了十秒钟不到,立刻意识到这就是之前几次去排练室,游真和乐队反复演练的歌。

发歌才一天,评论不多,热赞第一的 ID 在翟蓝的意料之中。

Real 的数字世界:前段时间去旅行了,回来后一直在想我看到的雪山是什么样,星空又是什么样。那天在山上待到很晚,晚上的星星像水晶一样。

他看着那行字,好一会儿,居然鬼使神差地不小心点进主页,私信按钮旁的加号不知何时变成了双箭头。

翟蓝愣了愣:游真居然关注了他这个什么也没有的账号?

右上角未读私信的小红点就在此刻亮起。翟蓝产生错觉,以为它闪烁着,点进去,然后是游真发给他的一条消息。

Real 的数字世界:"'绿风'将于 7 月 28 日晚 9 点在成都芳草路 Zone 演出!点击此链接获取邀请函,一起畅游夏日的水底。"

后面还附了一条网页链接。

翟蓝笑了笑,看来是群发的消息。

Real 的数字世界:"你一定要来。"

原来不是。"送票给我吗?"

Real 的数字世界:"免票!"

游真继续发来消息:"查过了,那天是周四,你早上要给高中生上课,中午就过来跟我一起吃饭,之后你可以睡个午觉,或者跟我们去看场地。看演出的位置我都给你安排好了,可不能不来啊。"

翟蓝记仇地说:"上次蒋放哥说我完全不懂后摇。"

游真发来一串省略号。

Real 的数字世界："那天你听见了啊。"

。："一点点。"

接着发了一个得意的聊天表情。

Real 的数字世界："但你能懂歌的表达。"

他唯独对翟蓝说过你能理解我，我们在某个思维空间能合二为一。

音痴和乐盲感知不到连复段与效果器的变化，但翟蓝听他的歌，就能看到他创作时脑海中的画面，这是任何人都比不了的。

Real 的数字世界："所以你一定得来。"

。："知道了，我会去的，你……"

Real 的数字世界："嘿嘿嘿，那中午给你做宫保鸡丁！"

。："糖醋里脊。"

Real 的数字世界："OK，糖醋里脊。"

游真替他安排好了一切，夏天的高温有些催眠，翟蓝吃过饭去休息，午睡到了五点。他被电话吵醒，那边游真笑着骂他是"懒猪"。

翟蓝坐起身，四肢和后腰都是瘫软的。

午休时间太长，翟蓝睡得都麻木了，打着哈欠走进洗手间掬起一捧冷水拍在脸上。

Zone 到处都是时髦青年，为了融入环境，翟蓝难得收拾了下自己，觉得不能太给游真丢脸。蒋放那句"没有音乐细胞"调侃成分居多，但到底说进翟蓝的心里。

和游真的花里胡哨放在一起，怎么看都不够搭调。

上次提到这个烦恼时，白玛央金建议他试试纯黑的搭配，对二十岁的半熟少年而言最能驾驭，不显得深沉，反而能适当压一压生涩感。

翟蓝换了身 T 恤和五分裤，踩着球鞋，头发随意地一抓，下楼直接冲向 Zone。

　　侧门不是很好找，翟蓝给游真发了信息后就蹲在门口。大概等了五分钟，小巷子里传来某人的一声口哨。

　　"帅哥！"游真喊他，朝翟蓝招招手，"一个人来看演出？有伴儿没有——"

　　游真故意油腔滑调地打趣翟蓝，结果话到中途，先自己绷不住笑场了。翟蓝大步走过去，然后抬手一拳捶在他肩膀上。

　　"又在学谁啊！？"

　　"哎，痛！"游真说，笑意却只增不减，顺手揽住翟蓝的肩膀往里走。

　　从一个很小的门进入内部，Zone 的前半场看着和很多 Live House 没什么两样。休息室紧挨着酒吧，和舞台有一定的距离，游真给翟蓝要了杯气泡水。一起靠在吧台，游真示意他看对面正在安装键盘的蒋放。

　　"他今晚弹键盘？"看了几次排练，翟蓝对乐队的各种操作也比较熟悉了。

　　游真"嗯"了声："新歌听了吧？钢琴旋律很重要。"

　　"你不去准备吗？"翟蓝说完尝了一口圣培露气泡水，被充满泡泡又酸又涩的怪味刺激得头皮发麻，好像他第一次喝酒那样。

　　游真放松地说："我不用准备那么多。"

　　"好自信。"

　　"嗯，因为已经练习很多遍了。"游真一只手撑着翟蓝身后的吧台边沿，"我们乐队不是很有名，Zone 也和其他 Live House 不太一样，更像是给喜欢听歌的人一个场地解压，然后给只想用音乐下酒的人一点背景音。"

　　翟蓝想起他上次来的场景："我第一次见你就在这儿。"

　　游真偏过头，表情颇为意外。

　　"就是这个位置。"翟蓝往左边走了两步，再往前，伸出手比画着自己和舞台的距离，随后笃定地点点头，"那天你们唱的第三首歌是《季风》。"

"哦，百利甜之夜。"游真想起来了，"那天的酒还可以。"

"也是我第一次听后摇。"

游真问："喜欢吗？"

头顶的灯亮起，把翟蓝的心底也照得灯火通明。

"当时说不上。但不知道怎么回事听得很难过，又莫名很激动。回过神……整个人都像受到冲击。后来我看一个音乐人说会有个被击中的时刻，就是爱上某种音乐类型的起点。"

"但你后来好像也没有多爱。"游真开玩笑，吐槽他，"排练都睡着了。"

"有完没完了？"翟蓝故作凶恶，"而且那不一样的嘛。"

游真没有再表态了。他直视前方，端着啤酒的手抬了抬，然后悬在半空仿佛沉思着什么。舞台沉闷地传来一阵音阶，游真喝了一口，麦芽醇香覆盖了苦涩。

除了选择性迷信美丽世界的谎言以外，游真是坚定的无神论者，可他这时回忆两人从绿皮火车上相遇至今，偶尔也会觉得这就是缘分。小概率事件一定会发生。比如他去西藏，比如火车延误所以翟蓝才没有转身回家。他算是交际比较广泛的人，但翟蓝这样的朋友，可能这辈子也没机会遇到几个。

游真并不能准确地描摹出自己，但他知道翟蓝和自己太相似，像遇见了另一个自己，然后把过去重新认识了一遍。不管怎么说，游真始终庆幸他认识了翟蓝。

"后来在假日又见过你一次，不过你可能没有印象了。"翟蓝将平T恤印花边缘的褶子，"我和同学去喝咖啡，那天，你就在门口修一张桌子，还是凳子啥的，记不太清。"

"第三次就是在火车上了，也没敢跟你说话。"翟蓝想着想着，暗自发笑，"因为我那时觉得你很凶，都不笑，而且还染个绿头发。"

"但你还是理我了啊。"

"是你先的。"翟蓝不依不饶地说，"请我吃苹果。"

"因为那个时候觉得你一个人趴着，有点可怜。"

"就因为这个？"

"对啊。"

翟蓝注视他片刻，蓦地破功："什么啊……"

"不过当时没想到你就是给我发听后感的那个人。"游真截断他的下文，"知道的时候，我特别特别高兴，换成其他任何的谁都不合适。"他低着头，摇晃玻璃杯打散气泡。

"游真！"舞台上宋元元字正腔圆的声音极富穿透力，甚至多了些回响，"过来试一下你的效果器。还有，小雨把饭送过来了，咱们先吃！"

宋元元的一嗓子把游真从记忆力拉回，他愣了愣，随后抿着唇在心里朝宋元元翻白眼。

"来了！"游真回喊的声音也非常大，他把啤酒杯往吧台一放，顺手拍拍翟蓝的肩，"我过去看一下，等会儿一起吃东西，小雨带的是冬阴功。"

"好。"翟蓝捧着杯子。

翟蓝的视线追随着游真，看他在小舞台上来回忙碌，过了会儿，开始弯腰调试什么。宋元元在旁边笑着说话，游真直起身，作势非常用力地一拳挥过去。

蒋放夸张地喊："哎呀，你们不要再打啦——"

翟蓝看着几人打闹，笑出了声。

晚饭是在休息室吃的，空间不大，但小雨颇有仪式感地送来了一个简易燃气灶。

冬阴功火锅煮着各类海鲜，鸡汤底加上红虾一起炖之后香味更加浓郁。刚吃了两口，蒋放就把游真卖了，说他早起准备吃的太辛苦，大家其实可以随便下碗面或者吃点饺子，还搞什么冬阴功。

"废话怎么那么多呢，让你吃你就吃。"游真嫌弃地骂他一句，言罢动作自然地给桌上的几人剥虾，边裹上青酱扔进别人碗里，边问翟蓝："这个还行吗？"

翟蓝只顾着美食了，赶紧说："好吃！"

蒋放"嘿嘿"一笑："游老板费那么大力气。"

游真不搭茬，他就自讨没趣地拿起手套："哎，央金姐姐，上次咱们去他家吃冬阴功，我怎么记得没有鲍鱼也没有明虾，就几个鱿鱼圈呢。"

"就是。"白玛央金看热闹不嫌事大，"区别对待。"

游真笑骂道："你们差不多得了。"

翟蓝不敢接话，唯恐刚开口就被当成话题中心群起而攻之，他笃定自己招架不住这几位的调笑。翟蓝把头埋得很低，虽然筷子反复搅拌刚堆进碗里的方便面，但他没认真吃，耳朵竖得很高，偷听这几个人聊天。

后面的话题没什么营养，蒋放最近可能发了工资心情大好，也可能演出能让他从繁忙又糟心的现实短暂抽离，他不像前几次见面总冷着一张脸。不过他总抓着游真逗趣，惹得翟蓝忍不住多看蒋放几眼。

"来吧，大家碰一个。"白玛央金举起盛着椰子水的纸杯，"祝绿风复演顺利！"

"大获全胜！"

"今天圆满收官！"

"干杯——"

Zone 的演出表早早地打了出去，绿风乐队前几次在 Live House 中的演出顺序靠后，今天却排在开场。

游真把翟蓝带到舞台侧面，虽然这个角度并不能看到全部的灯光效果，但是离放着吉他的位置最近。翟蓝知道他的用意，不戳穿，两手一撑先在舞台边缘坐好。

不像很多 Live House 有围栏阻隔，Zone 的舞台很小，最前面是舞池与摇滚区二合一的空白场地，音响外围一圈。二楼设有卡座，专供听歌却又不太想凑热闹或者看乐队的人休息。翟蓝坐上去，魏斯刚好就在旁边。

他终于见到了 Zone 的老板，"传说"中游真的一个朋友。

"这是魏斯姐。"游真给翟蓝介绍。

翟蓝双手合十，是个不伦不类却又很讨喜的问好姿势："姐姐好。"

"姐，这是翟蓝，我跟你说过的。"

"不错嘛，那就祝你演出顺利喽。"

游真："会的，会的。"

女人是烟嗓，说起话腔调慵懒，她看了一圈问游真："蒋放呢？"

"他说在外面喝杯酒。"

魏斯笑了笑："那我去把他抓回来，这都快开始了还到处跑。"

听着这话，翟蓝看了一眼手表，果然距离演出还有不到十五分钟。

小乐队粉丝不多，观众零零星星地来了，宋元元和白玛央金在旁边聊天，更多的人三三两两端着酒，拍照，说笑着，偶尔看向舞台，随意地朝游真挥手。

"气氛很好啊。"翟蓝不自禁点评，"感觉大家都很期待你们。"

游真却不予置评："还行。"

"加油，吉他手先生。"翟蓝跳下舞台，语气有一丝郑重，可更多像揶揄他成了大明星似的。

游真单膝跪地调试效果器，对他的话充耳不闻，然后趁翟蓝放松警惕时猛地弹了一下他的脑门儿："小鬼！"

翟蓝捂着额头只是笑。

演出开始，几声口哨和鼓掌后，抢先拨动的是游真那把吉他。

　　出人意料的是他们没有先演奏自己的歌，而是翻唱了一首日语歌作为开场。整首歌节奏温柔，器乐听上去都中规中矩，只有一个男声，唱腔温柔而坚定。

　　此前翟蓝听过游真哼歌，在灯光如月的香樟树小街小巷里。但朝夕相处的声音通过麦克风和音箱传出，好似突然有一丝陌生。游真的黑蓝色头发长了，刘海细碎地遮住眉眼，他脑后有一个不起眼的小辫儿，被舞台灯光照亮时却平添了许多魅力，连同那些习以为常的饰品都让他看上去不一样了。

　　吉他成为游真的一部分，扫弦，闷音，微闭着眼唱心里反复练习过的旋律。

　　　即使是与你一起度过谁都会经历的悲伤与喜悦。
　　　如果用我自己的话语，适合你的话语——
　　　告诉你"我喜欢你"。
　　　这些谁都会经历的悲欢也只是我们之间最珍贵的、独一无二的回忆。

　　游真的日语发音不算标准，甚至有的地方还会唱错词，但他觉得这好像是他拿起吉他以来唱过的为数不多让自己非常满意的歌。

　　最后一个音符结束后不等余韵消失，吉他换了个音色，一串空灵旋律把方才夏日的躁动迅速涤荡，顷刻间将人们拉到了森林深处，如雨水拍打绿叶，溪流涌动，夜晚静谧却藏满星光。

　　翟蓝的身体仿佛也变得轻盈，随着钢琴旋律情不自禁地摇晃，他们的新歌，密闭舞台和练习室的反复循环不一样，音乐更广阔了，雨的气息扑面而来，他仿佛回到林芝的雨夜，游真给他放了那首《南方蝶道》。

　　或许现场的蓝灯如那一夜的星空，豁然开朗时变换的橘色又如同落进雪山的夕阳，翟蓝望着游真，好多画面如跑马灯似的在眼前一一闪过。

　　视线交汇，翟蓝捕捉到游真对他轻轻地一笑。

　　长达七分钟的曲子演奏完，几乎没什么停顿，立刻又是下一首。欢呼声对舞台上的他们而言不重要了。

　　"没想到新歌这么精彩。"

　　身边多了一个声音，翟蓝转头，是刚才要出去抓蒋放的魏斯。

　　魏斯对他点点头："我是说刚才那首歌。"

　　魏斯递给他一瓶汽水，要和他聊天。翟蓝不太会应付类似场景，但也没有多说什么："叫《像水晶一样》。"

　　"听得出一些。"魏斯笑笑，目光落在舞台上，翟蓝却找不到她到底在看谁，"游真他们乐队很不容易，他们都知道自己不会做到什么全国巡演、音乐节这种程度，但最开始，他们在同类型的圈子里也是很出彩的。"

　　翟蓝想了想："他说听后摇的人不多，但他喜欢。"

　　"是吧。"魏斯陷入了回忆，"最开始也只为了取悦自己，游真在这方面一向特别随性。乐队是这样，开店也是……"

　　翟蓝听得有些出神："姐，他开店的时候，你们就认识了吗？"

　　"比那还早呢！他和蒋放读大学的时候我在校外开了个清吧，他俩来的次数多了，就认识了呗。"魏斯一耸肩，"当年还是两个小屁孩，不过确实都长得还行，所以我印象深刻。"

　　翟蓝不太能想象游真"小屁孩"的样子："哦……"

　　"后来央金跟他们玩到了一起，还有宋老师，乐队慢慢就做起来了。"吉他声不断攀升，魏斯在这些旋律中说，"年初那几场结束后，本来央金不太想继续，我没想到他们又能重新在一起排练新歌——听说是游真劝的。"

　　"因为他很坚持嘛。"翟蓝笑着，"看着散漫，其实很固执。"

"对啊。以前他们还在学校的时候,乐队主唱是蒋放。"

"但现在?"

"游真从来不唱,我问过,看来他的心境也在这段时间改变了吧。"魏斯撩了把乌黑长发,话语内意味深长。

绿风开场的一个小时很快过去,第二支乐队也脱胎于校园,不过风格要重一些。他们人气更旺,刚开场就掀起音浪,翟蓝站在原地,久久不能回神,剩下几首歌都不知道自己是怎么听完的。

游真走到他身边,手里端了一杯啤酒。

"蒋放哥他们去哪儿了?"

"在后面收拾东西,我结束得比较早就先出来找你。"游真坐上他旁边的高脚凳,和调酒师点了一杯酒,"怎么样?今天听得开心吗?"

背景音乐太大声,翟蓝皱起眉:"啊?"

"我说——"游真失笑,大声喊,"听歌,开心吗?"

"……"

"今天开心吗?"

他又问,仿佛是他们第一次说上话。

游真演出时太卖力所以出了汗,灯光下他的头发是幽幽的蓝。他见翟蓝不答,以为对方没听清,于是偏过头想要在翟蓝耳边再重复一次。

"所以你今天开心吗……"

翟蓝没说话,还沉浸在刚才绿风营造的氛围中。

最后是央金解救了奇妙的尴尬,她提着两瓶啤酒走过来,晃了晃:"喝一点?这个冰啤酒的口感很不错!"

游真一把夺过酒瓶,喝水似的喝了三分之一。

演出顺利结束了,但这不意味着他们就会玩到很晚。白玛央金和蒋放家里都有小孩需要照顾,游真明显有心事,宋元元虽然无事一身轻,但他也玩不起劲，喝了酒，几个人约定第二天在排练室见面，然后就各自归去了。作为小跟班，翟蓝去游真家住了一晚。

大清早，等翟蓝和游真去菜市场买回了当天要用的蔬菜肉类以后，游真才慢半拍地迎来第一声惊诧。

"央金问我为什么用游老板当头像……她重点好像错了。"游真站在厨房里收拾食材，顺手把手机扔给翟蓝暂时保管。

翟蓝没懂："为什么，你不能用游老板吗？"

"因为大家都知道我对那只肥猫又爱又恨，而且常常恨大于爱。"游真打了个鸡蛋，开始准备土豆蟹肉沙拉三明治，他重新变得话多，那阵不自然过去后，仿佛被打通了任督二脉，迫不及待对翟蓝分享所有已知的过去与展望未来。

"为什么啊？"

"脾气太怪。"游真说着，手上动作不停，"我想和它玩的时候不理不睬，后来有天冷着它，一天没找，到了晚上回家游老板为了泄愤，大半夜在我身上'跑酷'……央金说它可能想吸引我注意。"

已经感受过游老板的古怪脾气，翟蓝深以为然："对啊，它之前还咬我，最近又对我挺好的了，给摸给抱，但还是不吃我喂的猫粮。"

游真："别理它……"

翟蓝抿起唇，拿着手机，笑意爬上眉梢眼角。

"看什么呢？"

"这两张照片真的挺好的。"

聊天框里，从他的角度看过去，正好是两张游老板隔空对视的表情。换成游真的手机就会变成好像背靠背的姿势，怎么都很有意味。

游真捕捉到翟蓝的笑容，马后炮道："不知道谁前几天说'幼稚''不要'。"

翟蓝隔空打人："还能不能够了？"

"够了够了……"游真笑开，捧着搅拌三明治夹心的大碗，"把面包递给我一下。"

翟蓝拆开包装，拿了个勺子和游真一起把馅料填进面包，再用保鲜膜裹好，放进冰箱，最后一步也完成。游真给他倒了一杯百香果汽水，顺便拍了拍翟蓝的头。

翟蓝弓身摆脱魔爪的样子没来由地和那只阴阳怪气的奶牛猫重合，游真差点在原地笑得快摔倒了。

翟蓝莫名其妙："你今天真的很奇怪。"

昨天演出散场后，游真整个人变得更具"高扬感"了。

"觉得奇怪，那应该是你对我真的有滤镜。"

翟蓝略加思索然后发现，他无法反驳。

他心里的游真是个近乎完美的人，有钱有闲，有独特的兴趣爱好，弹吉他，做咖啡拉花——虽然是最近才逐渐掌握的，养着猫，开一家店，还有志同道合的朋友。他会为了朋友的弟弟独自去拉萨，会带旅途中认识的陌生人看星星和雪山。好像游真就应该是很多人羡慕的样子，但他性格里的细小瑕疵又总是打破完美的假象，给他增添几分生动。

幼稚是个无关痛痒的缺点。

门外，小雨正勤快地打扫着卫生准备开张迎客，看见翟蓝出来，忍不住打趣："在亲近的人面前才会像小学生嘛！你原谅他。"

"有时总觉得他比我大的那几岁都被空气吃了。"

厨房里，游真不甘示弱："你可以把我当成二十岁的大学生！"

"做你的饭吧！"翟蓝吼他，"想得美！"

言罢对上小雨三分疑惑七分释然的眼神，翟蓝夸张地叹了口气。他若无其事地把桌面整理好，然后抱起游老板，揉它的肚子。

游真轻轻哼歌的声音从厨房里隐约传出，翟蓝听了会儿，无法辨认他唱的到底是哪一首。跑到收银台，电脑已经打开了，翟蓝看见音乐软件登着游真的号。偷摸溜过去，找出名为"绿风"的歌单，从第一首顺序播放。

清澈的吉他 solo 回荡在原木风格的咖啡店，小雨抬起头，会心一笑。她推开大门，挂上"正在营业"的木牌，一串明亮的风铃声恰如其分地加入低沉旋律，仿佛为曲子增添了一抹活泼色彩。

翟蓝帮忙搬运坐垫到外间露台。最近因为街道规定，不让店铺在户外撑遮阳伞，假日不得不减少两个露天卡座。不过天气越来越热，靠近落地窗的台阶能吹到空调，反而变成最受欢迎的地方。

"翟蓝，喝杯水！"小雨端了个杯子靠在门边，神神秘秘，"游哥让我给你的。"

普通青柠水，一点酸，翟蓝喝了口。

九点多，朝阳为街景镀上一层暖黄颜色。香樟树正是一年中最茂盛的季节，但连日缺雨，叶尖略有干枯，被阳光照耀着，居然更加像在发光了。

翟蓝两手捧住玻璃杯，站在假日门口张望着。对街的新疆大盘鸡还没营业，他琢磨着中午和游真要么过去吃他家的拉条子，要么吃手抓饭，都是一等一的美味。往前走，岔路拐进去就是一个小区，巷口铺满了七里香，几个头发花白的老人正对着小花儿拍照。

翟蓝短暂出神，被鼻尖一缕幽香唤醒。

不远处，老妇人挂着整整两筐栀子花坐在街边。她拿出一个收款码，放在竹筐前，然后安然地开始等待有人询问。

筐内栀子花被捆扎成花束，一大半含苞待放，只有两三朵撑着花萼向阳绽开。

这会儿有风，还算凉爽，但过了十点太阳就会变得毒辣。届时那地方树荫不足，又有街道的人四处巡逻，不是个卖花的好地方。

翟蓝突发奇想，跑进店里问游真："你今早买菜剩的钱呢？"

"吧台抽屉。"游真问，"怎么了？"

翟蓝只是神秘地笑，末了在抽屉抓上一把钱匆忙出门。

游真摇摇头，随他去了。

第一批客人是在十点左右到店的，三明治、蛋糕都提前准备好，小雨进厨房帮他打理剩下的烘焙甜点，换游真到吧台做咖啡和饮料。

绕过长长的桌案，游真本能地伸手准备咖啡杯，动作却忽然停了。

杯架旁，不知何时多了个原来待在某张桌子上的小花瓶，水加到三分之一处，细窄瓶口，迎着他，堆出一大把栀子花。蓓蕾初绽，洁白颜色含蓄动人，可香味轰轰烈烈，叫他不敢忽视。

花瓶压着一张字条，游真垂眸拿起它。某人的字比他要好看得多，锋利，遒劲，抄了一段汪曾祺的经典描写。末了大约嫌空白太多，像做试卷非得把答题纸差不多写满似的，再即兴发挥了一段。

游真看着看着，突然就笑出了声。

婆婆卖完花就可以回家，所以我全买了，每桌放上一两朵，店里就真的很香。还差一小把没地方放，我打算去找央金姐要个花瓶回头放在你家里。大概去半个小时吧，她说要给我做蜂蜜牛奶高原拿铁。

虽然买花用的是你的钱，但我觉得心意最重要。

热带公路

热带的风吹散了山巅积云，山樱花早就过了盛放季节，
树叶尖被阳光染成亮晶晶的金色，郁郁葱葱的绿也开始发光。

小雨某天上网时按管理要求在某图文社交平台搜了搜"成都假日"的词条，她的用意是可以及时根据网友点评和探店视频来调整店内的服务与菜单口味。

因为做得不错，游真逐渐把点评账号和店铺主页也交给小雨运营了。小雨打趣老板，店内除了饮品，"老板长得帅"和"有猫"也逐渐成为吸引人打卡的重点之一。

游真当时没什么反应，就叹了口气，似乎不太满意自己还要"出卖色相"。

除了这个，游真不太放在心上，小雨也就偶尔看到了用店铺账号点个赞什么的。她早就习以为常，所以刚开始刷到一条例行的标题写了假日照片里又有个蓝黑色脑袋，她只以为是哪个顾客又偷拍老板。可仔细一看，突然发现哪里不对劲——这条状态的点赞数远远超过假日探店的一般水平。

小雨先是愣了愣，随后确认博主也不是网红后陷入沉默。她兼职假日的新媒体运营，虽然游真不给她额外加钱，但好奇心驱使小雨点进详情观摩。

被常去的咖啡店的两位帅哥迷住了

两个月内三刷假日了，位置在芳草路的大盘鸡对面，很好找，特调咖啡和蛋糕味道都还不错，最近拿铁都是猫狗款拉花，可爱！老板是一个人非常非常好的帅哥，因为我和朋友去得多，可能眼熟了吧，和他打招呼他会回应，还送过一次小面包（捂脸）。昨天又去了，本来想尝尝夏日新品菜单，进门就看到老板和一个弟弟坐在吧台里。两个人真的好帅啊。

弟弟长得有点像小猫，店里人多就会帮忙送餐饮，没什么人他就坐在吧台逗猫……（没拍正脸，感觉都是素人，这样不太好，不过真的很好看！）

哦，对了，最近店里的歌单放了好多纯音乐，都是没怎么听过的。问弟弟是谁的歌，他一脸骄傲地说是老板自己乐队的，并热情地给我们介绍。

回家搜了下，乐队的粉丝居然还不算少，假日这家店还有多少惊喜是我不知道的呢？

评论区只粗略晃了一眼，被"求店名"和"我去的时候也看到弟弟了"两派占满，还有人直接贴出游真的乐队名，说他们最近有演出。

应该算变相宣传，但不知怎的始终让她感到奇怪。

思考片刻，小雨抬起头，见翟蓝欢快地收拾着一桌的杯盏碗碟进了厨房。

"我不想洗碗，给你放这儿了。"翟蓝的声音很轻快。

游真答："出去玩儿吧——"

"我去买鸡柳，你吃不？"

"给我买一份脆皮鸡腿！"

翟蓝应着"好好好"，从厨房退出，视线猝不及防和小雨对上，他友善地笑笑："我去买点小吃，就那边的店，你要什么？"

脑子有片刻没转过弯，先回答了。

"啊？车轮饼……麻薯咸蛋黄！"

翟蓝："好！"

目送翟蓝哼着歌出门，小雨握紧手机，思考了下，还是蹑手蹑脚地找到游真。

"老板，我给你看个东西……"

游真一头雾水，刷着碗没有接手机："什么？"

"昨天有个熟客把你和翟蓝发到社交平台上了，你看……"小雨感觉措辞不太对，自我修正着，又补充，"这个东西……我看点赞还挺多的，会不会之后有人因为这个来——"

"唔。"游真皱了皱眉，"可我又不能禁止翟蓝入内啊。"

小雨："是吧……"

按下水龙头，厨房内仿佛片刻抽了真空，游真懂她的意思："确实没想过会有这种情况，也不太注意……"

小雨表情为难："我只是觉得可能还是不要太大张旗鼓，小蓝他，开学才大学二年级……"

游真立刻反应了过来。她说得对，翟蓝还是学生。

出名，对于此刻的翟蓝来说是好事吗？学校的同学和老师会怎么想？可说到底，还是要看翟蓝自己的意思……

他该怎么办？

游真被这个问题困扰得午饭都没吃得下，第二天继续惆怅，简直快抑郁了。

翌日翟蓝给高中生补完课，来到店里时，看到的就是游真穿着围裙，一脸憋了十万字的表情蹲在吧台里漫不经心搅拌奶油的场景，不知在思考什么人生。

"怎么了？"翟蓝被他弄得很紧张，"今天有人吃霸王餐？"

经过社交平台那一出，游真现在对店里的一切异样目光都充满警惕，闻声，他先看了一圈周围，见没有顾客，才说："没，就是我心里有点烦。"

"烦什么啊。"翟蓝却笑了，没心没肺地拿起一颗花生吃。

游真犹犹豫豫，试探着说："我在网上看到有人来探店，好像拍到了我们。"

"嗯？"翟蓝没懂，"我一直都在店里，被拍到也正常。"

"不是这意思。"游真放下打蛋器，烦躁地揉乱了自己又长了些的头发，"他们……呃，最近关注度还挺高的……会有更多人慕名而来。"

"没错啊。"

游真："今天上午你没来，还有熟客问起原因。"

翟蓝反应迟钝，对这方面没有经验，这时才后知后觉到游真话语里的担心和不满。他猜想游真可能不太高兴了，虽然店里的客流大了，但游真希望能保护好自己的朋友。

"啊，那、那我以后不在外面帮忙了。"翟蓝舌头差点打了个结。

"我在想你会不会介意。"游真皱起眉。

翟蓝："为什么？"

猜到对方或许根本没思考过那些，游真干脆挑明："翟蓝，我不是怕你出名，但是我会担心，他们把你当成假日的噱头真真假假地宣传，你同学知道了怎么办？"

"嗯？"翟蓝眨眨眼，回答得毫不犹豫，"知道就知道了吧。"

他展示出一点与年龄相符的天真，反而更让游真揪心。平时打打闹闹时没什么感觉，现在比翟蓝年长几岁的责任感沉甸甸地压在肩膀上。

"我的意思是，可能会对你产生一些不太好的影响。"游真压低了声音。

吧台隔开了他们，翟蓝从见到他时就一直挂在脸上的笑容蓦地消失。

"那、那我其实不应该来店里吗？"他问，语气竟很小心。

表情转变突兀，游真的心跳似乎也随着翟蓝瞳孔微微收缩的频率空拍一瞬——他这么拦着，翟蓝会怎么想他呢？

翟蓝独立，自尊心强，看着坚强其实很没有安全感。再说，他和翟蓝好不容易才建立起信任感，他要小心翼翼地维护。

"没有。"游真急忙否认，解释着，"我打算、我是想……我只是觉得可以的话，别闹得太大……"

"我知道。"翟蓝语气有点失落，但他很快调整了，"你想得比我多，考虑得也比我周全。"

"翟蓝……"

"就算我在网上出名，别人嫉妒、诋毁，闹到学校又怎么了？他们会因为这个让我退学吗？我没做见不得人的事，也会对自己的人生负责。"

翟蓝的语气坚决不容反驳，好像很成熟，也深思熟虑过，可游真分明从这些话里看见了一只不谙世事的刺猬，满脸戒备，时刻准备对抗全世界。

刺猬能对抗全世界吗？

游真突然改观了。

被人发现又怎么样？

反正大不了，他还能帮着翟蓝，他爱怎样就怎样。

游真觉得二十五岁的自己，竟有了一些暮气，眼前的翟蓝此刻光芒万丈。

"好吧。"游真慢吞吞地说。

翟蓝的豪言壮语才说半截，迷茫地眨了眨眼："啊？"

　　游真走出吧台，抬起头环顾一圈若有所思："嗯……小雨，你明天去定做几个牌子，就写'禁止商拍'，哦，还有，跟他们说不准对着老板偷拍，老板的弟弟也不行！有些话私下说说就得了，少发网上，不然不接待了！"

　　他噼里啪啦的一顿话看似说给小雨听，却半分没躲着店内现在的人。有的是熟客，有的则是最近才闻讯赶来的，听见这番话，大家不约而同地错愕片刻。然后不知是谁，低声笑了笑："知道啦，游老板！"

　　"谢啦。"游真说。他转过头，看见翟蓝还趴在吧台，保持着单手捧一把花生要吃不吃的姿势。游真双指并拢举在眉角，潇洒挥出。

　　翟蓝偏过头，装作看不见游真的小动作，乖乖地开始把几个玻璃杯次第排开。

　　七月最后一天的下午，蒋放居然来了店里。

　　蒋放是假日的稀客，尽管跟游真是多年兄弟，还是游老板的前主人，但蒋放非特定时候不出现，好像跟这家店一点关系也没有。原因无他，蒋放平日里实在太忙了。

　　蒋放推着一架婴儿车进门，先看到往墙上钉挂画的翟蓝，先喊了声："小蓝！"

　　闻声转过头，翟蓝的"蒋放哥"还未喊出口，先被他的架势弄得哭笑不得："你这……你搬家呢？怎么大包小包的？"

　　除了婴儿车上的装备，蒋放还背了个大书包，全无平日上班的金融精英派头，老头T恤和大裤衩，下巴还有点新长出来的胡青，要不是皮相尚可，一准儿要被小雨举着"衣衫不整恕不接待"的牌子打发出去。

　　"你怎么这么憔悴啊！"小雨恶狠狠地叉腰，"不上班就能放飞自我了吗？"

蒋放指向眼前的婴儿车，夸张地叹了口气。

小雨："算你狠……"

小雨给蒋放找了个位置，靠里间，有空调而且避开了人群出入的密集路线，蒋放安然坐下，给她道谢。小雨故意翻白眼，提高声音："老板！闹闹来了——"

厨房里，黑蓝色脑袋一下子探出来："闹闹？"

另一侧刚还没看清大包小包的翟蓝也突然冒出一颗头："闹闹在哪儿？！"

蒋放："我真服了你俩了。"

午后，店里刚忙完一轮获得了片刻喘息，游真还得继续收拾，翟蓝先一步出来了。

早听闻蒋放的传奇故事，所以翟蓝对传说中的混世魔王女儿充满好奇，等见了人，却情不自禁放轻声音，连说话重一点都怕把软绵绵的白团子吓着了。

"她好小啊……"翟蓝看着坐在婴儿车里的女孩，挥挥手，"哈喽，蒋闹闹？"

蒋闹闹不为所动，专心啃手。

"名字好奇怪，我之前就想问了，"翟蓝抬起头，"为什么叫这个？"

蒋放头疼："本来'闹闹'是个小名，因为刚出生那会儿在医院里每晚折腾得医生、护士，还有我都快疯掉了——哦，不是说吵，她那时候身体不好，每时每刻都离不开人。后来上户口，一时也没想到别的名字，就这样了。"

翟蓝有点鄙夷："好敷衍。"

"我本来也没想这么早当爹。"蒋放揉了揉太阳穴。

轻音乐很快涤荡开尴尬，翟蓝拿着一枝装饰用的干花，在蒋闹闹面前晃了晃。

啃手啃到一半被打扰，蒋闹闹不悦，板起小脸瞪着翟蓝。

"她不哭！"翟蓝好像很惊喜，"我邻居家的小孙子每天从早哭到晚，隔着墙都能吵得我脑袋疼。"

"嗯，是不怎么爱哭。"蒋放靠着墙坐，开始喝刚端上桌的冰博克。

"打算改名吗？"翟蓝眉眼弯弯地用干花逗着小女孩，"不哭不吵，感觉不应该叫'闹闹'，万一长大了找你麻烦怎么办。"

蒋放无所谓地说："等她大了再自己取名就行，名字都是代号。"

说话间，游真处理好了厨房，脱下围裙端着两杯气泡水来到桌边坐下。他把其中一个杯子递给了翟蓝，然后顺手握着对方胳膊把翟蓝往上拽了拽，示意他别蹲着。做完这一切，游真才把注意力转移到蒋放身上。

"今天怎么有空过来？"他问好友，"不是说你爸妈来成都了？"

"嗯，我爸还说明年申请病退，直接过来住。"

游真："挺好，不过到时候你得换房子了吧，套二住着有点儿挤了。"

"对啊！最近算账呢，在花光积蓄付个首付和让他俩安静在家待着里二选一。"蒋放郁闷得直挠头，"他们过来我确实是轻松点，不用自己带孩子做饭……不过也更烦了。"

房子，车子，孩子，这些话题的压力翟蓝暂时感觉不到。他捧着气泡水，听游真安慰愁眉苦脸的蒋放，有一搭没一搭地继续晃着干花。忽然，另一头突然受力，翟蓝低下头，蒋闹闹不知何时一把抓住了干花末梢。

小女孩倔强地盯着他，继续把花往自己的方向拽。

拔河似的，有来有回互相拽了一会儿，就在翟蓝觉得蒋闹闹逐渐开始不耐烦，正担心她会不会突然一嗓子大哭时，婴儿车里，坐得端端正正的小女孩猛地往前一扑，两手拖住翟蓝的手腕，随后那双葡萄一样的眼睛亮了亮，笑了。

女孩清脆的笑声打断蒋放的买房计划，他侧过头，神情有些讶异。

翟蓝被蒋闹闹抱着手，小孩没力气，也并不打算蹭他满手口水，就这么抱着玩。没和小孩玩过，他显得很无助，无声地向蒋放求助。

"真行。"蒋放分开了他和蒋闹闹，"她挺喜欢你的。"

翟蓝耳朵上残留着透明的红："哦……"

蒋放说："可能因为我不喜欢陪她玩，我不算个好父亲。"

"那你要多陪她啊。"翟蓝不明白他对女儿的复杂心情，只简单地说着，"我觉得她应该也喜欢你。蒋放哥，你看啊……你带她出来到现在，她都没有闹脾气。我见过的小孩不多，但闹闹肯定是最乖的那种。"

可能也害怕自己不乖被再次抛弃吧。这句翟蓝没说，但蒋放已经隐约明白了点什么。

"我就是……有时候忙。"他说着伸手将蒋闹闹抱在腿上。

还没到两岁的白团子肉嘟嘟的，头发却不甚浓密，两条细细的羊角辫这会儿快散了，蒋放就着抱她的动作腾出手重新把辫子整理好。

新发型不对称，但蒋闹闹似乎很满意，张开莲藕手臂用力鼓掌。她说话晚，被发配到幼儿园后进步也十分有限，这会儿先咿咿呀呀地喊了几句，接着自己脑袋一歪，好像骤然找到了语言能力。

"爸爸！"蒋闹闹字正腔圆地喊，"爸爸！"

蒋放一愣，然后颇为嫌弃："你爸在这儿呢。"

"长得越来越像你了。"游真突然说。

"啊？"

翟蓝也说："真的，鼻子嘴巴跟你一个模板刻出来的。"

"是吗？"蒋放不太好意思，但根本掩饰不住开心，"嘻，要是眼睛像我就更好了，这样长大了以后肯定是小美女……"

他还絮絮叨叨地说了些什么，翟蓝听得认真，游真却只是看着蒋放。

从那个春天开始，他好像已经很久不见心里毫无芥蒂的那个蒋放了。他知道蒋放需要一个人肯定心里那块小疙瘩——养蒋闹闹，他一直觉得别扭——当初决定已经做出，容不得现在才开始后悔，走这条路是不能回头的。但是安慰蒋放的人不能是他、宋元元、白玛央金，或者蒋放的父母，他们太熟悉了，所以实话听着也像谎言。

翟蓝和他认识没多久，第一次见他和他的女儿相处，无心说一句"你多陪陪她"，反而起了意想不到的作用。

游真偷笑，重重地拍了好几下翟蓝的肩膀。

"干什么？！"翟蓝转过头，"你再拍我肩膀就真的长不高了！"

游真："要那么高干什么……"

说着，游真不管不顾又拍了一顿。

翟蓝吱哇乱叫。

这天蒋放一直在假日待到吃过晚饭才走，游真做的简餐，口味清爽。可惜蒋闹闹吃不了，全程趴在桌边瞪圆眼睛无声抗议。

蒋放离开时推着婴儿车哼着小曲，心情不错。

当天晚些时候下了一阵细雨，飘飘洒洒，院中绣球花被淋湿，灯光掩映，快枯萎的蓝色、紫色被照得流光溢彩，成了夏天最后的湿润回忆。

没多久，就立秋了。

八月刚过几天，香樟树长出了今年的最后一层新叶。

成都今年秋天的雨水格外稀缺，万里无云，过分鼎盛的阳光与密集的玻璃建筑让整座城市仿佛在白雾中一样，在半空被扭曲、蒸发，仿佛是虚幻的梦。

天空太蓝了，偶尔直视，竟会有莫名其妙的反常感。

每天八点以后，尚且明亮，流云聚散。假日后院种的洋槐树花期正盛，晚风吹拂后，藤椅上就落满了一层浅青色的小花。

在假日度过的时间逐渐超过翟蓝在任何地方，这儿好像成了他的安身之所，每到无处可去的时候，他就会自动出现。游真从不多说什么，他来之前也不必发消息。如果游真恰好不在，翟蓝会帮着小雨做事，反正没过多久，游真总会回到这里。

照例是周末的傍晚，翟蓝送走写完功课的泽仁丹增后回到后院。气温升高，没什么人愿意坐在露天场所，需要收拾的只有槐花。

他把槐花全部扫干净，簸箕被细密地覆盖，翟蓝突发奇想：槐花蜜是什么味道？

然而他只是想一想而已，翟蓝对烹饪几乎一窍不通。过去有老爸，现在有游真，做好吃的从不需要他动手，至于煮面煮粥，他的水平也勉强够了。

"要么改天问问游真能不能做……"翟蓝嘀咕着，"槐花蜜是不是不怎么甜？"

风也是热的，拂过翟蓝，挂在白色遮阳伞下的一串小灯轻轻地晃。影子就在眼底如波浪似的流动，翟蓝直起身捶了两把后腰紧绷的肌肉。

脑海中蓦地又记起蒋放的话。

"还是你和游真好。"

人生的路是自己选择的，翟蓝没有想那么多，他只想享受当下的生活。

"啊——"店内，小雨突然哀号，"怎么停电了啊？！"

"怎么回事？"翟蓝提高声音。

小雨戴着洗碗手套，跑过来："我还以为游真没交电费，结果对面一条街全都黑了……"

过了会儿，游真也走到院子里，不知道他刚才去哪儿了，出汗很厉害，深色 T 恤的前襟湿了一大片。他举着手机还在通话，不时点头，用眼神示意小雨先去把厨房收拾了，指了指角落，用口型说"手电筒"。

小雨点点头，拿着手电筒走了。

"嗯，知道了，好，没事。"游真的电话进入尾声，"那我冰箱里的东西送过去……没关系，我应该找得到别的地方住的。好，拜拜。"

等他揣好手机，翟蓝问："谁啊？"

"央金。"游真无奈，"刚去了她店里，也停电。她打听过了，应该是这一片的变压器故障了，初步得到的消息是要停电到明早。"

"那么久？"

"没办法的事。"游真说，指了指屋内，"走吧，帮我把冰箱腾空。有的东西不能放那么久，先拿去央金那儿，让她帮忙带回家放一晚。"

翟蓝忽地问："游老板怎么办？"

完全忘了那只猫的游真嘴角抽了抽。

翟蓝见他表情就知道游真根本没考虑到猫，少年老成地冲他直摇头："哎，感情淡了。"

游真："喂。"

"你去哪儿住？"翟蓝话锋一转，"难道你真的不打算带它？"

"倒也没有。"游真扭过头，奶牛猫不知何时骤然出现在他脚边，吓了一跳，他蹲下身摸了摸游老板的大脸，"我今晚就去附近住吧。停电范围挺大的，嗯……家里最近的一套房子在林荫那边，收拾好店里过去的话……"

话音未落，突然被翟蓝打断："可是，你很久没去了吧？"

"还好。"

"那打扫起来也费劲。"翟蓝说，"你就住一晚，还带着猫。"

游真好像很烦恼，皱起眉："对啊，那怎么办？"

翟蓝说："骑车到我家不是才二十分钟吗？打车更快，起步价多一点。"

游真问："去你家？"

半晌，翟蓝"啊"了一声，同时把游真往出口方向拽。

"诶诶诶我去抱猫……"

突然停电，不少居民从单元楼走到街上，摇着蒲扇，吃着从冰柜里抢救出的雪糕。

两个人站在芳草路街口好不容易打到车，游真把猫包放在膝上，阴影中，翟蓝把他抓得很紧，唯恐他半路临阵脱逃。

送翟蓝回家次数多了，游真已经熟悉了小区周围的环境。他和翟蓝没聊几句话，目光瞥见拐角处的便利店，就知道快到了。他把喵喵叫的游老板递给翟蓝，自己则单手提起装了洗漱用品的大书包。

还是第一次跟着翟蓝进小区，游真饶有兴致地看着他刷卡，问："你们物业管得挺严?"

"安全嘛。"

小区年代有点久了，但单元楼都装有电梯，看得出在刚建成时条件还算不错。翟蓝家在六楼，游真跟在他身后，门打开时，怀里的猫不安地叫了一声，玄关处迅速亮起了灯。

翟蓝松了一口气："还好家里没停电，我刚都没想起来先在业主群里问一句。"

"那范围也太大了。"游真打趣，他打量着玄关的鞋柜，"给我拿一双拖鞋。"

"哦，好!"翟蓝赶紧给他找了一双。

翟蓝打开了空调，但屋内闷热，坐着不动时尚可，走两步就能感觉到后背出了一层汗。游老板四处巡视着临时居所，游真就站在客厅，听见翟蓝一边收拾着各处，一边让他先休息会儿。

"知道了。"游真回答。

客厅的灯坏了两枚灯泡一直没有换，于是唯一的光源集中在电视柜上，游真的注意力也被那儿吸引。他靠近些，才发现背面墙上挂了不少东西。最显眼的是一个塑料相框。

相框里放的至少是八寸照，胶卷冲印，色彩微微泛了黄，背景的石碑刻着"蝴蝶泉"。照片里的翟蓝年纪还小，顶多十岁，背着水壶，戴一顶小黄帽子朝镜头龇牙咧嘴，笑得没心没肺。他身边是个高大的男人，搂着翟蓝的肩，笑容有一点点局促。

酸楚感一瞬间冲上游真的鼻尖，他知道翟蓝为什么要选小时候的照片放在最显眼的位置，在某些地方他和翟蓝几乎有着完全相同的想法，就像他保存的为数不多的亲弟弟的照片，也并非停在对方去世的前一年，而是他们更小一些时第一次去滑雪的照片。

游真伸出手，说不出什么心情，默默地把这张照片倒扣在柜面上。旁边还有些翟蓝收藏的手办和模型，两个花瓶，里面插着上次从假日后院剪回来的无尽夏，完全干枯后十分脆弱。游真捡起掉落的花瓣，若无其事地扔进垃圾桶里。他又看了眼相框，莫名觉得自己刚才的动作太多余了，于是试图恢复原状。

身后脚步声轻快地传来，游真没发现，随后就听见翟蓝问他："游真，等会儿点一份水煮鱼吃行不行？"

说到一半看清眼前场景，声音自行减弱。

游真转过头，表情仿佛干坏事被抓包，顿时有些无地自容："我……"

该怎么说？他还没解释清楚，翟蓝却淡淡地笑了，好像对他的行为并不在意，只在片刻怔忪后把那句话重复了一遍。

"我来做吧。"

客厅和厨房的灯重新亮了，游真先视察了一圈锅碗瓢盆。不怎么做饭，但翟蓝基本的生存技能显然不错，燃气灶和锅都有最近使用过的痕迹，水槽里还剩着两个吃过西瓜的盘子，再去看看冰箱，里面就没有外面看着那么美好了。

冰箱里的蔬菜只有两三个土豆、一把香葱和半把小白菜，可能小区外有个流动夜市街，所以翟蓝买的菜都当天吃。不过这段时间他几乎都在游真那儿蹭饭，就没有囤粮。最下层还有俩粽子。游真皱眉，心道这不会是端午节剩到现在的吧？他果断把粽子请进垃圾桶。

冷冻层里都是些生产日期至少在半年前的牛排、速冻水饺和半成品小香肠，游真一边看，一边惊叹于翟蓝对美食要求如此之高，在自己家里居然这么凑合。清理暂时是不可能了，游真最后还是拿着香葱和小白菜进了厨房。

柜子里有面条，调味料也全，他烧开水，准备给翟蓝来一碗味精素面。

游真边把面条往碗里挑，边招呼翟蓝："养生壶里有银耳啊。"

"银耳？"翟蓝愣了愣，"你什么时候泡的，还有这个不是我家的吧？"

"都从家里带来用的，银耳、雪梨、红枣，还有养生壶。不过我是准备弄完明早吃，这个可以保温，刚才你不是说饿了……"

除了小白菜以外没有浇头的素面比起牛肉或者三鲜臊子的层次略差，可是更加鲜美。面条软硬适中，咀嚼时唇齿间荡漾开一股麦香，小白菜负责增添清爽口感，辣椒放得少，芝麻油的点缀成了整碗面条的灵魂，同时刺激着味蕾和鼻腔。

翟蓝把汤都喝了个干干净净，放下碗，长叹一声："舒服了……"

"你冰箱里那么多东西都过保质期了。"游真说，"明天给你清理下。"

翟蓝："因为太久没在家吃饭。"

知道他是什么意思，游真却打趣："谁让你不学。"

"你很烦！"翟蓝恼怒，"我只是懒啊，又不是真的什么都不会！"

可看着手里这碗面，翟蓝迅速改口："游真大佬。"

游真心情复杂地："哎。"

"大理？"白玛央金疑惑地转过头，"怎么突然想到去那儿？"

持续的高温秋日，Lonestar 开足了空调，才有一两个徘徊的客人。游真坐在吧台前的高脚凳上，撑着脸和白玛央金聊天："太热了。"

"真任性。"白玛央金又气又好笑。

游真问："要一起去吗？你把丹增也捎上，大家一起更好玩点。"

"关店啊？"

游真听出她语气里的一点不确定，不太好继续开口了。

独自从林芝考学到成都后留在这里，还开了属于自己的店，有几个朋友，甚至开始负担起弟弟的一部分学费，白玛央金当然称得上当代励志独立女性，只不过她比游真更加把这间店当成事业，不肯轻易关个十天半月。

正思考着转移话题还是让蒋放再委婉地劝一下——毕竟大学毕业后就很少有机会一起旅游了，通往休息间的门开了，里面走出一个令游真意外的人。

他睁大了眼："李老师？"

李非木系着围裙，好像刚洗了碗，看到游真时他的表情微微地不自然。但很快，他就恢复了正常："哦、哦，游真哥，你来玩了？"

"对啊。"游真对他不怎么设防，说，"在问央金要不要一起去玩。"

李非木："去哪儿？"

"他们想去大理。"

"都有谁啊？"李非木好笑地问。

白玛央金叹了口气，指着游真："他，翟蓝，蒋放，都约好了，让我和丹增一起。不过暑假没结束这段时间生意正好，我不太想关店。"

仿佛为了佐证她的话，两个逛店铺的女生看中一个造型颇有年代感的中古玻璃摆件，请白玛央金过去帮她们包起来。其中一个在等待包装的时间又随手捡起一串红玛瑙手链，李非木刚巧站在她旁边，三言两语，居然也推销了出去。

付了钱，两个女孩开开心心地离开，白玛央金一耸肩，无奈摊开双手："看吧，我还得给丹增赚下学期的学费呢。"

她话说到这份儿上，游真再多怂恿也没有意义。

于是叹了口气，游真无奈地："好吧——"

"但我觉得可以去啊，央金姐。"

居然是李非木截断了他的妥协，游真诧异地望向李非木。

李非木正收拾着刚才给客人展示后有点凌乱的首饰盒，头也不抬，笑吟吟地说："赚钱，迟早都能赚。但一起出去散散心的机会难得，丹增又挺喜欢和翟蓝相处的。而且丹增来成都这么久哪儿也没去过——除了有次去都江堰。游真哥都邀请你了，别的不说，就为了小孩的暑期作文有内容可写，也考虑一下吧。"

游真赶紧附和："对啊对啊，其实我也是想在开学前带翟蓝出去转一圈……"

"小蓝？"李非木突然别过头。

自从那些糟心事发生后，翟蓝就很少主动提起李非木一家，后来见了一次，也是尴尬大于其他。游真不确定李非木有没有看出什么，他只知道翟蓝似乎并没有要主动对李非木坦白。

游真拖长声音"啊"了一句，试探着说："翟蓝不是这段时间都在假日给丹增补课吗？我们就经常聊，他还在我家吃饭……"

"哦，这样。那挺好的，我也希望他能多交点朋友。"

"要不晚上一起去吃饭？"游真顺势发出邀请，"在我店里，今早刚做了捞汁小海鲜，放冰箱里了，待会儿蒋放也要来。"

李非木一句"不用了"即将出口，听见蒋放的名字，顿时拉响了警报，改口："好啊，那就麻烦游真哥了。"

游真说小事儿，以要回去再准备点吃的为由先告辞了。

后院最里面的小包间向来是游真和朋友聚餐的地方，雷打不动。傍晚时分，小串灯光装点小院，花园里，茉莉和重瓣蔷薇盛开了一整个夏天，清香已经绵密地深入每一丝空气。朋友围坐其中，点上蜡烛灯，聊天喝酒，很有仪式感。

今年天气热，游真为了不破坏死党们对每周聚会的期待，甚至斥巨资装了一台新空调。

冷气充盈，随着日落后高温有所缓解，总算能够入座吃饭。翟蓝已经知道李非木要来，他有点尴尬，虽然没反对，但兴致也不太高。

游真劝他："讨厌姑妈姑父另说，李非木总没有得罪你吧？"

"我知道。"翟蓝下午的时候回答他，"就是太久没见，想起来有点不好意思。"

当时虽这么说，但这会儿翟蓝已经开始忙进忙出了。

李非木和白玛央金一起出现的，来得挺早，刚进门就和翟蓝打了个照面。游真还担心翟蓝对李非木爱搭不理，却不想他没什么心理障碍地和李非木寒暄，等再次从厨房来到后院，两个人又坐在一起有说有笑了。

"别担心。"白玛央金凑到游真身边，"翟蓝不是小孩子了。"

小院里只有包间点着灯，天色缓缓地变暗，西边，橘色夕阳扑向几朵流云。

这天宋元元没来，下周开始他就荣升毕业班班主任，据说这个年纪的孩子最难管，这会儿心情正郁闷，连酒都喝不下去了。而大理之行，宋元元自然也无暇参与，在群里酸溜溜地祝游真"玩得开心"。

游真端着大盘子："要拍照就赶紧！"

"我要拍！"翟蓝举手。

某个有样学样的小跟班也拿出白玛央金刚下放给他的手机："我也要，我也要！"

干花插进粗瓷瓶，木头方桌，暖色调比天气更有初秋气息。

捞汁小海鲜是游真自己调的酱汁，柠檬片添加清爽果香，加上小米辣，咸鲜酸辣口味，最后加一点灵魂鱼露搅拌开。另外，还有鲍鱼、蛤蜊、青口贝、鱿鱼、三只肉蟹和一堆大个的罗氏虾，蒸熟，浸泡进酱汁后再冷藏，吃着口感Q弹，暑热天气食用尤其过瘾。

配菜则是奶油焗生蚝，话梅雪碧泡小番茄，芒果糯米饭，烤猪颈肉、沙拉和芝士薯条做小吃，最后开一瓶香槟。

蒋放端着高脚杯站起身："谢谢游老板今天又给我们做好吃的啊——"

"我也蹭一口吃了。"李非木笑着，"谢谢游真哥。"

"干杯！"

酒过三巡，除了还未成年的泽仁丹增，其他人或多或少都喝了点。香槟带着气泡，没有其他酒那么容易醉。

可能有酒的原因在，白玛央金心情很好，在蒋放贼心不死地提起"要不一起去"的时候没有像下午那样明确反对。但最后细节还是没有确定下来，等大家吃饱喝足，各自散去，游真和翟蓝留下来打扫残局。

前面的店里隐约传来客人们的聊天声和音乐声，翟蓝把垃圾打包，刚要提走，突然被游真叫住了："你发现没有？"

"什么？"

"你哥好像对央金有意思。"

翟蓝一愣，可随后皱起眉思索片刻，也恍然大悟："我就说他哪里奇怪！之前还劝央金跟我们去玩，他可以留在 Lonestar 帮忙看店，一听说蒋放请了年假，就开始犹犹豫豫各种打听我们是开车还是坐飞机呢……"

游真促狭地笑："你让不让他一起去？"

"我？"翟蓝揉了揉鼻子，"我都行的……就算姑妈和姑父之前……至少现在钱还都在我自己手里……"

"不是钱的问题。"游真说，"是你对你哥到底是怎么看的。"

翟蓝动作停了半拍，随后继续神态自若地把垃圾袋全都拢到一起。虽然游真的语气很轻松，甚至像玩笑，但他听得出游真的忐忑。在此之前，他很难想象游真会因为普通的家长里短紧张。

"你都在想什么啊。"翟蓝眉心仍有一丝褶皱，眼睛却满溢出灿烂的笑意，"我没有那么多想法，对李非木没有恶意。"

游真挠挠头："哎，我就是……"

翟蓝笑着对他摇了摇头，少年老成的样子让游真把话愣是憋回去了。

事实证明旅行前的周密计划往往赶不上变化，翟蓝想象中充满欢声笑语的大理之行从第一天就遭遇了严肃考验。

"今天我们中午的时候就要到西昌，晚上到昆明……"

耳边仿佛徘徊着一只拥有游真音色的苍蝇，喋喋不休地围绕他，翟蓝翻了个身，无意识地伸出手四处拍，妄想把苍蝇赶走。哪知苍蝇的声音越发大了，还伴随着更大的敲门声。

"快点起床！"游真趴在翟蓝的房间门上，大声喊着，"是、谁、昨天晚上说要叫他早起的？"

翟蓝半梦半醒，胡乱哼哼："我起了……"

但他就像双腿泡入海水，软绵绵地四处飘。怎么刷的牙换的衣服，翟蓝都不太有记忆了。他被游真拖到停车场、打开副驾驶门塞进车内，后脑靠着颈枕软垫，顿时又脑袋一偏，继续睡回笼觉了。

这次再睡醒，视野里已经是高速公路，阳光打在他的脸上，过分刺眼，晃得翟蓝再也无法继续睡觉。

"哟，睡醒了？"游真说着，调高了车内的音响。

欢快的轻摇滚立刻扩散，充满整个车厢，混合着后排的小声交谈，能驱散一切困顿。

翟蓝两只手遮着脸"嗯"了声。

"小蓝醒了？"后排，蒋放探出头，手里举着保温袋递给翟蓝，"包子、油条、豆浆，还有豆奶，你吃哪种？都不喜欢的话我还带了凉面。"

对上一身轻便的运动装、满脸兴奋的蒋放，翟蓝转头研究飞速倒退的风景，前方有指示路牌，写着距离"灵山寺"还有四百公里。他后知后觉，终于有了开始旅行的实感。

翟蓝迷迷糊糊地接过蒋放准备的包子啃了口。

"味道怎么样？"蒋放充满期待，"是我家楼下的二十年老店。"

"他还没睡醒呢，尝不出味道。"正主没发声，副驾驶座位背后传来李非木的调侃，"不过今天表现挺好，没什么起床气。"

翟蓝觉得手里的包子不香了。睡个觉被轮流调侃，他脸上有点挂不住，连反驳都忘了，干脆低头猛吃早餐。

邀请李非木的决定最后是翟蓝做出的，他主动发消息给李非木问时间，对方惊讶了片刻，然后爽快同意。这段经历让尴尬了挺久的兄弟关系有了破冰趋势，李非木现在能像以前一样和他开起床气的玩笑，仿佛不愉快已经彻底过去了。

"别闹人家了，你们俩。"是白玛央金的声音，"小蓝还算好的，我旁边这个现在还睡得跟小猪一样——"

"那我还是把音乐关小声点儿。"游真说着，"别吵着丹增。"

白玛央金："没事，他睡着了根本听不见。"

清晨七点，天已经大亮了，依旧蓝得看不见一丝流云，青空耀眼而鲜丽，透过 SUV 的天窗，几点跳跃着的彩虹光正投射到皮质座椅上。

翟蓝咬着豆浆吸管转头，这才看清大家是怎么坐的。李非木和蒋放在第二排，最后的两个座椅是自动升降的，现在正被白玛央金姐弟占据。白玛央金单手托腮靠在中间的位置正跟李非木分享手机里的攻略，而泽仁丹增半躺，几乎被椅背淹没。

音乐声仍调低了些，游真指挥翟蓝换了个歌单，把轻快摇滚换成了宁静的纯音乐。抱着背包，翟蓝低头看了看脚边，耳畔聊天声隐隐约约地传入脑海。

"那他这么睡舒服吗？"李非木对白玛央金说，"颈椎不会难受吧……"

白玛央金："昨晚想到要出去玩就睡不着，结果今早起不来。"

"小孩都这样。"游真总结。

旅行最后选了自驾，决定出行的人里除了翟蓝和泽仁丹增这俩"小孩"，其他都是驾龄至少两三年的老司机。大家换着开，一天也能到昆明。

车是游真的七座 SUV，年前刚上牌开回家，这是他第一次真正地准备远途。空间巨大，可坐六个人，后备厢还可以放下所有行李。

当天安排只有赶路。

一片大雾里穿越二郎山隧道，离开四川盆地后阳光似乎更加灿烂，但有了风，不再是寂静的炎热。车窗打开，音乐撒了一路。

中午到西昌，夜晚在昆明暂歇，留一天时间逛逛斗南花市继续出发。

绕过滇池，环城高速隐约可以看见青山绿水，云南的空气里充满自由随性，似乎可以在这里展示最真实的自我。通过昆楚大高速，驾驶近四小时，"大理白族自治州"的指示牌出现，所有人都不约而同精神一振。

住宿先定在了下关，晚餐吃得随意，长途跋涉两天的后遗症紧接着出现。

"确定不去吗？"白玛央金站在房间门口。

蒋放趴在床上："不去……"

白玛央金好像叹了一口气："听说大理的酒吧很不错哦，我还想请你喝一杯。"

多年朋友，她知道蒋放喜欢喝酒，但刺激太过明显蒋放根本不接招："开车累了，我现在只想躺一会儿洗澡睡觉，旅途还有好几天呢，不着急。"

白玛央金似乎对这懒人绝望了，再没多说一个字。

"你呢？"白玛央金转过头问自始至终在旁边两眼放光的某人。

李非木就差没站得笔直："那我陪你吧。"

蒋放和李非木是一个房间住的，现在李非木走了，蒋放却始终维持着蒙头大睡的姿势。不多时，游真和翟蓝从隔壁过来打探情况，看到这画面，游真望向走廊尽头，白玛央金的身影已经完全消失。

"央金姐真的喜欢去酒吧啊。"翟蓝感慨，"昨晚在昆明也是，说有个朋友推荐的清吧歌好听酒好喝，都十二点了还要跑去续一杯。"

"酒精是她的生命。"蒋放瓮声瓮气地说。

翟蓝故作惊讶："蒋放哥，你没睡着吗？"

蒋放懒得拆穿翟蓝浮夸的演技，睁开眼，目光扫了圈发现总人数少了一个："丹增不是跟你俩一起吗？怎么，他被央金带去了？"

"他今天的英语单词没写完，在房间里。"翟蓝幸灾乐祸地说。

"看你那样儿。"蒋放笑出声，确认此间都是自己人后，无比精神地一骨碌爬起来，"那就小李跟央金一块儿去喝酒了？"

"你不去，他肯定跑得飞快。"翟蓝笑得无比狡黠。

小李那点喜欢姐姐的心思瞒不住，虽然不至于像翟蓝那位不靠谱的高中同学，把追人写在了脸上，但李非木在蒋放眼里还算稳重又温和。相比之下，李非木对蒋放的态度就有点难以捉摸，似乎格外看不惯他和白玛央金认识数年持续至今的那套勾肩搭背的沟通方式，所以他被李非木当成名单内的头号假想敌。

蒋放给自己倒了杯水，看向翟蓝："什么叫君子成人之美啊，学着点儿吧，小蓝。小李今天要不跟着去枉费我一番苦心。"

"你别教坏人家。"游真提醒。

蒋放置若罔闻："我觉得小李看着就不是一时兴起，多半早就喜欢央金了，我们帮帮忙怎么啦。"

"嗯，特别是我们还帮他把丹增留下了。"翟蓝点点头，"完美的二人世界。"

"要追到了姐姐他必须请我们喝酒。"

"对，喝酒。"

二人相视一笑。

游真："我鸡皮疙瘩都起来了……"

梦是潮湿闷热的，仿佛还陷在数十年一遇的高温中，满眼发白的、令人窒息的阳光。翟蓝皱着眉，情不自禁翻了个身，手指碰到了什么后突然醒了。

"五点。"

翟蓝迷迷糊糊地看了一眼表，然后挣扎着起床，洗漱。

几个人约好要早起，看日出，可最后成功"会师"的，只有翟蓝和游真两人。

"李老师昨天怎么样啦？"

翟蓝眯着眼睛，慢条斯理地答道："李非木回酒店了，蒋放哥问他有没有重大进展，嗯……说央金姐好像给他发了张'好人卡'，怀疑人生了。"

"不奇怪。"游真点评道，"他和央金的岁数差得有点多。央金跟我不一样，她向来都特别独立，有时候甚至太过于强势了。李老师……你哥哥啊，我不是特别了解，可也不像是要躲在伴侣背后、甘当绿叶的类型。"

"不知道。"翟蓝说，"李非木上次分手的时候我还在考大学，只记得他不是很伤心。"

"那就还没遇到特别喜欢的。"

游真穿着短裤，拖鞋，再抓上前夜里买了没喝的两瓶鲜奶，被翟蓝吐槽"要不要装备这么齐全"，他什么也没说，径直带翟蓝去了大堂的租车处。在翟蓝全程迷惑的注视中，他坦然地掏出自己的攻略备忘录，然后问值班人员：

"现在可不可以租电瓶车？"

色拉寺后山的摩托狂奔还在记忆里无比鲜活，翟蓝看见游真从车库里选了两辆粉蓝色电瓶车，难以自控地笑："骑电瓶车？"

"来大理，哪有不骑电瓶车的。"游真振振有词，插钥匙启动，"速度。"

电瓶车行驶至酒店外的大马路上，深蓝的天幕东边已经开始微微地泛白了。

清晨五点，街道只有零零星星的行人，车更少，路灯还亮着，在颜色变浅的天幕映衬下好像稀薄的星光。

翟蓝用力握着车把，安全头盔把他的刘海往下压，几乎盖住眼睛，视野变得断断续续，耳畔的声音也变得沉闷。因为头盔阻隔他没办法全方位感受晨风的抚慰，但早起的困意也早被驱散了。

游真还真是从来没按套路出牌过，现在骑着电瓶车也不知道要去哪儿。

翟蓝闷声发笑，前面的游真略一偏头："笑什么？"

"这个点，总不可能骑着电瓶车开始环海吧？"

"想去也可以啊。"游真大声说，"我带了防晒冰袖和口罩。"

翟蓝："谁跟你说这个！"

"待会儿就知道了。"游真说完猛地加速，"跟上——"

翟蓝也提速，感受风的速度。

脚底，他们和电瓶车的影子轮廓越来越清晰，往长坡上走的时候翟蓝后背有点发热了。他往后望去，不知何时整座城市都静默地卧进了光的阴影中。

电瓶车突然刹住停在路边，游真拍拍翟蓝的肩："下车，看山景。"

南方，黎明的前奏漫长而悠远。

目之所及的苍山笼罩着薄薄的云，山脉背后就是一场日出。

洱海嵌入苍山与古城中间，水面寂静，仿佛一块透明的玻璃。更近些的地方，满城白色、红色的房子，长街，山坡，零星路灯，随风簌簌荡漾的树叶，甚至他们身后的影子，所有的一切都逐渐被点亮。

苍山亮起来了，洱海也亮起来了，古城静悄悄地苏醒，边沿稻田翠绿，绵延不绝。

热带的风吹散了山巅积云，山樱花早就过了盛放季节，树叶尖被阳光染成亮晶晶的金色，郁郁葱葱的绿也开始发光。

这场日出好安静，一点也不壮丽也并不轰轰烈烈，却充满了力量。

翟蓝出神地注视着一切，五味杂陈。在这瞬间他脑海里飘过无数画面，彩虹，夜晚的拉萨城小酒馆，雪山与经幡，甚至是冲破大雾的高速公路。

藏地的风吹到了云南，从春到夏，他们现在仍然在路上。翟蓝的未来或许也会像某一条公路一样，向远方漫延，仿佛没有终点。

"为什么来这里？"翟蓝问，研究着身后的路牌——弘圣路。

游真左左右右地走了两步，不回答，反而没头没尾地说："我要是说这是攻略推荐的，会不会显得特没劲儿？"

"啊？"

"本来想让大家一起来看的，但是每个人都有自己的路要走，都有自己的烦恼，有点可惜。"

积云完全消失了，不过几分钟，苍山洱海、大理古城与凤凰花开的街道，由远及近地组成了一幅色彩明艳的油画。

"翟蓝！"游真翟蓝看向前方，然后挥手让他跟上。

翟蓝还未从刚才的莫名激动中回到现实，蒙蒙地望向游真。下一秒，翟蓝蓦地被他拖住向长坡最下方俯冲。

突如其来的失重感，翟蓝情不自禁"啊"声脱口而出，重力与惯性一起拉着他越跑越快，即将冲进城市似的一路猛冲，好像长出了翅膀。

所有疲惫消失殆尽，停在半途，恰好是一个拐角的缺口，所有风光尽收眼底，往后看，山顶矗立的建筑与山樱花树都镀上了一层金光。

翟蓝撑着膝盖大口呼吸，浑身都无比畅快。接着，他抬起头，两手拢在嘴边："啊——"

大喊出声，翟蓝像要甩掉一切积压已久的情绪一样。身畔，游真先愣怔片刻，随后明白他的用意，也和他做出一样的姿势。

"啊——"谷地的回音那么渺小，游真反而提高音量，"大理——"

翟蓝也喊："大理——"

"大理！好美啊——！"

"日出好美——"

不等翟蓝有什么反应，游真继续对着苍山洱海喊："希望我们这些人，永远开心！希望能开心至少五十年——！"

翟蓝没有大喊，只在心里默默地回答：一定。

风景太难得了，再加上鲜明的记忆让翟蓝想记录下来。他拿出手机对准游真，没说什么，对方就配合地后退两步站到路中间——清晨，弘圣路长坡没有车辆，游真张开手臂，笑得很夸张。

翟蓝被他逗笑了："你能不能别这样……你像个谐星！"

游真听后，马上调整站姿，单手插兜，侧脸，再偏着看向镜头。翟蓝给他拍了两张说你可以拿去发微博主页，到大理来找创作灵感了。

"你还真把我当音乐人啊。"游真说，欣赏着翟蓝拍的自己。

翟蓝语重心长地劝他："要好好写歌，不能做一个挥霍青春的富二代。"

游真："好的……"

翻看了一圈翟蓝拍的照片，游真变魔术似的从怀里掏出一只卡片机，翟蓝甚至不知道他是什么时候装进外套口袋的。

还没问"你出发时就带着了吗？"，游真把相机对准了翟蓝。

"咔嚓"，快门声清脆，翟蓝怀疑他没对上焦。

"给我看看！"

游真摇头："不行啊，这个得拍满三十六张再去送洗。"

翟蓝："2022 年了还有人玩胶卷吗？"

"胶卷和数码相机不一样，记录下的这一刻不可调整不可删除，而且需要等待时间才能重新看。我这次带了三卷出来拍，回家后一起去暗房把它们洗出来，然后右下角呢，就会有我们出来玩的日期啦。"游真说着，示意翟蓝站到自己身边，然后用镜头对准他们，"以后每次去哪儿，都拍一卷……笑一笑。"

翟蓝僵硬地笑，犹豫着露不露牙齿，游真一掐他后颈，他立刻像猫一样瞪大了眼睛。

"咔嚓"——

"这张一定很完美。"游真说，看透翟蓝想什么似的，"失焦、画面不全，或者曝光过度，都无所谓，我只是想记录下，此时此刻我们在大理看日出。"他说完，又对着翟蓝"咔嚓""咔嚓"拍了两张。

苍山依旧矗立，夏日将尽，等到了十月或许会迎来第一场雪。

不远处，隐约出现了这天的早班公交。退到路边，游真再次发动电瓶车，示意翟蓝跟上来："走吧，先回去。"

他们还有新一天的旅程，要自驾环游洱海，要去喜洲古镇的稻田边喝一杯咖啡，要在沙溪发一天呆，挑选扎染工艺品，还要去海东等开渔日的星星灯……

翟蓝望向坡道上方突发奇想："我们不回酒店，一直往山上骑的话会怎么样？"

"会下山，顺着214国道继续走。"

"然后去哪儿？"

"嗯……去更南的南方吧。"

沿214国道向南，穿过北回归线，然后遇到热带的风。

上架建议：畅销·小说
ISBN 978-7-5171-4509-7

9 787517 145097 >

定价：55.00元

微信公众号

官网